U0612942

记忆碎片
晓勉博文集

廖小勉 著

南方传媒 SPM 广东人民出版社 · 广州 ·

图书在版编目（CIP）数据

记忆碎片：晓勉博文集 / 廖小勉著. —广州：广东人民出版社，2024.5

ISBN 978-7-218-17487-7

I. ①记… II. ①廖… III. ①散文集—中国—当代 IV. ①I267

中国国家版本馆 CIP 数据核字（2024）第 068707 号

JIYI SUIPIAN——XIAOMIAN BOWENJI

记忆碎片——晓勉博文集

廖小勉　著

版权所有　翻印必究

出 版 人：肖风华

责任编辑：裴晓倩
封面设计：张力平
责任技编：吴彦斌

出版发行：广东人民出版社
地　　址：广州市越秀区大沙头四马路 10 号（邮政编码：510199）
电　　话：（020）85716809（总编室）
传　　真：（020）83289585
网　　址：http://www.gdpph.com
印　　刷：广东鹏腾宇文化创新有限公司
开　　本：787mm×1092mm　1/16
印　　张：22.5　字　数：300 千
版　　次：2024 年 5 月第 1 版
印　　次：2024 年 5 月第 1 次印刷
定　　价：58.00 元

如发现印装质量问题，影响阅读，请与出版社（020-85716849）联系调换。
售书热线：（020）87716172

自　序

　　都说年纪大了喜欢回忆往事，此话不假。就拿我自己来说吧，年过七旬之后，脑海里总会时不时掠过一些记忆碎片。比如，一次午夜梦回，突然想起外婆带我回乡下。一担箩筐，一头装了些吃的，另一头装着我。是的，那时的我只是个刚刚学会走路的幼儿。路过一片收过的花生地，外婆歇下担子，在地里寻找遗漏的花生。我也爬出箩筐满地掏摸，竟然拾到一颗完整的花生。外婆笑着从我手里拿过去："还会哦！"（客家话：真行）这句慈爱的赞扬跨越七十年时空，突然在午夜耳边响起……另一个碎片却不那么美好。也是在乡下，印象中是在廖屋（父亲老家），天黑了，油灯昏暗，我独自待在屋里很害怕，摸索着走出屋门，一脚踏空，跌下天井，恐惧疼痛令我号啕大哭，哄了好久都哄不住……那时新中国刚成立，长年在山里打游击的父母亲进了城，百废待兴，很忙，因此经常把我送回乡下。心理学家说，三岁以前没有记忆。专家的话当然没错，然而我这些记忆碎片肯定都在三岁以前，因为两岁多我就跟随父母出广州了……广州生活的记忆碎片不多，最深刻的印象是在幼儿园草地上玩耍，山坡下一列火车呼哧呼哧吐着白烟驶过，我独自待在草地上看了许久，许久……数十年之后，偶尔路过那里，幼儿园还在，铁路也还在，果然是在幼儿园脚下经过，说明我那些记忆碎片真实无误。饶有意思的是，不管是在梅县乡下还是在广州幼儿园，三岁之前的记忆碎片里竟然没有父母亲的身影，一次都没有，甚至在我最难忘的幼年记忆中也没有他们。那是我们兄弟从广州去西安，坐火车北上，途经武汉改乘轮渡过长江。船到江心，突然乘客骚动，纷纷涌到窗边。窗外夜幕里，武汉长江大桥正在挑灯夜战，弧光闪闪，焊花串串，一条巨龙无边无际横亘南北……壮观景象直击我这幼童心底，印象如此深刻，直至将近七十年后想起，依然宛如昨天。这一回，父母亲还是不在身边，带我们坐火车的是外婆和舅妈。那时正是第一个五年计划，全国到处都是建设热潮。父母亲奉调西北，早早就去报到了，甚至连带家中老小一道走的时间都没有。他们那单位我记得很清楚，建工部西北工程管理局。至于管理了哪些西北工程，就不是我这个幼儿园娃娃能知道的了，只知道父母一直很忙，在广州我才两岁就送进了全托，到了西安的幼儿园更是两星期才允许接回家一次。记得有一次回家的日子到了，父母出差，没法子接我。我坐在台阶上，看着小朋友一个个雀跃着跟父母回家，眼泪汪汪直到天黑……

记忆中，父母亲似乎没有不忙的时候。年纪轻轻参加革命，为新中国的诞生出生入死。紧接着，又忘我地投身于共和国的建设。50年代初，刚刚搞完土改，就从兴梅地区上调省城，筹建林业厅；随后奉调北上，参加新中国的第一次开发大西北。再之后，又南下参加轰轰烈烈的广东茂名油页岩大会战。然后又调回广州，这一回的单位是中南工程管理局……就这样，我小小年纪就随父母辗转半个中国，在西安上幼儿园，到茂名上草棚小学，带着一身土味到广州读中学，然后就是"文革"，就是上山下乡，就是应征入伍……结果，我的童年以至青少年时代的记忆都被弄成了各式各样的碎片，根本没法"朝花夕拾"，就是想写个城南或城北旧事什么的，也难以连缀成篇。

时间真是飞快，从我拥有第一个记忆碎片开始，似乎仅仅是一眨眼的工夫，七十年就过去了。既是革命者又是共和国第一代建设者的父母亲那一代人，任劳任怨了一辈子，已经陆陆续续到马克思那儿集结了，就连他们的下一代也垂垂老矣。虽说还有些不服老，还会哼哼几句"革命人永远是年轻"之类的老歌，还想说点什么、做点什么、写点什么，弄点老当益壮显摆显摆。其实自己也知道，早已心有余而力不足了，再折腾也就是留下几星碎片，让下一代知道父辈有过如此这般的存在……

嘿嘿，不好意思，这就是我编辑出版这本集子的初心。

2023 年 6 月 22 日，是日端午

目　录

山人冷眼系列

钓翁野趣

随思随想

大唐外史系列

《大唐遗梦》余墨

下乡漫忆

——我的渺小的知青岁月

题记：

与千千万万同龄人一样，本人在尚未成年之时便响应号召，"上山下乡"到了海南农场"修理地球"。虽然只是短短两年，却在我的心灵深处打下了烙印。这烙印看不见摸不着，说不清道不白，却让我在垂暮之年依然感觉得到它的存在！因此，在我终于闲下来写写博文自娱之时，海南农场生涯很自然走入笔端，哦，键盘端……

这话说得有点冠冕堂皇。其实，是一连串的忽悠，诱使我写下这些遥远得恍若隔世，渺小得有如尘埃，散漫、琐碎甚至失真的记忆……

第一个忽悠发生在 2015 年 10 月。退休隐居的我返回广州办些俗事。某个下午走进中国移动的沟通 100 为手机充值，忽悠如春风迎面拂来。营业小妞笑靥如花推荐优惠活动：买手机送话费。一款华为手机只需 899 元，送 800 元话费。天上掉馅饼，岂有不张嘴之理？于是，无端端又多了一个身外之物。

说来惭愧，智能手机早就烂大街了，捡破烂的都在用百度导航，我却还是第一次拥有。既然有了，当然要用，于是，第二个忽悠悄然而至。儿子教我用微信，朋友要我加微信，一来二去，猛然发现身边多了一个圈，几个群，蛐蛐叫唤此起彼伏，平静生活一去不返。

第三个忽悠就大了。使用智能手机第二年，网上不知怎的出现"二次文革"话题，手机里的"外校群"炸了锅，从声讨，到痛斥，到回忆知青下乡，你一言我两语他三句，我正习惯性围观，不知哪个猛人突然贴出一张当年码头送别同学下乡的照片，顿时戳中了我的"泪点"……不对；"痛点"，也不对；当然更不是"笑点"……对了，是戳中了"忆点"，遥远的记忆如同决了堤的洪水……

漫忆之一:

粤北山区在下雪

四十八年前的寒冬凌晨,粤北山区小站的候车室里炉火已近熄灭,一个少年独自蜷缩在冰冷的长椅上,哆哆嗦嗦盼着天亮。他,就是我……

事情还得从"码头送行"说起。

我们广州外国语学校很小,年纪小,规模小。总共才办了三年,只有初中三个年级六个班 200 多名学生。初三就是老大,神气十足,看我们初二总是俯视,更别提初一的了。差点忘了,还有小学部,三年级开始招生,办了两年,我们称之为小三、小四,实在太小,"文革"无缘,下乡没份,所以在我的记忆中他们是不存在的。

继续说下乡的事。"文革"闹腾了两年多,又掀起"知识青年到农村去"的狂潮,席卷全国。我们学校有 100 多名同学将奔赴海南农场。于是便出现题记中所述,我们留校的为这些同学送行的场面……

送走了同学,剩下的在冷清的新校园里鬼混,我们几个甚至簇拥着新成立的学校革委会招牌照了一张相,出于何种动机记不得了,看那清白无辜的模样,不像是阴谋抢班夺权。

小道消息如同秋风落叶纷至沓来,一会说要去学工学农,一会说要与外语学院合并……最终,权威发布:一个不剩去海南!于是,逆天的狂潮又多了几滴水,几粒沙。

远在连山"五七"干校的母亲听说了,要我下乡前去一趟连山,并在信中做了详尽指引。靠着这份母亲导航,我独自上路。路线并不复杂,乘火车到粤北坪石,转乘长途班车去连山。抵达坪石约莫凌晨两三点,依照信中叮嘱,在火车站等待天明。虽说火车站确实比汽车站"宜居",不,"宜待"很多,漫漫寒夜依然难熬。一来实在太冷,二来怕误了时辰,我睡不着也不敢睡着,只是缩成一团,打个盹,赶紧抬头望望墙上挂钟,如此反复了无数次,终于过了五点,背起行装出门。天色依然漆黑,北风更加刺骨,幸好那时的坪石很小,我茫然独行没多久,就看见有灯光有人影的汽车站。

母亲导航很管用,顺利坐上了开往连山的班车。汽车在蜿蜒的山道上爬行,我在冰冷的座位上打盹,满以为会一路顺风,谁知路过一个小镇,不知哪路神圣上车检查出差证明。这可真是老革命遇到新问题,咱平时都是检查别人,哪想到自己还需要证明?掏不出盖有公章的纸片,只能乖乖下车去他们办公室里挂长途电话回学校——证明我是我。

如今无法想象当时的长途电话多么难以挂通,尤其粤北山区,等上一天是常态。老天保佑,奇迹出现,中午时分竟然挂通了。更加老天保佑,接电话的正好是认识我的李德和同学,时任校革委主任(副的?)。革委会招牌很唬人,他说我是我,我就是我了。问题解决了,长途班车也早就走了,一天只一班,只能等明天了。

阴沉沉的天空飘着雪花，山坡上错落的砖木房屋灰蒙蒙形成一条小街，乡民缩脖耸肩在泥泞中来往。唯一的小旅舍板壁四处漏风，被子如床板般硬，床板如石头般冷。这一夜，比坪石车站还难熬，头一回领略了什么叫作冷入骨髓。

母亲连续到连山县汽车站守候，终于把我等着了。母子相见的情景肯定没有那些脑残的影视剧那么动人心弦，因为我早就淡忘了，我甚至不记得曾经和母亲在干校合影过，几十年后我在母亲的遗物中发现了它——

我只记得那里的天空没有阳光，雪片，雪珠，雨夹雪，连绵不绝。住处屋后的竹林一到夜晚便噼啪作响，竹子被冰雪压断……

我还隐隐记得，临别时母亲拭了几回眼角，我却是"少年不识愁滋味"，尽管此时我们家已经散了架，母亲在这儿，父亲在河南省某个干校，身为长子的我即将下乡去海南，广州只剩老外婆和三个年幼的弟弟……

2016 年 7 月 7 日修改

漫忆之二:

1969 年 1 月

啰唆了一大通,终于写到下乡了。

我是自己去派出所转户口、自己到学校、自己扛着行李去集中。如此高度自觉的革命行动直到今天都没有得到任何点赞,实在郁闷。

记得是 1969 年 1 月,记不起哪一天,家里老二去学农,老三去学工,为大哥送行的光荣使命历史性地落在 12 岁的小弟弟身上。凌晨,外婆老泪纵横送出门,兄弟俩拎着行李走过整条农林下路,在东山口总站搭上二路电车——半个世纪过去了,这趟电车还在——坐到文化公园总站。天刚蒙蒙亮,我给了小弟两角钱,一角是回程车钱,一角做早餐。看着他瘦小的身形在昏黄灯影中上了电车,我转身独自到南方大厦码头集中。随身行李不算多,另外有个木箱早两天送到学校集中装船了。那箱子重,里头大半是书,是我偷偷溜进学校图书馆拿的。学校刚刚迁入沙河新址,图书馆乱七八糟,看得出已经遭遇多次光顾,我在别人挑剩的书堆里胡乱拿了几十本（或者上百本？）……都说偷书不算偷，对吧？这些书陪伴我在农场度过了极其美好的时光。

据说人的记忆有选择性，我不知道我的记忆选择依赖的是什么标准。比如，我怎么也想不起在哪儿上的海船，据同学回忆是太古仓。老师们同船的情景倒是记得清清楚楚，个个大包小包，基本愁眉苦脸，我依然是"少年壮志不言愁"，心里还相当瞧不起他们。

我们是第二批下乡，挺吃亏的，没有同学摇旗呐喊送行，自作悲壮的机会都没有，冷冷清清没情没绪，上船找到铺位就睡觉了……

第二天到达海口码头，一上岸老师们就没影了，至今我也不知他们去了哪里。剩下的同学要分去第一批所在的三个农场。印象中当时分去哪个农场也带着"文革"派性烙印。我生性好静，"文革"初期只是在校内写写大字报，串联回来不知不觉成了逍遥派，一会儿跟这几个混，一会儿跟那几个玩，临下乡前居然与"初一鸡"的黄维亚、韩健康几个混得挺好。先行下乡到琼海县南俸农场的罗志刚、林卓几个本事大，居然搭上农场接人的卡车到海口来接"战友"。韩健康、黄维亚是"战友"，于是，我也稀里糊涂跟着走了。

二十来个少男少女加上行李上了解放牌卡车，离开城市进入乡野，走完大路转入山道。过万泉河渡口最令人兴奋，椰林连绵，绿水清澈，卡车驶上大木筏，绞盘转动过河铁缆，船工大声吆喝，木筏缓缓漂移……头一回置身这般美景之中，印象太深刻了！二十多年后，我在海口借了一辆车重返农场，第一个挂念的就是这儿。依着记忆从琼海县城嘉积拐进土道，在一个岔口转进渡口，河还在那里，椰林也在那里，渡船没了，过河铁缆也没了，唯有那个大转盘孤零零伫立荒草丛中，见证逝去的河水和我们的青春……上游几公里处已经修了大桥，荒水野渡从此只在记忆中。

过了河就进入南俸农场地界，天色渐渐昏暗，同学们累了乏了，都在打瞌睡。突然听到车底下沙沙作响，撩开车篷往后看，黑乎乎什么都看不见；往前看，车灯照出两道车辙辘印，中间是小半人高的草丛，就是这路中央的荒草摩擦卡车底盘发出响声。再往远看，灯柱晃动，深谷幽林，黑影幢幢，不知驶向何处。我们何曾见过这般山野荒路，车上一片沉寂，只有车底沙沙声时起时伏，夹杂女同学的低声饮泣。不过，近年几回同学聚会，无人认领当时的哭声，唯有存疑。

要说我们学校的女生，那可都是美人坯子，个个如花似玉，有才有貌，在当时广州学界是出了名的。虽说我们同学男多女少不成比例，和我一道分到东风队的还算有几个。既是校友又是农友，按说搭上一个半个还是有机会的，只可惜我生性胆小腼腆，别说搭上，就是搭讪都极少，只好一直停留在暗中仰慕阶段，直到今天，偶尔听到《同桌的你》，依然会心头一动……

2016 年 7 月 7 日

漫忆之三：

南俸农场东风队

很荣幸，广州外国语学校在我的人生历程中打下了第一个烙印。同样很荣幸，琼海县南俸农场东风队接下来给我打了第二个烙印。下乡是被动的、必须的；去哪个农场、哪个队，却有点选择权。多年之后，我不止一次回想，倘若我选择的是另一个农场，另一个生产队，我的人生轨迹又会怎么样？这个问题颇有些哲学意味，可惜，人生没有假如，历史拒绝假设。冥冥中已经注定，我将要在南俸农场东风队经历身体与精神的双重磨炼，完成长大成人的心灵洗礼。

南俸农场的前身是橡胶良种培育场，在海南农垦系统应该算老资格了。开拓者选址颇有眼光，农场依着美丽的万泉河中上游展开，由低而高向五指山麓延伸，场部坐落在山窝里，面前有一条小河。我们东风队是个老队，离场部不远，也就是翻过一个小山坡，在背面斜坡上，几排砖瓦房错落有致，居住着一百多名农工。我们知青住的是茅草房，女生宿舍在山坡上，时常仰视她们走出走进，从来没有上去过，至今不知里头什么样。男生的草房很大,很宽敞,门口是篮球场,对面是饭堂以及一条蜿蜒的溪流。左侧有一条贯穿全村通往山里的公路,第一批来的同学在屋前路边种了一棵苦楝树,算是"扎根树"。二十多年后我重返东风队,苦楝树已亭亭如盖,草房荡然无存,屋基荒草丛生……

老场老队,生存环境还是不错的。尤其是生产队为每个知青做了一张大栏床,所有箱笼家当摆上去,睡一个人依然很宽松舒服。屋顶茅草稀松,晚上躺在床上偶尔可见星星。茅草和泥糊成的墙壁缝隙很多,蛇虫鼠蚁随便进出。四根树桩打入泥地,上面钉几块木板,再铺上两层水泥袋纸,就是桌子,很经济实用。新树桩会发芽,绽放嫩绿,时间长了,则会长出一些小木耳,能吃。

按照时间推算,1969 年的春节我们是在农场度过的,过了春节我就年满 18 岁。然而,作为知青的第一个春节和第一个生日是怎样过的,一点印象都没有,最深刻的第一印象是对面的铁钟!

严格说来,那只是挂在饭堂屋檐下的一块铁板(钢板?)。每天早上六点,炊事员煮好稀饭,就会敲响铁板,通知全队开饭了。于是,钟声一响,家家户户亮灯,起床,打早饭——千篇一律二两米粥。唯独饭堂对面的知青草房漆黑一片,鸦雀无声。海南早春的山里有点冷,我们哪里能起早?何况起来就要出工干活!起初,我们赖床成功,可以磨蹭到早上八九点钟……世界属于我们的时辰。然而好景不长,不知是炊事员看不惯懒汉还是领导有交代——多半后者,队领导每天都要到草房来好言好语恶声恶气想方设法费尽口舌哄我们起床……换了我,早就不耐烦了——不知从哪一天开始,只要我们没起床,饭堂钟声就不停止,而且愈发激昂铿锵有力声震寰宇,你就是缩在被窝里把耳朵捂上，也挡不住钟声敲心震肺！眼看就要败下阵来，不知哪位天才同学发明，起来点燃煤油灯，拿到门口晃一晃，再搁到窗前。呵呵，真灵，灯光亮起，钟声随即停止，殊不知点灯人早就钻回被窝，带着满屋同学的点赞……

当然，这只是下乡序曲。我们如此优秀，怎么会当好吃懒做的二流子？事实上，没过几个月，我们（包括女生）就过了"劳动关"。说句老实话，我一直认为，农场那些活儿，上手不难，深造也易。诸如锄草、砍带、开荒、施肥、种菜、喂猪，都是眼见功夫。割胶算是技术活了，我是下乡半年后培训上岗，第二年夏天，我负责的林段就召开过全场新胶工的现场学习会。队里几个老胶工特地跑去看，点头称赞：确实割得好！

所以"接受再教育"云云，其实就是接受苦难的磨炼。就拿割胶来说吧，看上去活儿不重，当年有个舞蹈《胶林晨曲》甚至把女胶工浪漫成林中仙子。其实呢，以我为例吧——

凌晨三点半起床，对，三点半，误差不超过十分钟。点燃电石灯，拿上胶桶胶篓胶刀之类，叫上同学钟广华，一前一后迷迷糊糊往山里走。新胶工分配的林段都很远，我俩是最远的，要走四十分钟崎岖山道。抵达之后便像猴子一般上蹿下跳，沿着难以辨识的小径为每株适龄胶树割去一层皮。电石灯吱吱作响，露水湿透衣服，山蚂蟥伺机偷袭，蚊子公然把你叮咬成猪头……一个林段三百来株胶树，割完时已是阳光灿烂八点来钟。可以歇口气等待胶水流淌，美滋滋抽上一支烟，然后再打个盹。我的抽烟恶习就是这会儿养成的，至今仍输送磨难。九点左右开始收胶，又是一轮上蹿下跳，把所有胶树流出的乳汁搜刮入桶，忙乎完了，顶着烈日原路返回，把胶水挑到收胶站，再快也得十一点。起床至此粒米未沾，肚子早已饿得不会叫了。身上不能用汗流浃背来形容，因为全身上下连解放鞋都被汗水湿透了，走起路来咯吱咯吱响。上午到此结束，下午还要出工，天天如此……

要说这是轻松活，只能说你唱高调。

我们农场我们队地处标准的亚热带雨林，周边除了垦殖的橡胶园，就是漫无边际的原生林、次生林。如今狂热提倡的"人与自然和谐"，那时根本不是问题。蛇虫鼠蚁经常前来串门走亲戚，有一回我正躺在床上看星星，突然发现椽子在动，定睛看去，原来是一条胳膊粗的长蛇正在屋架上溜达，悠悠然盘过整间草房，消失在另一侧屋檐下。很奇怪，我当时居然一点不害怕。

户外的邂逅更平常，黄猄、山猪、野狸、穿山甲……最多的还是蛇，大的、小的，有毒的、无毒的，应有尽有。有一次割胶返回，钟广华走在前面，一条蛇从树上落下，挂在他的扁担后侧，卷了卷搭在桶边缘，慢条斯理下地滑进草丛。这条蛇比扁担还长，如此这般亲密接触，钟广华竟浑然不觉！最不讲礼仪的是山蚂蟥，见了人便"飞起来咬"，它们会从草丛、枝叶、树上等全方位多角度发动攻击，令你防不胜防，扯不胜扯。有一回早上起来发现枕头一摊血，旁边有一只滚圆的山蚂蟥正在酣睡，耳根发痒，摸摸有血迹。不知昨天什么时候叮上了，洗澡睡觉都没发现，以至同床共枕一晚上！

尽管多半都是虚惊，我还是遭遇了一场劫难。进山开荒被一条筷子长的蜈蚣咬了左脚背，当晚肿得像皮球，疼得我眼泪都流不出来，抱着左脚在床上打滚。队上的女卫生员用了个偏方以毒攻毒，把野芋头捣烂敷在脚背上。她的手弄得红肿发痒，我的痛楚还真是略有缓解。生产队缺医少药，伤口时好时坏，转为脓肿，脚背胀鼓鼓的发黑发亮，走路都困难。队上的赤脚医生指点我到场部去找一个草药老人。我拖着伤腿慢慢挪动，平日十五分钟路程足足挪了一个多小时。好不容易寻到了，老人捣了三包鲜草药，叫我每天敷一包。神奇的草药！当天就不痛了，第二天就感觉不胀了！之后又去讨了三包，居然好了！真的好了！直到今天，我的左脚背依然有个浅浅的疤痕，提醒我切莫忘记中华传统医药的伟大！这伟大，无法用言语来表述，也无须搬出诺贝尔来正名。至于那些瞧不上的甚至抹黑的，很简单，叫他们也到深山老林给毒虫咬上一口！

然而，人是很容易忘恩的。非常抱歉，我不但没记住草药老人姓氏，就连队里的女卫生员、赤脚医生的姓名都想不起了，真该死！哪位同学行行好，帮帮忙？

当然，比起伤痕文学、知青文学里头的苦难，甚至比起同农场那些新建队（例如红流队？）的同学们，我这根本算不了什么，根本就是渺小到微不足道。我没本钱也没兴趣把苦难打造成一块勋章别在胸口上炫耀，顶在脑门上显摆，再摆出一副悲天悯人的博大情怀……只是每回私下里想起，心中难免泛起一丝苦涩和无奈。

2016 年 7 月 7 日修改

漫忆之四：

与天斗　与地斗

　　海南的天不好惹，那是悍妇的脸，说撒泼就撒泼。出工淋成落汤鸡是家常便饭。有一回跟着班长上山砍树，雷鸣电闪，暴雨倾盆，山水瞬间顺着野径翻滚而下，我俩扛着圆木跌跌撞撞，念叨着最新最高指示：一不怕苦，二不怕死……突然一声霹雳啪啦巨响，把不远处高耸的树梢击断，电光四溅，火烟升腾，半截树干缓缓倒下，一路砸断无数枝丫，最后挂在我们面前。我扔下木头，缩在老树头下目瞪口呆，嘴里的词儿早没影了。老天爷真会调戏人，过了没多久，风停雨散，云开日出，一道彩虹霍地从身边升起，直上天际。我抬头仰望，眼睛都看直了，愣了一会，想起进入彩虹里头看看，不料，我走它也走，最后，虹脚落入山涧，过不去了，伸手摸摸，湿漉漉的没啥特别……此后，再也没有遇上了。

　　台风就没这么好玩了。海南台风多，每年都要刮几场。应该是1969年9、10月间吧，强台风正面袭击琼海县，半夜里风力骤然加大，遇上台风中心的龙卷风了。我们的草房在凄厉的风声中摇摇欲坠，赶来的副指导员领着我们举着树丫支撑，往东倒就往西撑，往西歪就往东撑，一群知青吆吆喝喝跟着副指导员在屋里来回移动，像是幼儿园玩老鹰捉小鸡。眼看胜利在望，一个超级风头袭来，草房屋顶呼的一声消失。得了，整个顶层设计都没了，战斗结束。我们一哄而散，胡乱扯了块雨布，钻进各自床底——睡觉。

狂风持续呼啸，不时有物件砸下来。蒙蒙眬眬睡了一觉，天色发亮，一个锅盖啪地摔落门口，咕噜咕噜滚开去，重新飞上天。远处山峦整株整株的树冠像被无形巨斧砍断，横空腾起，御风飞行……那是队上的高产胶林啊！

临近中午，风势渐渐减弱，我探头探脑钻出床底，听到一个传闻。据说，昨晚风力最大之时，我们的队长冲出家门抢险，刚喊了一声"共产党员跟我……"就被刮倒在地，打了个滚，重重撞到树桩上，晕了过去。结果，没人指挥抗风抢险，损失惨重。

当然，这只是一个段子，没敢找队长核实。过了很久，听说了牛田洋抗洪斗争的惨烈，我又想起这个段子，幸亏没人指挥，幸亏没有"下定决心"。与天斗，可不是闹着玩的！

按说到了1969年，"文革"的狂热已经相当衰退，不幸——当时可是敲锣打鼓连夜庆祝——农场改制为兵团，又打了一剂鸡血！连带我们知青也亢奋莫名，南俸农场改为二师一团，从此不是农垦工人，变身兵团战士了。

陆续来了些军人充当团长、政委、干事什么的，依然戴着领章帽徽，很是亮眼。新官上任三把火，记不起向什么献礼，搞了个修路大会战。各生产队……不，应该叫各连队……精壮劳力集中到场部……团部……开动员大会，做报告的是部队下来的团政治处主任。这人嘴巴真能说，从世界革命风起云涌说到"文革"形势大好不是小好，从亚非拉人民要解放说到我们修路的现实意义、深远意义……叽里呱啦说了两小时，那个鼓动性、煽动力啊，此后我再也没见过。死人能不能说得活转来不知道，树上的鸟儿肯定能哄下来。听完动员报告，我们背着行李出发，班长激动地对我说："小勉，看来世界革命快要胜利了。"

我虽然也心潮澎湃，但好歹读了几年书，知道地球有多大，只能唔唔唔含混回应。

所谓关系"世界革命"的路，实际就是打通新建开荒队与场部（团部）的交通。各生产队（连队）分片包干，三天完成。我们分到的是一片原始雨林，人迹罕至。一路披荆斩棘进去，首先安营扎寨。遍地厚厚的腐叶，一脚踩下去就出水，绝对不能席地露营。老工人有经验，砍来树枝，选四棵方位恰当的树，先用四支木条在一米高位置扎个框架，然后把木条密密地排列捆扎结实，铺上树叶杂草，把铺盖放上去，再在上面半人多高的位置拉上雨布遮盖，嘿嘿，一个小巧玲珑的吊脚栅屋就完成了。脸盆水桶、锅碗瓢盆放在底下，整齐顺手：人睡在上面，通风软和，别提多舒服了。

可惜，没能舒服几小时。当晚睡到半夜，就有人爬起来干活了。说是各个包干片都在挑灯夜战，咱们也不能落后！瞧瞧，那动员报告的煽动性有多厉害！我当然不敢当落后分子，睡眼惺忪地爬起来，拿上锄头去挖山。从这一刻开始，直到三天后撤离，再也没沾过我那舒适的铺位……呜呼。

说实话，人人都很努力，个个挖山不止。然而活愚公不是好当的，坡陡林密，树头石头，整整一天，锄头崩口，铁钎撬弯，没见着一丁点公路模样。不知什么时候开始爆破作业，不知怎样阴差阳错派我进了爆破组——从此，我便与炸药雷管导火索结下不解之缘，每回队里开山炸石，都有我的份。次数多了，胆子大了，还顺手牵羊摸了些雷管炸药去炸鱼。

爆破作业辛苦危险好玩。方法很简单，遇上大石，掏石缝填炸药，炸裂；再填，炸开；再填，炸碎！树头，照此办理。大树索性不砍，直接炸倒。起爆只能利用工人离开工地去吃饭的空隙，因此，我们的休息时间更少。

记忆最深的是一株树王，三四人合抱，反复炸了十几次，遇到雷管哑火也不排除，就在旁边塞个新雷管继续引爆。直到树头几乎炸碎，巨大的树身才很不情愿地缓缓顺坡倒下，压断一片树林。龇牙咧嘴的树桩缓缓淌出暗色的汁液，令我不由想起西游记中的树妖树怪……

三天三夜只是开头睡了几小时，困得我眼皮都睁不开了，迷迷糊糊没完没了地摆弄炸药雷管，少说也放了两三百炮，浑身上下居然没有蹭掉一点皮，说来也是奇迹。

我们撤离的时候，路还没修好。听说后来通了车，一场大雨又冲毁了，最终勉强能通牛车。这样说来，这次大会战还算没有完全白干，牛车总比人挑肩扛强，对吧。

2016 年 7 月 7 日

漫忆之五：

水牛、水缸、避孕套

上一篇有点沉重，这一篇来点轻松的。

别人的事我不知道，就我的知青生活而言，也不全是苦难、悲催，更多的是苦中有乐，说得高雅些叫作苦中作乐，尤其是一不留神当了生产队文书之后……

原先的文书调到别处当领导去了，也不知队领导怎么想的，至今也没闹明白，总之，一不留神就让我来当了文书。

文书不是官，照样早起割胶、出工干活。不过呢，下午多半是忙碌队里各项杂事，自由度颇大，从"要我干"到"我要干"，简单的农活顿时透出几许乐趣。尤其是带牛车外出，胜过当今自驾游！

队里养了一群牛，有黄牛，有水牛。黄牛养来积肥，吃肉，地位不高；水牛只有几条，是那种奶白色的杂交品种，专职拉车，偶尔上山拉大木，相当尊贵。生产队的物资补给主要靠场部卡车运输，然而总有说不清的杂碎需要自力更生，这就要用上牛车了。最擅长拉车的是一条健硕的母水牛，有些年纪了，据说套上胶轮车，可以拉上 1000 斤。我胆子小，没试过，最多拉过 800 斤。

再也见不到这么善解人意的牛儿了。带它出去，不用赶，不必牵，甚至不是驾车，只能说带，或者说领。也就是一两回之后吧，再见到我打开牛栏门栅，不等我出声，就会甩甩尾巴默默走出来，跟着我走到胶轮车旁自动低下头套上牛轭，待我系好后坐上车，又会自动迈开步子，沉稳地走出村口。下了村头陡坡就是三岔路，牛儿会在路口回头望望，往左摆摆手，它就往左去加工连；往右摆摆手，它就往右去场部。抵达场部广场又会停下来等我示意去哪里。有一回快到场部碰到熟人，我跳下车闲聊，牛车自动前行，越走越远。熟人提醒我走远了，我说不要紧，到了场部会停下来等的。果然，就在广场路口停下，牛儿望了望掉队的我，悠悠然低下头啃吃路边野草，令熟人诧异不已。别看它性情随和，原则性还挺强。通常空车去我都是坐在车上优哉游哉，满载回自然步行跟随。有一回到场部仓库领了一些箩筐簸箕、锄头胶刀，总共也就小半车几十斤分量。出了场部，我跳上车歇歇脚，没想到牛儿回头看着我，不走了。我吆喝几声，牛儿走了两步又停下回头瞪我。我跳下车，耶，它自动迈开了步子。这下子我明白了，那意思是它在干活，我也不能偷懒，必须同甘共苦！老牛通人性哦，就欠不会说话。估计它能听懂海南话，可我除了普通话只会说粤语，存在语言障碍，只能像聋哑人那样靠手势沟通了。

最令我震惊的是一次去加工连拉大米，两百斤一袋装了三袋，外加一袋百余斤的米糠。回程遇上暴雨，我赶紧把塑料布盖在米袋上，牛儿也自动加快了脚步。走到村口上陡坡，山水哗哗往下淌，泥泞路滑，老牛吃力地蹬紧四蹄，一步一滑往上拖。好不容易快到坡顶，突然一个趔趄，将近八百斤的重车往

19

后倒溜！我在车后死命顶撑，牛车依然后滑，牛轭勒得老牛脖子仰得老高，气都喘不过来，四蹄明显错乱，我的双脚更是无奈地后滑，眼看就要滚下陡坡车毁牛亡，我吓坏了，顺手捡起风雨打落的枯枝，狠命往牛屁股上抽打，同时连声吼叫，只见老牛一声吼叫，头一低，肌腱毕露，四蹄奋力狠蹬，重车猛然前冲，直上坡顶……

好牛啊，危难时刻显身手的好牛！

如今，难得见到辛勤劳作的牛儿了，常见的是牛扒、牛排、牛骨汤，牛车这个词甚至被非法挪用，拿去形容豪华汽车。豪车算什么，有钱就行。我这辆自动行驶、吃野草干重活、通人性同甘苦的牛车，你买得到吗？拿钱买不来的才叫牛。何况，牛车本来就姓牛，水牛的名字就叫——牛！

说完水牛，捎带说说水缸。当文书后我搬到队部草屋住了个单间，角落摆了两个大水缸。水缸不装水，装的是香蕉芭蕉。

生产队在村子周围的山沟水边种了不少香蕉芭蕉，定期巡查有无可以收获的蕉果是我最惬意的活儿。农工们看到了也会特地告知我：小勉，哪里哪里有一梭哦……我就会拿上砍刀直奔哪里哪里。树上的蕉果不能等到全熟，否则会被鸟啄老鼠啃，或者猴子（人?）摘。因此必须在将熟未熟时整梭砍下，拿回来放进水缸里，待到有点多了，再盖上麻布袋捂熟。待到我那小屋里弥漫起浓郁的香蕉气味之时，队里就会迎来一个小小的节日。黄昏时分，我把香蕉芭蕉一串一串取出来摆在门口，工人们帮着分成一堆一堆，每个班一堆，有人自动监督，从这儿拿一梭到那儿，从那儿拈两条到这儿，仔细端详匀不匀。虽然最后分到每人手里只有几条，整个村子却满是孩子们的欢声笑语，时不时还给我来几个点赞，好像这些美食是我带来的。其实都是大家的，我不过实施了典型的原始共产主义分配方式而已。

老实坦白，我最受广大人民群众关注的还是晚上睡觉时分。说起来有点脸红（说的是当时，现在早成厚脸皮了！），由于我住在队部隔壁，另外一头便是卫生室。为着方便群众，队上的卫生员就把发放避孕套的光荣使命交给了我！于是乎，每天晚上无论多晚，只要有人到队部外面喊一声："小勉——"我就得急忙爬起来，拿上钥匙，打开卫生室，打开药柜，取出避孕套一枚。最讨嫌的是索套者也不相约，总是单溜，弄得我一晚上起来好几回。然而再麻烦也不敢埋怨，咱不能耽误别个的好事，对吧。来的多半是男农工，偶尔也有女农工，甚至半夜十二点都会有人来……只有我们知青（当然包括我在内），无论男女，没有一个索取过。绝不说谎，用一句当年时髦话语：向毛主席保证！……

2016 年 7 月 23 日

漫忆之六：

山沟沟里的马克思主义

终于写到最后，写到最想写又最难写的章节。

1969 年 1 月到达海南琼海县南俸农场东风队，1970 年 12 月应征入伍离去，我的知青生活只有短短两年。两年的农工劳作，并没有给我的身体留下多少烙印，胳膊依然不粗，手劲依然不大，缺乏体力劳动者范儿。然而，这两年又是我人生中最重要的两年，思想经历了磨炼，心灵受到了洗礼。初到农场，我只是个懵懂少年，离开之时，我拥有了自己的思想品性、处世原则，有了初步成形的世界观，认识论、方法论，直到今天都没有质的变化，也不打算变。

事情还得回到 1969 年底，"一打三反"运动尚未开始那时说起。

小小年纪千里迢迢下乡到海南，我们都很想家，总想请假回家探亲。为此编造种种理由，最常见的是叫家里发加急电报，什么"急事速归"，什么"父病重""母病重"，尽管父母健壮如牛，一点事都没有，收到电报依然理直气壮跑去向队长指导员请假。起初这伎俩还是挺管用的，我也用过一回，不记得背锅的是父亲还是母亲或是父母亲一道，总之侥幸得逞，于1969年11月回了一趟广州。之所以日子记得这么清楚，全因为父母亲都从干校回广州探亲，一家人难得团聚，特意去照相馆照了一张全家福，母亲细心地亲笔标注了日期——

恋恋不舍离开广州返回东风队，奇怪的事情发生了。同队的男同学突然一起排斥我，全都不与我说话，是的，一句话都不说，尽管我分别与好几个搭腔，但他们都装作没看见、没听见，让我接连碰了几鼻子灰，捞了老大老大的没趣。前面说过，我不是他们的"战友"，但也不至于是"敌人"啊！扪心自问，我没有做过任何对不起人的事，更别说对不起同学了。不明白他们为什么要联合起来排斥我，孤立我，而且非常坚定不移。直到我应征入伍临走的晚上，杨光约我在门前的"扎根树"旁说话，这是我整整一年和同学的唯一对话。他说，原先以为我"告密"，向领导打了什么什么小报告，后来才知道弄错了……他说得挺清楚，我听得很糊涂，因为我根本就不知道那个"什么什么"是什么，更不知道为什么要无端端怀疑我，直到今天也不知道。

此时相处较好的韩健康、黄维亚因为军队子弟可以从军的政策已经当兵走了，女同学素无来往，我在知青群体中非常孤独，收工后回到宿舍，同学们进进出出，全部对我视若不见，我也只能闷不作声。或许正是这种环境，迫使我逐渐养成了独处、好静、坚忍的秉性，这对我四十年后隐居写作长篇历史纪实小说《大唐遗梦》颇有帮助，倒是一个意外收获。

实在想说话，只能去班长林家永家。老林是生产队里对我最好的人，没文化，话不多，心里明白。我一去就把水烟筒递过来，浓烈的自制烟丝呛得我连连咳嗽，却舍不得放下，我的烟瘾想必就是那些日子养成的。两个人坐在门口屋檐下，大多是我在唠叨，他偶尔插几句，给点肯定，给点鼓励……

二十多年后，我重返农场，重返生产队，独自站在荒废的篮球场茫然四顾，首先想到的就是班长老林。顶着明晃晃的太阳走向他家，刚刚察觉屋檐阴影里坐着一个人，就听到熟悉亲切的声音："小勉，是你吗？"我的泪水险些夺眶而出！

其余时间只能看书。然而没过多久，带到农场的书籍惨遭没收，只剩下毛选和语录。每天晚上只能读毛选，从第一卷读到第四卷，包括注释。同时写信叫母亲寄来马列著作——当时仅存值得读的书籍，诸如：

《共产党宣言》《法兰西内战》《哥达纲领批判》《政治经济学批判》《反杜林论》《社会主义从空想到科学的发展》《家庭、私有制和国家的起源》《路德维希·费尔巴哈和德国古典哲学的终结》《自然辩证法》，以及《帝国主义是资本主义的最高阶段》《国家与革命》《共产主义运动中的"左派"幼稚病》……

说实话，这样的书单并不适合一个十八九岁初中没毕业的小青年在山沟沟里独自阅读。然而，整整一年，我读的就是这些。

"一个幽灵，共产主义的幽灵，在欧洲游荡。"马克思在天鹅咖啡馆神采飞扬地写道……120余年之后，一个幽灵，青春孤独的幽灵在山沟茅草屋热切地打开白皮红字的封面，生吞活剥。一个晚上接一个晚上，一本接一本，停止供电了，点亮油灯。读不懂，硬啃，一条注释都不放过。实在困得睁不开眼睛了，上床睡觉。起初只是打发时间，缓解孤独，渐渐地，我读出了兴趣，读出了味道，进入了书中境界。

多年之后，我敬佩地得知，也是在这前后时间，全国各地相继有下乡知青自发组织读书组、学习组，如饥似渴研读一切到手的经典著作，汲取前人智慧，探讨中国的前途命运……我没有这种盗火的博大情怀，更缺乏十二月党人的先驱勇气，我只是读书，因为孤独而读书，因为无知而读书，因为充实而读书，因为振奋而读书！绝不夸张，这个书单我都仔细读了，有的还读了几遍。后来到了部队，我又重新弄来这些书籍外加《资本论》第一卷，再次重温……

日积月累，潜移默化，终于，我发现自己由衷地信仰了马克思主义，开始自觉地尝试运用历史唯物主义和辩证唯物主义，为人处世，从此有了自己的脊梁骨！

写下这些文字，只是为着忠实记录当年知青生活一段重要的心路历程。思想是自由的，信仰是个人的。过去几十年，我极少主动宣扬自己的信仰，更没想过以此换取什么好处。有些人无的放矢也能下笔千言，实在令人佩服。我也见过不少满口革命辞藻的，仔细听听，连马恩原著的书名都说不上来，无语……

1970年冬季征兵，传来知青下乡两年可以应征的消息。

我报了名，得到了群众推荐，通过了体检政审，终于得以履行适龄青年参军保卫祖国的光荣义务，告别给了我第一碗人生酸辣汤的农场，打起背包继续南行，直抵天涯海角，成为一名陆军士兵——隶属海南军区榆林要塞区第一守备区三营十连三排九班！

2016 年 7 月 9 日

附：红尘滚滚五十年

——2015 岁末初二法同学聚会小记

说明：

本文写于《下乡漫忆》之前，内容却是下乡回城很久之后的事儿。附录于此，权作终结篇吧。

五十年。

人生能有几个五十年？

我们这次同学聚会，好些同学竟然阔别将近五十年！比如班长吴玉卿，比如同桌的陈三三……

1966 年 6 月，"文革"蔓延到我们广州外国语学校（简称"外校"），我们这些初一初二最大也不过初三的学生热血沸腾投身"文化大革命"，结交各式各样的小伙伴，加入形形色

色的朋友圈，小小年纪就此闯荡江湖。

爹妈给本人起的大名叫小勉，光看名字就知道是个听话的乖孩子……呵呵，先别说我王婆卖瓜，想当年，咱外校招生那是全城优选，堪比如今的××选秀，教学体制即便用今天的标准也是"贵族"水平，学生自然都是循规蹈矩的好孩子……呵呵，集体卖瓜！只不过逢上席卷全国的"文化大革命"，再乖的也不乖了。大字报、批斗会、大串联、打派仗、武斗、逍遥等等，构建了我们这一代共同的青春萌动期记忆。记得当年结伴上北京见毛主席，有本次聚会在座的刘援朝、陈和平、欧为民，还有谁不记得了。之后还一道步行串联去了黄山洞……乖孩子的小勉随大流去了海南琼海南俸农场东风队，开了一年荒，割了一年胶，1970年冬，应征入伍到了最南端的榆林要塞，从此浪迹天涯，放了单飞。

红尘滚滚，岁月悠悠，中年心事浓似酒，老来情怀淡如茶。外校的记忆渐行渐远，不知遗落何处……直到退休之后，闲来无事不从容，才又和同学有了些许联系。2013年外校五十周年大庆没赶上，而今承蒙班长热心，令我得以与同学们重聚。

11月29日傍晚，广州东山口厨大班酒楼，初二法同学济济一堂。男生踊跃，来了二十多个；女生怕羞，只有班长吴玉卿一个代表。本来我们班就是阳盛阴衰，这下子更成了众星捧月。瞧瞧题头的合影照，那"月亮"笑得多开心。

再次使用"班级、班长、男生、女生"之类的词儿，感觉真好，仿佛时光倒流五十年，又回到学生时代。然而，这只是美妙的幻觉，白发皱纹俱在，回不去了。我们是新中国的头胎子女，已经跟随共和国经历了六十多年风雨沧桑。我们曾在队旗下高唱"我们是共产主义接班人"，"除四害"中打死过无数老鼠苍蝇；我们曾在困难时期面黄肌瘦，也曾为第一颗原子弹爆炸成功欢呼雀跃。长子长女最孝顺，当国家在动乱中不堪重负之时，我们奔赴蛮荒抢锄头，挥砍刀，用稚嫩的肩膀为母亲分忧。终于，我们长大成人了，学业荒废，事业无门，身上有伤痕，心中有委屈。然而我们确实长大了，十年锤炼脱胎换骨，我们叹气却不气馁，牢骚而不言败，收拾行装重新出发，走向新时期，走向新世纪，走向新世界……

五十年沧海桑田，五十载阴晴圆缺，我们退休了，终于有了足够的闲暇，终于有了今天的重聚。人多话杂时间短，没能畅谈深究，只是约略得知都不容易。是的，我们这一代跌跌撞撞，磕磕绊绊，实在不容易。回顾来路，足迹错落零乱，登山而不高，扬帆而不远，平平淡淡，忙忙碌碌，没多少可秀，没什么可炫。最可欣慰的是，在贫穷落后的祖国终于成为世界第二大经济体的艰苦卓绝历程中，有我们的智慧和汗水，有我们的劳作和奉献！这就足够了，足以告慰前人，足以无愧后者。

重聚意味分别，分别留下回忆。在这里，当年的乖孩子，如今的好老儿小勉我，送给各位同学一首古诗：

闲来无事不从容，睡觉东窗日已红。

万物静观皆自得，四时佳兴与人同。

道通天地有形外，思入风云变态中。

富贵不淫贫贱乐，男儿到此是豪雄。

——［宋］程颢《秋日偶成》

2015 年岁末于深圳　今年冬天不太冷

军旅生涯

题记：

再平静的水面也会泛起涟漪，再淡然的心境也会热血澎湃。退休隐居多年，已然"白发渔樵江渚上，惯看秋月春风"。不承想，一个电话把我牵回早已逝去却从未忘记的激情年代。

那是一个陌生的号码，陌生的声音，却能叫出我的名字，自称战友。起初只是姑妄听之，随口应之。不是疑心重，实在是当今骗子多。然而，当他说出我的指导员钟景伦、我的排长邓景桂这些我数十年没有向外人提及的名字之时，我霍地站起身，是战友，是老连队的老战友！

老战友引领我进入铁七连微信聊天群，看着那一张张褪色的军人照片，长年干眼病的我居然泪眼蒙眬！我的连队我的战友，我的手握半自动、身着国防绿，守卫天涯海角的青春岁月……

新兵第一课，学会吃饱

——从军散记之一

应征入伍，履行适龄青年参军保卫祖国的光荣义务，是我一生中最引以自豪的事儿。

时空穿越到上个世纪。1970年冬，一年一度的冬季征兵又开始了。这一年有新政策，知青下乡两年的可以应征。我是1969年1月到农场的，勉强够两年。得知可以应征，别提多高兴了。一来是下乡时间长了，越来越想到"出路"。虽说栽了"扎根树"，但我敢打赌，没几个愿意"扎根"。二来，或许是打仗的书看多了，自小就向往参军当兵金戈铁马。这样的好事居然说来就来，真是天上掉下大馅饼，正好砸到脚边边。

估计有这想法的不在少数，报名相当踊跃，似乎够条件的都报了名。那个年代应征入伍要过三关。一是群众推荐，刷了一批；体检，再刷一批；最后是政审，又有些没通过。记得农场集中到县城去体检的队伍相当浩荡，最后录取寥寥无几，好像只有五人（或者六个）。当时年轻气盛，颇有些小得意。如今年老淡然，回想起来，还是有点……小得意，呵呵。当然，回首这桩往事，绝非为了炫什么"小得意"，只是记录在案：我的从军，是心甘情愿堂堂正正的。一辈子能有机会履行保卫祖国的义务，是我的幸运、我的骄傲。

光光荣荣集中到县武装部，全县约莫几百人。有十几个被挑出来往北去海口，说是去海南军区。这是要去大城市，大机关哦，许多新兵艳羡不已，我却暗暗喜欢自己的去向，大部队往南走，去榆林要塞区。那儿是海南岛最南端，真正的天涯海角。"骑马挎枪走天下，海角天涯是我家"，还有比这更豪情更神气更浪漫的吗？

都是读了几本书害的。第二天，什么神气啊浪漫啊，全部无影无踪，只剩下苦不堪言。当时正逢全军贯彻"千里野营拉练好"，不知哪个层级的指挥机构决定，新兵也要野营拉练。

于是乎，一群小鲜肉，一色新军装，背包歪歪扭扭，队伍曲曲弯弯，踢踢踏踏上路了。上半天挺精神，雄赳赳，气昂昂，左顾右盼，得意扬扬。下半天很悲催，瘸腿的，趴窝的，背包散架的，哭爹叫妈的……一点不夸张，真有走不动坐在路边哭鼻子的。幸好部队早有预备，两辆大解放做收容，跟在后面一路捡漏。我也好不到哪里，新鞋不服脚，打了几个泡，有一个磨破了，走起路来一拐一拐，真叫"钻心的疼"。这时又显出读过书的用处了，我咬牙，我坚持，我不上收容车！知道我在干什么吗？我在念叨伟人诗句，"红军不怕远征难……"二万五千里，啥时有过收容车？

你还别说，管用，真管用！战友们，同学们，各位老少爷们（包括女爷们），分享一个人生小体会：生活中遇到难处，遭到挫折，碰了壁摔了跤，没啥，想想当年红军长征，爬雪山过草地，千山万水，千难万险，咱这点破事算什么！我知道，当今这种轻浮的镀银时代，这个小体会相当不合时宜，相当另类，相当"老左"。呵呵，信不信由你，反正管用，至少比求菩萨拜上帝管用。

我们从琼海出发，原计划一直走到崖县，全程约莫三百公里。不知是掉队的实在太多，两卡车装不完，还是队伍一路稀稀拉拉，东歪西倒，有损解放军高大形象，总之，第三天来了一溜卡车，把我们分门别类装上，拉走。新兵蛋子的野营拉练就此胜利结束。

如果你以为这就是新兵第一课，那也太小瞧解放军这个大熔炉了。刚才说了，我们是分门别类上车的，也就是上车时已确定你去哪个部队。我分到第一守备区，"第一"，这可不是简单的序号，当时南海诸岛尚未驻军，就是我们第一守备区顶在祖国最南疆。咋样，有点牛气的资格吧！

新兵到了部队，首先是进新兵连集中训练。主要科目队列训练，动作简单，练好真难。发号施令的班长都是训练有素的老兵，凶巴巴的，简直没把新兵当作大活人，不过那时我们基本上也就是个木头疙瘩，操场上直挺挺地一戳八小时，立正稍息向右看齐，向左转，向右转，冷不丁又叫向后转。所有动作都有数不胜数的规范要领，光是"立正"，对，就是站着，动作要领就有几十个。总之，你爹你妈教你的站立行走全部报废，一切从头学起。别看只是在操场上转悠，一天下来腰酸背痛，两腿麻木，甚至十个手指都因为长时间垂直而充血肿胀。

一般来说，这就是新兵入伍第一课，练习最基本的坐立行走，让你在最短时间具有兵样……至少在体形上。近些年高等院校实行新生军训，家长学生叫苦连天，真是身在福中不知福。军训别的益处且不说，至少能给你正规的形体训练。仔细看看满大街走路的男男女女，耸肩的，佝背的，昂头一冲一冲像公鸡的，八字脚一摆一摆像毛鸭的……那些看着顺眼的，不是上过舞蹈课、进过模特班，就是经过……军训。

然而，对于我个人而言，最深刻最难忘的体会却是，新兵第一课，学会吃饱，准确地说，学会如何吃饱。

这个深刻体会咱深藏了数十年，今儿是首次披露。先交代背景：那时候的中国真穷，穷到普遍吃不饱肚子。吃不饱的普遍程度大体相当于现在的普遍营养过剩。新兵多数来自农村，属于吃不饱范畴，十八二十正是能吃的年龄，部队一天三顿白米饭，简直就是天天过年。

当年的新兵连条件简陋，没有饭堂，没有饭桌，甚至没有饭碗。入伍时什么都发，底裤都有两条，偏偏没发饭碗，营区里没处买，只能使用漱口的搪瓷盅外加树枝制作的筷子。开饭时地上摆一盆菜，全班八九个弟兄围蹲一圈，一手搪瓷盅装饭，一手树枝筷夹菜，开动！条件简陋，方显吃货本色。我算是见识了什么叫狼吞虎咽，什么叫风卷残云，我第一盅没吃完，弟兄们已经第二盅落肚，等我装第二盅饭，菜盆已经见底，甚至菜汁都分完了。结果，我只能吃个半饱。

部队生活一天到晚连轴转，吃不饱可不是闹着玩的。晚上睡觉时饿得胃痛，干粮零食想都别想，只能喝口凉开水压压饥。接连几天吃不饱，终于情急生智……哦，饿急生智，想出一个吃饱的妙法——

开吃时，第一盅饭装少点，吃快点，三口两口扒完了先夹点菜放在口盅底，再去盛饭，然后抓紧夹菜，有人端起菜盆倒菜汁时，赶紧把口盅伸过去也来点。之后便可以不慌不忙慢慢享用了，盅底有菜有汁，可以再添饭，不愁吃不饱。

学会吃饱肚子这一课，对我可谓影响深远。此后几十年，我的吃饭动作一直非常紧凑。不知多少回，亲友酒友吃友们说我吃饭太快，不利于消化。这点道理谁不懂，军旅烙印改也难。

2017 年 5 月 25 日初稿，6 月 26 日修改

我们是光荣的铁七连

——从军散记之二

人生充满不确定，一个人一件事甚至一句话就可能改变命运轨迹，尤其正当青春年少。

据说新兵连集训原本计划两三个月，因为战备需要，提前结束。那个年代战备频繁，之前是 1969 年中苏边境冲突，接着就是"林副统帅一号令"，之后 1971 年秋发"号令"的摔死，再之后 1974 年初西沙之战……至于 1971 年初战什么备，我至今没闹明白。总之，一个月过后，新兵陆续分配。那些比较"高颜值"的被直属机关挑去当警卫员、通信员、勤务员；比较"气质"的去了卫生队、通信连、军械修理所……我们这些"大路货"则等着各连队领走。有一天，正无所事事坐在铺位上发呆，一个干部（当时不兴叫军官）来到面前："你就是广州知青×××？"

我诧异地点点头……已经参军了，怎么还"知青"？

"我都系广州嘅……"原来重点在"广州"。那干部改说粤语，自我介绍是连队指导员，姓钟，"走，跟我行"。

我乖乖打起背包，稀里糊涂跟着走了，不知道去哪儿，不知道这个领兵的叫什么名。当然，更不可能知道，这个指导员的出现，对我的人生起了决定性的导向……

就这样，我到了连队，进了班排，我的新身份全称如下：

中国人民解放军广州军区海南军区榆林要塞区第一守备区三营十连三排九班战士

呵呵，看晕了？不要紧，记得最前面和最后面就行了。

当时我们连队在一个名叫槟榔村的山里修筑战备公路（又是战备）。住的是茅草房，一排排树桩打进泥地搭成铺位。没有电灯，老兵指导我们用小瓶子制作煤油灯，最好用墨水瓶，矮墩墩的不易打翻。用小刀耐心在瓶盖上钻个洞，找点布条捻成灯芯穿进去，灌满煤油就可以了。晚上掀起床单，点亮了搁在床板上就是书桌，坐着小板凳读书写字，挺方便。一间草房一个班，八九个床头八九盏油灯摇曳，此情此景难得一见。与我挨着铺位的也是新兵，阳江人，名叫崔义新，个子高高的，笑容满面。一连几个晚上都在油灯下涂涂写写，憋得满脸通红，久不久过来问一个字，又回去死憋。时间长了忍不住问他："写什么呢，要不要帮忙？"

他犹豫了好一会，捏着一张纸过来，不好意思地说："给对象回信，怎么写才好？"

呵呵，原来是写情书，这可是一门大学问。不像现在，正大光明，甚至可以电视直播相亲。那时候搞对象可是一桩严肃认真的地下工作，轻易不可告人。我虽说还是地道处男，却装出老于此道的模样："给我看看，我帮你写。"

拿过信纸一看，我差点笑出声，歪歪扭扭百来个字，通篇

"文革"语气。开头是最高指示，"抓革命，促生产，备战备荒为人民"，然后就是"你的无产阶级感情比我深""你的革命觉悟比我高"，诸如此类。

当然，若论"文革"语言，难不倒我。没花多少工夫，我便帮他写好回信，内容不外乎简述来到部队一切均好，不用挂念，等等。最得意的神来之笔是开头引用的最高指示："我们都是来自五湖四海，为了一个共同的革命目标，走到一起来了……一切革命队伍的人都要互相关心，互相爱护，互相帮助。"

当我把这段话念给他听时，他的眼睛发亮，连声称道："这个好，这个好！"

为了一个共同目标走到一起……这个能不好？

说了情书，再说说情怀。

虽说来自五湖四海，但战友基本都是南方人。连长周尚新是广西的，指导员钟景伦是广州的，起初的班长后来的排长邓景桂是海南的，当时海南还是广东的行政区。后来的班长庄大川是湖南的，副班长也是湖南的。基本上就是广州军区的防区——湖南加两广。然而奇怪的是，连队的干部以及相当一批老兵，说话总爱带上个"老鼻"的口头禅。起初不知啥意思，听着听着才知道是"老鼻子"的缩语，奇了怪了，这本来是东北或者山东的方言，咋会在海南岛军营流行？

还有一桩不寻常事。过年改善生活，居然是全连包饺子！炊事班提供饺子馅，各班擀皮包。可怜我们这些南方水鸭子，七手八脚笨手笨脚手忙脚乱，不是包成包子就是煮成面疙瘩……当然，也能吃饱。

直到指导员上政治课讲述连史，我才恍然大悟，原来，我们连是一支有光荣战史的英雄部队。连歌为证——

我们是光荣的铁七连，
南征北战十二年。
立下了无数战斗的功勋，
威名天下传，
威名天下传！

据说，我们连队 1937 年诞生于山东。不愿做奴隶的山东汉子，集结在抗日的旗帜下，组建了蓬莱县大队——我们连的前身。"大刀向鬼子们的头上砍去"，热血染红战旗，猛士杀出威名。最惨烈的一仗，全连打剩十几人！不知什么时候开始，齐鲁大地传出一句顺口溜，"铁七连，钢八连，打不烂的是九连"。

铁七连，就是我们连！

抗战胜利后，连队奉命北上出关，加入四野序列，先是十二纵，继而为四十九军。从东北一直打到海南，把红旗插上天涯海角！宋代词人辛弃疾有曰，"想当年，金戈铁马，气吞万里如虎"，正是我们连队的真实写照。呵呵，绝对牛气冲天！

我总算明白为什么南方部队有着北方习俗与口语。

然而，这样的英雄连队却名不见经传，"铁七连"的名号也只有连队老兵们自己念叨念叨。

不奇怪，一点都不奇怪，解放军中英雄连队太多了，瞧瞧九三胜利日大阅兵，一排排，一队队，望不断，数不尽。排不上队，挂不上号的，更不知还有多少。相对而言，我们连队也就是一支战功赫赫的普通连队而已。

尽管如此，我依然为之骄傲。最令我热血沸腾的是授枪仪式。那是初春的夜晚，全连集合在草房前，山峦环绕，万籁俱寂，唯有满天星光注视着我们。连长亲自点名，一个个新兵出列接过钢枪，正式成为一名战士。我在九班，序列最后，终于听到我的名字，我用力回应一声"到"，从连长手里接受了一支56式半自动步枪，从这一刻开始，我为祖国站岗放哨！

连歌又一次在夜空中回荡：

我们是光荣的铁七连，
南征北战十二年。
立下了无数战斗的功勋，
威名天下传，
威名天下传！

都说我们运气好

——从军散记之三

我们新兵一到连队，老兵就说："你们运气好。真好……"

起初没留意，这个说，那个说，总算开了窍，我们连队连续几年施工修公路，今年总算转为军事训练。

的确运气好，哪个拿枪杆子的不想练武？

约莫春节过后，全连拔寨返回营区——抱坡岭。这儿是团部（也就是第一守备区指挥机关）所在地，我们连的营房在西边，20世纪50年代的苏式建筑，一条道路两排又高又大的营房。路北并列两间大屋，一间住一个排。西头还有一间是炊事班和饭堂（当年不兴叫餐厅）。路南一间大屋，我们排三个班每班九个人，总计二十七个兵外加排长，全住里头。西头是连部，我们三排正好在连首长眼皮子底下，因此比较老实，样样工作都走在前面（当然，还有一个重要原因，以后细说）。营房旁边是一个大操场，此外还有壕沟、靶场……从山沟沟搬回营区，简直是一步登天。至少，住的是宽敞明亮的瓦房；至少，有电灯、自来水；偶尔还能结伴到团部小卖部买点零食解解馋，虽然兜里没几个子，货架上也没啥东西，最奢侈的就是一瓶土酒加一斤土制饼干，三五战友小酌一番。

当然，这些都是次要的，最重要最来劲最美妙的是可以天天舞枪弄棒，演武场练兵！

我们是步兵连，装备的自然是步兵武器。一个班，正副班长56式冲锋枪，一挺连用机枪配正副射手，一具40火箭筒，也是配正副射手，剩下三个持56式半自动步枪。此外机枪副射手和火箭筒正副射手同时配备步枪。也就是一个班共有两支冲锋枪，六支半自动，一挺机枪外加一具火箭筒，全连九个班均如此。这样的装备不算先进，但也不算落后，倘若火力全开，绝对瞬间打出一片火海……当时的越南战场上，越共就是使用这类武器与美军抗衡的。

很多年之后，偶尔读到一篇文章，说是我军从红军的井冈山直到志愿军的上甘岭，吃够了火力不足只能用血肉之躯弥补的苦头，因此特别重视陆军的火力配备……想起当年我们这个普通的步兵连装备，似乎可以为此做个小小的脚注。

虽说装备还算与时俱进，训练却相当传统，主要就是老三样——射击、刺杀、投弹，外加利用地形地物、修战壕、越障碍等战术动作。要说军事技术，连队的军政主官都不含糊。连长周尚新，1959年兵，操练起来一套一套的，动作干脆利索标准，谁看了都得服。指导员钟景伦，1961年兵，说是政工干部，却是文武双全，甚至曾经到海南军区教导队当军事教员，这就更邪乎了。当然，说穿了也不奇怪，他们都经历了1964年全军大比武的摸爬滚打，练出一身真功夫。到了我们这一茬，已经"文革"好几年，天天突出政治，训练也就渐渐流于形式了。当然，三大军事技术中，射击是硬碰硬的，瞄不准，打不中，嘴巴皮子再会说也没用。幸好我有点小聪明，很快就掌握了射击窍门，新兵连第一次打靶，卧姿有依托一百米精度射击，九发子弹打了八十几环，轻轻松松捞了个优秀。嘿嘿，咱不吹牛，此后历次打靶，无论有依托无依托，无论平地山地，无论白天黑夜，咱一律优秀，良好都没试过。有一回出公差在团部，连队进行夜间射击考核，连长专门喊我回连队参加考核，悄悄交代了一个任务，帮旁边靶位打两发。虽说有点弄虚作假歪门邪道，但我依然坚决执行命令。先给自己的靶子打了七发，然后稍稍挪动枪口，瞄准左邻靶子闪烁灯光，打出剩余两发。结果，不但帮助左边的战友打出合格，提高了全连合格率，自己依然拿了优秀——夜间射击，九发七中就是优秀。还有一回，也是公差（我当兵几年，公差不断且都与文化有关，以后会详细叙述），到了别的连队，碰上他们射击考核。我在一旁看热闹，不巧被检查工作的副团长看到，他最讨厌我们这些不务正业到处乱晃的文化兵，当即吆喝道："小廖，你也去打几发。"

我当然服从命令，瞄了一个刚打完成绩不错的战士，接过他的枪。他成绩不错，说明这杆枪校准了。枪准，心里不慌，上去规规矩矩打了九发，嘿嘿，优秀！

副团长有点诧异："看不出哦，小廖。"

我心里暗笑，你正好考到我的强项，不知是算你不走运还是我运气好……

还有一样可以吹吹牛。我是火箭筒手，火箭筒实弹射击，一百米开外的靶标，次次一弹击毁！火箭筒射击场面相当刺激，击发时一声巨响，嗡的一声双耳暂时失聪。筒尾喷出一米多长的火焰，弹头射速不快，可以清晰看到有如乌鸦画出一道弧线，飞到半途就知道能否中靶。由于玩得溜，一不小心成了火箭筒小教员，九个班的火箭筒实弹射击都由我指点，神气倒挺神气，可惜本事不济，战友们脱靶不少，全连总评也就是及格。不过，好像连长指导员还挺满意，毕竟这玩意比步枪冲锋枪难伺候。

我自小细胳膊细腿，手上没劲，两年农场劳作也没改变多少。到了部队，什么俯卧撑、引体向上之类需要上肢力量的都不行，全靠班长打个马虎眼，才能勉强及格蒙混过关。

要说我们班长，绝对顶呱呱。我从军四年多，在我们连队最佩服两个人，一个是到新兵连带我来的指导员钟景伦。政工干部一直配备到连队是我军一大特色，依我看，绝对必要。全连一百多号人，各有各的脑瓜，各有各的心思，而且每年更换一拨。如何把这一百多持枪的人拧成一股绳，锻成一把剑，那可是门大学问。咱钟指导员就是这么个学问家。个子不高，走路一冲一冲，带着一股劲。说话不啰唆，动手能力极强。慈眉善目，就是发火也不叫人害怕。然而全连干部战士都服他，再调皮的兵也不敢在他面前炸刺……当然，他是连首长，我又是个乖乖兵，因而接触不多。朝夕相处的还是我们九班班长邓景桂。

我们三排九班在全连序列中排在最后，行军时后面就是炊事班了。然而各项评比我们班却是名列前茅，不是第一就是第二，原因就是我们有个好班长邓景桂。他是1969年兵，海南屯昌人，黑黝黝的，个子不高，一口标准的海南普通话，卷舌音全部阙如，"是"一律说成"系"。起初听着怪怪的，后来听不到还不习惯。带兵就像老母鸡带小鸡，从没见他发火训人，就是言传身教，不厌其烦地说，手把手地教。我的军事技术全靠他。前面说了，学射击有点悟性，学刺杀就得反复练习才能掌握要领。好在只考核规范动作，容易过关，那些穿上护具持木枪对刺的实战训练，只是练练而已，不考核。最难的是投弹，胳膊没劲，脑瓜再灵光也无济于事。而且扔出多远是实打实的，没法弄虚作假，只能苦练。我不知道是否用了"洪荒之力"，反正练到几乎绝望，总算扔出个良好，没拉全班后腿，没让班长失望。

认真计较起来，班长对我们的要求有点过分。当时我们九班班长不但在全连甚至在全营都有点名气，是培养提拔对象。我到连队半年左右老排长调走了，听说提拔班长当排长的报告也送上去了……眼看班长升任排长，战士成为干部，不料时运不济，碰上1971年9月的"林彪事件"，全军一切变动暂停，甚至1972年度新兵征集老兵退伍的工作都取消了。我们班长提干的事儿自然也就悬在半空。

这一"悬"，苦了他，也苦了我们。排长空缺，由他代理，原本只是过渡过渡，谁知有如邓丽君所唱："一等就是一年多，三百六十五个日子不好过……"当兵的身份干当官的活，待遇可以不计较，问题同样是班长，如何吆喝七班班长、八班班长？看得出咱班长挺为难，只能身先士卒，排里的杂务多半交给我们班，什么扫地除草、上山砍柴、帮厨种菜，都是九班的活。弟兄们有意见，没怨气，班长的场，咱不捧谁捧？时间长了，习惯了，偶尔半开玩笑喊一声排长，咱班长慌得直摆手："别乱叫，叫不得……"当时正在批判林彪"抢班夺权"，他生怕一不小心这个帽子扣在自己头上……整整一年多，够憋屈人了。总算有惊无险，任命下来了，四个兜的干部军装发下来了，咱班长兴冲冲穿着去团部照了个相，回来就正式成为咱排长了。那时没军衔，战士与干部的外表区别只是士兵军服两个兜，军官四个兜。

纯属巧合，我最佩服的两个人名字中间都有个"景"字，在我的记忆中，他们永远是我军旅生涯中的两道亮丽的风景。我们国家广袤的疆域，正是有着千千万万这样的风景线日夜守护，薪火相传，才有所谓的"岁月静好"……

养兵千日，用兵……总有时

——从军散记之四

我爱五指山

我爱万泉河

双手接过红军的钢枪

海南岛上保卫祖国……

电影里电视里，小说里诗歌里，尤其是音乐里摄影里，军营生活总是激情澎湃血脉偾张，外加几分神秘几分铁汉柔情。尤其我们守卫海岛南疆，如今最热门的三亚市旅游胜地——从鹿回头到天涯海角，包括三亚港外的东瑁洲岛、西瑁洲岛，都是我们第一守备区的防区。在椰林中巡逻，在海滩上冲锋，刺刀辉映霞光，浪花亲吻军装……怎么样，够浪漫，够诗情画意吧？悄悄告诉你，这些看上去挺美，实际上，呵呵……

说句心里话，军营生活相当艰苦非常枯燥。艰苦就不去说它了，当兵的，咱不吃苦谁吃苦，难不成叫父老乡亲去吃苦？咱只说枯燥。

先看看咱们的作息时间：

早上六点起床。有时是起床号，有时是值星排长尖锐的哨音。总之，听到声响就得一轱辘爬起来，十分钟之内全副武装出门集合，班长已经站在那儿等着了。之后便是全连在晨曦中绕着大操场跑步，钢枪闪亮，脚步齐整，口号震天价响。这场景这画面，最适宜豪情满怀，只可惜大多时候还是睡眼惺忪犯迷糊呢，豪不起来。跑完步，分班队列训练，立正稍息齐步走，从新兵连开始直到退伍，这都是标配科目，军人姿态就这样给你打下终身烙印。

早操一个小时，七点十分返回营房，洗脸刷牙整理内务，最要命的是把被子叠成方方正正的豆腐块，摆在床头，一排床铺必须形成一条直线！然后是早饭，然后是四个小时训练，该练什么练什么。中午连吃饭带午休两个小时，下午又是四小时训练。晚饭后一个小时自由活动，然后集中上政治课或者分班讨论，民主生活会。九点半之后再有半小时自由，十点吹熄灯号，上床睡觉。

天天如此。那时没听说什么"双休日"，星期天也很难保证，不是开荒种菜，就是上山砍柴。国家穷，养兵不易。伙食费能够管饱，想吃好点，多几条菜多几块肉，还得发扬南泥湾精神。总之，每天的时间都排得满满，日复一日，每天的内容都是重复昨天的故事，偶尔看场电影，也都是老片子，来来回回"三战一队"，《地雷战》《地道战》《南征北战》《平原游击队》。当兵几年看了不下几十回，对白都背得滚瓜烂熟。

当然也有不少亮点，最大的亮点就是野营拉练，说白了就是全连背起背包练走路，一走就是十天半个月，走到哪儿宿营在哪儿，加插一些战术训练及助民劳动。记得住过乡村小学课室、农村老祠堂，这算好的。比较倒霉的睡生产队谷仓（没错，直接睡在谷堆上）、住牛棚（当然扫除了牛粪）。比较浪漫的是荒野上搭帐篷，那时没有制式帐篷，每人一块雨布，中间有个连体帽子，脑袋穿过去，雨布垂下来，就是无袖雨衣，非常适合背背包携带武器行军。搭帐篷时两块雨布做顶，用树枝撑起，两块雨布做垫，睡四个兵绰绰有余！不过呢，月儿弯弯星光闪闪当然美妙，遇上刮风下雨落水狗似的蜷缩在雨布底下就浪漫不起来了。

世界上那些看上去挺美的东西，其实大多都不怎么样，野地露营就是一例。还不如住牛棚，尽管有点不好闻的味儿。不过，野营据说是从实战出发，十天倒有五天搭帐篷。行军也是如此，大路不走走小路，小路不走钻山林。最恐怖的一次夜行军穿过原始雨林，俗话说"伸手不见五指"，通常只是形容词，那一回却是真的，我好几次把手伸到眼前，硬是看不到……不是看不清……完全两眼一抹黑，只能瞎子似的拽着前面的背包，摔倒都不能松手，松手就抓瞎。幸好天无绝人之路，不知什么时候，这里那里出现磷光，是腐朽的木质在发光。不知哪个天才抓一把朽木塞在前面的背包上，众人纷纷效仿，还比赛谁的大，谁的亮，不一会密林中出现一条蜿蜒闪烁的移动光带，天色越黑它越醒目。待到走出雨林重见天日，磷光消失了。抖落朽木时还有点恋恋不舍，真的挺好玩的。令人惊恐的是天亮时分休息整理行装，赫然发现两个战士的手榴弹柄盖不知何时被树枝刮落了，只剩一层薄薄的防潮油纸。其中一个就在我们班，不知别人怎样，我是吓坏了，至今还清楚地记得那枚别在手榴弹袋上的裸露的弹柄，晃晃悠悠，拉火环隐约可见……老天保佑，钻了大半夜密林，没被树枝戳破油纸扯出拉火索……

除了集中的野营拉练，平时也有一些野战训练。画风最浪漫的是反登陆。全连在海边展开，向着大海冲锋。有首什么湾的歌儿唱道："阳光，沙滩，海浪，仙人掌……"不但全有，而且阳光更猛烈，沙滩更广阔，仙人掌更……凶残！那东西浑身带刺还有毒，地面上的看得见，惹不起躲得起。最可怕的是被沙砾掩盖的，不留神一脚踩下去，尖刺扎穿解放鞋胶底，直透脚板，疼得哭爹叫妈满地滚，正好演练战地救护伤员……

最威猛的是长途奔袭。半夜紧急集合，全副武装强行军，一口气奔出六十多公里，然后抢占山头。老实坦白，发起冲锋的时候我已经筋疲力尽了，好不容易挣扎着爬到半山腰，听到连长在山顶对着报话机吼叫："我连已经占领××高地，我连已经占领××高地……"我一屁股瘫坐地上，再也走不动了。连长都说占领了，那就是占领了嘛。

这次奔袭虽说比起红军飞夺泸定桥差了十万八千里，却让我自鸣得意了半辈子，一有机会便拿出来嘚瑟："哼，想当年全副武装一口气奔出一百多里地，你试试？"

最郁闷的是演练核战争中的阵地防御。我们榆林要塞区是守备部队，任何情况下都要坚守阵地，即使遭遇原子弹攻击都必须顶住！因此，所有部队都有自己的战备坑道。所有岸炮都有坑道炮位，可以在山洞里对海射击。据说师、团指挥所是里三层外三层，几乎把大山掏空。我们连队的阵地是三个出口的Y形坑道，防护门将近一米厚，能够扛住除原子弹直接命中之外的一切攻击。结实是够结实，也足够憋气。演练抗击核战争，就是全连进入坑道生活三天，吃喝拉撒睡全在里面。坑道里潮湿闷热，汗水湿透军装，几天都不会干。最难受的是喘气困难，总是怀疑那几个小小的通风口是不是让杂草泥石堵塞了……实在受不了，瞅着团部下来督促的参谋不在，偷偷推开防护门，痛痛快快吸几口气，又赶紧关上。如今时兴说"郁闷"，我这辈子最"郁闷"的就是这三天，真不知道当年上甘岭的志愿军是怎么熬过来的。

最惊险的一次是演习步炮协同。配属我们连的是一六〇迫击炮连。经常听说的是六〇迫击炮、八二迫击炮，我们这个是一六〇，绝对是迫击炮中的巨无霸。演习预案是我们连埋伏山脚，等炮火轰击后冲上山去。连长看了地形，突然命令连队后撤两三百米，到公路这一侧路基下隐藏待命。炮火准备开始了，炮弹一发一发飞向天空落地爆炸，所有的眼睛都瞪圆了——好几发炮弹不偏不倚地落在山脚，倘若我们连按原定地点埋伏，肯定被炸得人仰马翻……幸亏连长有预感，避免了一次大事故。

不过呢，小事故还是免不了。那是一次新兵手榴弹实弹练习，就是投掷会爆炸的真家伙。当时我已经是老兵，站警戒哨，防止闲人误入。远远地能够望见投弹区域。就听得一声闷响之后，狂呼乱叫，连干部背着血淋淋的新兵气急败坏地跑过来……事后听说，这新兵心慌，手榴弹脱手，掉在战壕里爆炸，幸好只炸烂了屁股。据说指导员因此被上头大会小会批评了好几次，真冤。常在河边走，哪有不湿鞋。成天舞刀弄枪，出点小伤亡，不足为奇，不足为奇。

常言道，养兵千日，用兵一时。我当兵四年多，足足一千多个日子，最接近用兵的时刻是1974年初的西沙之战。当时海战之后，我们陆军上去收拾南越政权的虾兵蟹将，收复了西沙群岛。南越背后撑腰的是美帝，有点唬人。为准备粉碎敌人的反击，我们全营进入一级战备，配发了足额弹药干粮，每人还发了两个萝卜，别在手榴弹袋里，白森森的，驻地附近老百姓见了纷纷猜测解放军又装备了什么新式武器。总之，全体官兵打好背包，和衣睡觉，真正枕戈待旦，一声令下就拉上去……好几天都没有动静，后来听说，美帝军舰躲开了，南越政权没胆量单独反攻，害得我们白白紧张了好几天。当时正是春节时分，年都没过好，直到正月十五才算杀猪会餐补过年。

说句心里话，即便当兵扛枪，咱也不想打仗，打仗是要死人的。然而谁敢欺负上门，就一定要揍它，流血牺牲在所不惜！人类文明几千年，别看个个说得比唱得好听，骨子里还是丛林法则弱肉强食，最终还是靠拳头说话，不到天下大同，养兵总有用兵时！

一个不务正业四处晃荡的大头兵

——从军散记之五

我是个相当坚定的无神论者。然而临老了回忆往事，隐隐觉得冥冥中总有那么几件事、几个人鬼使神差出现在我的人生路上，左右了我的人生足迹……

从军半年多，刚刚开始习惯步兵连队的军营生活，又有一个人出现了，当时的场景至今历历在目。那是 1971 年夏日的一个午后，午休起来看着外头明晃晃热辣辣的阳光正在垂头丧气，通信兵跑来，说是指导员叫我去连部。赶紧整理一下军容，去到对面连部外头的一个小凉亭，指导员正和一个没见过的干部聊天。这干部自我介绍是团部文化干事，个子高高的，五官秀气，有一点相当异类，我们全连都是黑黝黝的，唯独他白白净净，好像海南岛的毒日头与他无关。见了我东问西问，家庭情况、上学情况、下乡情况，甚至问我会不会什么乐器，有没有写过什么文艺作品……我那时很傻，不知道文化干事是干什么的，更不知道问这些做什么，只是问一句答一句，老老实实。也就聊了十几二十分钟吧，完事。我回到营房拿起枪到操场上找到正在练刺杀的我们班，不一会便把这次谈话忘到脑后，甚至不记得那个文化干事姓什么……

没想到过了几天，指导员突然通知我"出公差"，到团部政治处找肖干事报到，参加团创作组。我这才问清楚这个干事叫肖道统，原先也是咱铁七连的兵。

已经有一个老兵先到了，上一年就参加过创作组。当晚，肖干事找我俩开了个小会，说是10月份榆林要塞区会演，一个月后宣传队就集中，时间很紧，要赶快准备节目，明天就下连队，到西岛去。所谓会演，就是要塞所辖各团级单位搞一台节目，集中PK，有点像现在的"金光大道"……

过了很久，直到会演结束，团宣传队下连队演出，我才好歹闹明白我的这趟"公差"为什么会存在。上一篇说过，军旅生活是很艰苦枯燥的。因此，不知从什么时候开始，咱共产党的军队里就有了宣传队伍。不知各位有无看过国产的打仗电影，无论是红军、八路军还是解放军，镜头里偶尔能看到一群男兵女兵站在土台上表演节目或者站在路边打快板、喊口号，那些就是宣传员。最为人熟知、介绍最详细的当属电影《英雄儿女》，王芳就是军宣传队的，上前线演出鼓舞士气负了伤……当然，我们没她那么高光，只是团宣传队。级别低倒没什么，关键是没有女兵，师宣传队也没有，军一级的宣传队才有女兵。唉，一个宣传队整天吹拉弹唱，却是一色小光棍，实在不好玩。

不过，当时没想这么多，而且颇有点小激动。当兵半年多了，说是守卫海疆，驻地离海边也只有十来公里，却一次也没见过大海。没想到一趟"公差"，直接就上了海岛！我们来的是西岛，全称叫"西瑁洲岛"，与相隔不远的东瑁洲岛各有一个陆军的守备队，并列拱卫榆林港。当年大才子郭沫若上岛诗兴大发，留下一首顺口溜：

> 小树夹花处处黄，珊瑚礁石砌围墙。
> 榆林港外东西瑁，睁大眼睛卫国防。

岛上的渔业大队有个"女民兵炮班"，相当出名。我看过她们操炮射击，真的弹无虚发！

当然，这都是"当年"了，如今西岛早就成了旅游热点，据说还要打造成什么什么基地。呵呵，又是"打造"。依我经验，所谓打造，不过就是圈起来卖票。再好的风景也经不起左打打，右造造，一打一造，全完了，哪里赶得上当年，那才叫高大上！

时过境迁，整个榆林要塞都撤销了，守岛部队早没了。咱说说当年守备情况估计不算泄密吧？

告诉你吧，整个岛布满坑道，几乎可以说掏空了。山脚巨大的洞穴屯兵屯粮屯弹药，内中坑道通向全岛，山腰各个向海的有利位置都设了炮位，推开厚达一米的坑道门可以直接开炮。坑道竖井直达山顶观察哨，方圆几十公里尽收眼底。哨兵的基本功没说的，能看出海上渔船哪些是香港的，哪些是台湾的。我上去的时候，哨兵为我指指点点，那条台湾船又来了，相当可疑。我凑到观察镜看了好一会毫无所获，只能讷讷地问道："怎么办？"

哨兵毫不在乎："这种船多了，三天两头在外头转悠，啥都捞不到。"

是的，整个岛看上去是那么秀气祥和，简直就是世外桃源、海上仙山。然而，倘若豺狼来了，它立即会变成愤怒的火山，迸发出压倒一切敌人的火焰！

用不着喷子来喷，谁都知道这种海岸防御的模式已经过时了，那些蜘蛛网似的坑道也封闭多年了。然而，那段历史不能忘记，那种精神永不过时。遥想当年，解放军木船打兵舰，冲过海峡，直下天涯。硝烟未散，征衣未洗，便立即构筑防御工事。一代又一代的指战员抡铁锤，砸钢钎，用青春热血以至生命，硬是把天涯海角变成铜墙铁壁！我们榆林要塞可以说是祖国万里边疆的一个缩影，自从有了解放军守护边疆，中华大地上，再也没有出现什么英法联军、八国联军，再也见不到日本鬼子、美国大兵的狗爪子、兽蹄子。这才有了"小确幸"们的"岁月静好"，才有"键盘侠"们的嘚瑟张扬。晓勉我生也晚矣，从军时大规模坑道作业已经完成，只参加过几次小儿科般的修缮工程。在我之前的老兵几乎全都打过坑道。我们连有个老兵，也是广州的，名叫陈永强，当兵将近七年（没当官），打了五年坑道，没出过一次事故！如今七十多了，看上去也就六十左右，老兵永远不老！

一激动，有点跑题了，还是说回我这个不务正业的文艺兵。

方才说过，部队里各级都有文艺宣传队，甚至连、营都有战士演唱组，这是解放军的老传统，政治思想工作的一部分，然而都是业余的，只有大军区级才有专业文艺团体，据说近两年启动的军改又削减了不少。想想也是，军队是打仗的，养那么多文艺兵干什么？

所以，无论是参加创作组还是进入宣传队，都是临时的，所谓兵写兵，兵演兵，有任务了，召之即来；完成任务，挥之即去。不过呢，我倒是很喜欢这份临时工。一来是个学习的好机会；二来嘛，实在太好玩了！因此一开始就积极进取，努力表现。我们创作组就是为宣传队写节目，当时流行快板、相声、三句半、小演唱等等，虽然我一窍不通，但底子好啊，大城市名校——广州外国语学校出身，没见过猪跑，还没吃过猪肉啊！天下无难事，只要肯登攀，不就是写几个小节目嘛。很快我就入门上手了。头一回参加创作组，就得到肖干事认可，此后每逢团里有创作任务都少不了我。一年之后，要塞文化部也看上了我，于是师团两级创作组都有我，第三年甚至还参加了一期海南军区创作学习班。呵呵，团、师、军三级来回打临工，当兵四年多，大部分时间在外面晃荡，编制却一直是十连三排九班战士。说句不务正业，实事求是。

至于怎么好玩，学了什么，下一篇再说吧。写累了，估计各位也看烦了。歇歇，都歇歇。

2017 年 7 月 15 日

偷书，看海

——从军散记之六

那是一个饥饿的年代。肚子饿，心灵也饿。营养不良的普遍程度有如今天普遍营养过剩。可怜我们这些50后，70年代初正是长身体求知识的年纪，迎面撞上物质精神双双匮乏的岁月，运气实在太差了。呵呵，如今提倡健康饮食少荤多素，当年恨不得顿顿大鱼大肉。如今书店琳琅满目门可罗雀，当年却是一书难求。

话说自从1971年夏天借调团政治处，充任"兵写兵"的业余文艺创作员之后，我便时常到团部"出公差"。虽说热情很高，也很努力，无奈"文革"前只读到初二，虽说下乡后光明正大读了些马列，偷偷摸摸读了些"禁书"，总体还是学业荒废。肚里没墨水，下笔千斤重！那时候真想学习哦，就连肖干事给我的一些之前的演唱节目油印资料都如获至宝，仔细研读。然而收获不大。那些也是"兵写兵"的作品，水平比我只是高一点点。孔老二说："取乎其上，得乎其中；取乎其中，得乎其下；取乎其下，则无所得矣。"我这最多算取乎其下，就算不是"无所得"，所得也不多矣！

幸好，老天有眼，给我掉下个大馅饼。我们团政治处办公室是个大房间，一侧用书柜隔出个角落，放了些杂物。一天，我去角落翻检宣传队要用的道具，突然发现柜门向里的几个书柜摆放的居然是"禁书"，一排又一排的中外名著！天哪，地啊，我隔着玻璃，摸着锁头，犹如饥肠辘辘的饿汉隔着橱窗死死盯着面包屋！那时我还是个新兵蛋子，可不敢砸玻璃撬锁。我左摸摸，右拧拧，急得一头大汗，终于找到窍门，柜锁合页比较松，可以拉开一条缝。我找了根铁丝，拧出弯头伸进去，几经努力，终于钩出一本书！那时我住在士兵招待所，一间大屋十几张碌架床，光溜溜的，只有配发的军挎包和充当枕头的包袱皮可以存放一点私人物品。我借口图清静挪到角落上铺，一有时间就爬上床偷看"偷"来的书。那真是幸福时光，我囫囵吞枣狼吞虎咽如痴如醉如梦如幻，看了一本偷偷塞回去再钩出一本……记不清看了多少，记不清看了哪些，只记得看了《茶花女》之后魂不守舍好几天；《荷马史诗》令我眼界大开；《神曲》翻来覆去看不明白，好些年后重看，还是稀里糊涂……

比起上一回"偷书"（下乡去海南农场之时），这一次更惊险刺激，更入心入脑。上一回仅仅是好奇解闷，这一次却令我这叶小舟从此在学海中久久漂荡，至今……

尽管年代久远，我还是要郑重声明，虽说"偷拿"，却是一本都没有"偷走"。不是不想，是没地方收藏。因此，"偷看"之后全部塞回书柜了。

当然，作为业余创作员，不会总待在团部，更多的时候是下连队，美其名曰"深入生活"。我们去的最多的是海岛，也就是东岛守备队、西岛守备队。不知道别人怎么样，我上了岛最热衷的就是看海，一有时间就到海边溜达。有一回在西岛碰上台风，强风过后，我到一个小岬角上坐着，观赏天风海浪的千姿百态。真是壮观哦，纵向的涌浪从脚下直到天边，排列得整整齐齐，犹如受阅的士兵，一排一排从左而右，横扫千军，直到撞击礁石悬崖，轰然作响，扬起滔天浪花……我看愣了，看傻了，直到夜色降临都没挪窝。

还有一回更加壮美。那是在东岛，也是台风过后，不同的是在早晨，我到海边闲逛。海风习习，海浪轻轻，东边天际朝霞初现。突然发现对面三亚渔港驶出一条风帆，接着又是一条，又是一条……台风过后正是捕鱼时节，张满风帆的渔船争相出海，前面的已经驶入灿烂霞光，后面的还在络绎出港，千帆竞发，望不到头，看不到尾，海天之际拉出一条绵延数十里的白帆阵列，蔚为壮观！此情此景直到今天依然历历在目。现如今，帆船早已换成机船，这般奇观不会再现了。

我看到的最美海景是在西沙群岛。那是 1974 年西沙之战后，我在要塞创作组争取到一个去西沙前线采访体验生活的机会，别提多高兴了。等了几天，终于登上一千多吨位的运输舰启航了。这是一支运输舰队，西沙急需物资，顶着强风出航。我乘坐的这艘算是最大的，搭载了许多去西沙的陆军。刚上船时个个在甲板上兴高采烈，活蹦乱跳。渐渐出到深海，风高浪急，波涛汹涌，开始蔫了。待到波涛汹涌横扫甲板，我们这些陆军旱鸭子被迫下到舱底，更是彻底晕菜！这是个大货舱，摆放了些草垫子算是我们的床铺。四周堆放各种物资，有成包的大米、菜干、罐头，也有新鲜的冬瓜、大白菜、包菜，甚至有两只大肥猪。风浪越来越大，船体越来越摇晃，我直挺挺躺在草垫上，晕船的感觉越来越强烈。突然不知哪里有人"哇"的一声开始呕吐，顿时引起连锁反应，这里那里呕吐声此起彼伏，混杂着肥猪声嘶力竭的嚎叫，那种凄凉情景难以描述。更悲惨的是舱里还睡着水兵，时不时出入货舱。每次揭开舱盖，风浪都会灌进一堆海水。渐渐地，舱底开始流荡着一层海水与呕吐物的混杂液体。我吐了一次又一次，有一次瞧见不知谁的军帽漂在混杂物上，想伸手捡起，没想到一动弹，"哇"的一大口直接吐进军帽里……空气混浊极了，人难受极了。睡不着，醒不了，昏头转向，天旋地转，实在生不如死。迷迷糊糊中甚至开始后悔，不该争取上岛受这个罪。顺带说说，不知什么时候，那两只肥猪也不嚎叫了，估计也是晕死过去了。

足足在海上晃荡了 23 小时，总算抵达西沙群岛主岛永兴岛。登上陆地很长时间，依然感觉脚下在晃，周围在转，犹如还在船舱里、甲板上。

然而，当我们看到西沙美景之后，一切都是值得的！

西沙之美那是 360 度无死角，任何语言文字无法描绘。那就是一把顶级

珍珠洒在一片顶级翡翠上，美上天际！我们在西沙待了 20 余天，走访了金银岛、甘泉岛、珊瑚岛、琛航岛、东岛（又名鸟岛）等六个岛屿，个个美不胜收，最美的景色我是在东岛看到的。那是一个晴朗的上午，我们搭乘的军舰缓缓行驶在一片纯净透彻的蔚蓝之中，海天一色，分不出哪是天哪是海。天际间渐渐出现一条金边，金边上镶嵌了一条翠绿，翠绿上漂浮一片白云……那就是东岛！金边是沙滩，远看似金，近看如银，所谓金沙银滩；翠绿是遍布全岛的原生桐树林，树冠上筑满鸟窝，雪白的鲣鸟起起落落，犹如白云缭绕……我发誓，在我此

后的数十年中，尽管游走过半个地球，再也没有看到如此绝色美景了！

我们去的时候正是鲣鸟繁殖期，树冠上的成鸟或者在窝里孵卵，或者忙着喂食雏鸟，根本无暇搭理从树下走过的我们，只是这里那里，给我们的军装洒下几坨鸟屎，算是打个招呼吧。我们溜达到小岛岬角，转了个弯，到了面朝太平洋那一边，又一个令我震撼的奇观：从脚下直至沙滩尽头，这里那里密密麻麻散落着不计其数的龙虾壳，是那种起码五六斤一只的青色大龙虾，俗称青龙。好家伙，估计这一片珊瑚礁挤满了青龙，集体蜕壳，被潮水冲上沙滩……

如此神奇景象，我也就见过这一回。

细细回想，我的军旅生涯很有点奇幻色彩，艰苦时累得半死不活，欢乐时有如置身人间天堂。真的有点像前些年比较时髦的一句话：一半是海水一半是火焰。海水滋润了我的心灵，火焰淬炼了我的筋骨。此后数十年间，不论穿什么服装，不论走到哪里，我都不会忘记：我是一个兵！

原稿脱失，2023 年 7 月补写

金戈铁马，气吞万里如虎

——《铁七连简史》整理追记（上）

2018 年 5 月，铁七连战友三亚聚会。晓勉我作为 1971 年入伍的大头兵，接受了老连队的一个任务：编撰聚会纪念册，并且要附录《铁七连简史》。凭着二十多年编辑功底，花了两个多月时间，纪念册编好了，印制了。还写了篇题为《重温》的小文发在博客上。按说，已经超额完成任务。不知怎的，心里依然放不下，似乎还遗漏了什么，欠缺了什么。偷懒三个月，终于鼓起劲头，再次拾起这个话题，追述搜集整理《铁七连简史》的种种经过、感受和疑惑，给后来者一个交代。

一开始就知道，整理连史并非易事，却没想到这么难。岁月久远，战争年代的当事人已经难以寻觅；文字资料即使有，也不知散落何处，没有财力更没有精力去满天下搜寻……我只能依靠网络。起初，由近及远，顺藤摸瓜，从上世纪 70 年代我在铁七连当兵之时往前追溯。开头还算顺利，然而上溯到解放战争初期就头绪纷繁，乱了。没奈何，只好跳过去，从头开始。

铁七连一代一代口口相传：我们连队诞生于抗日战争烽火初起的 1938 年山东蓬莱县，前身是县大队。这是我仅有的线索。

我在网上反复仔细搜索了山东抗战资料，感慨万千。当年的国民党山东省主席韩复榘拥兵 8 万，不战而弃守黄河天险，放弃省会济南，跑到河南省去了。与此同时，共产党却反其道而行之，于 1937 年底到 1938 年初山东大部沦陷之时，组织发动抗日武装起义，较大规模的就有十次。十次啊！什么叫中流砥柱，什么叫抗日先锋，历史不厌其烦地给出铁证，只是如今那些喷子眼瞎罢了。

十次起义中就有蓬莱。1938 年初，日军侵占青岛、烟台，国民党烟台专员跑了，蓬莱县县长跑了，各地的国民党守军都逃跑了。赤手空拳的老百姓站了出来，明知寡不敌众，明知弱不敌强，还是毅然决然举起了大刀长矛。2 月 3 日，中共蓬莱县委以中华民族解放先锋队（简称民先队）蓬莱大队和蓬莱县抗战服务团为核心，发动抗日武装起义，响应者众，队伍迅速壮大，几经整训改编，至 4 月，部队番号正式确定为"山东人民抗日救国军第三军第二路"，简称"三军二路"，下辖第一至九大队及警卫大队、县政府保卫大队。7 月，县政府保卫大队改编为县保安大队。

1938、蓬莱、县大队，三个关键词全部吻合。找到了，找到了数十年口口相传的源头出处。

我曾经接触过民间文学的搜集整理，大部分口头传说都能找到历史事实的内核，包括那些看似荒诞的远古传说后羿射日、女娲补天、蚩尤之战……基于这种认识，我相当有把握地认定：1938 年的蓬莱县保安大队，就是我们铁七连的前身。我查不到县大队的花名册，也想象不出他们的身形面容，更不知道当年的县保安大队官兵们有多少个看到了抗日战争的胜利。我只知道，他们都是热血男儿，民族脊梁！

找到了源头，顺流而下就比较容易了。

我一而再，再而三，反复地在网上搜索，仔细查找哪怕是一点一滴的相关资料，铁七连在抗战时期的来龙去脉渐渐清晰起来。那是一个血与火的年代，不愿做奴隶的人们用血肉筑成新的长城，冒着敌人的炮火拼杀，牺牲、挫折，胜利、失败，抗日的旗帜始终高扬在齐鲁大地。关于胶东抗日斗争，我看到这么一句权威论述："八年中，八路军胶东部队共对日、伪军作战 7590 次，攻克日、伪军据点 425 处，毙伤俘日、伪军13.4 万余人，主力部队发展到两个师、两个警备旅……"

这期间，铁七连所属部队多次整编、改编、扩编、番号变更频繁。简述如下：

一、诞生

1938 年 2 月 3 日。番号：山东人民抗日救国军第三军第二路县保安大队。

依据：

1938 年 2 月 3 日，中共蓬莱县委组织抗日武装起义，成立山东人民抗日救国军第三军第二路，简称"三军二路"。当年7 月整编为二营和五营以及县保安大队。

另据口头讲述的连史，铁七连前身为蓬莱县大队。

二、纳入八路军序列

1938 年 12 月，隶属八路军山东纵队第五支队六十一团一营，具体连队不详。

依据：

1938 年 9 月，中共山东省委对山东各地抗日武装进行了整编，胶东地区的部队编为八路军山东人民抗日游击队第五支队（简称五支队），"三军二路"分别编入五十五团、六十一团。

1938 年 12 月，六十一团二、三营和五十五团一部开赴鲁中组建新的部队，此后一直转战山东。五十五团番号撤销，留在胶东的"三军二路"老部队只有六十一团一营。

三、成为胶东头号主力

1940 年 9 月，隶属八路军山东纵队五旅十三团一营。

依据：

1939 年 9 月，五支队遵照山东纵队命令，进行第二次整编。

六十一团一营、六十二团、六十三团合编为十三团，这三个部分分别为十三团的一、二、三营。这个团就是有名的胶东十三团，胶东地区八路军头号主力。

1940 年 9 月，胶东八路军进行第三次整训和整编，山东纵队第五支队改番号为第五旅，吴克华任旅长，高锦纯任政委兼政治部主任。

1942 年 2 月，第五期整训。十五团副团长王奎先调任十三团副团长（一说代理团长）。

四、转入北海军分区独立团

1943 年 3 月，隶属胶东军区北海军分区独立团一营。

依据：

1942 年 7 月，成立八路军胶东军区，许世友任司令员。除五旅等主力部队外，还下辖第一军分区兼东海独立团、第二军分区兼北海独立团、第三军分区兼西海独立团、第四军分区兼南海独立团。不久后，第一、第二、第三、第四军分区依次改称东海、北海、西海、南海军分区。

1943 年 3 月，胶东党政军各系统进行第三次精简整编。五旅番号撤销，旅机关与胶东军区机关合并，旅长吴克华任军区副司令。原五旅十三、十四团改由胶东军区直辖。十五团继 2

月撤销营的建制后，实行主力部队地方化，团机关合并于南海军分区机关，各连队归军分区直辖。十七团番号撤销，部队拆编补入主力团和军分区独立团。其一营补入西海独立团；其二营（两个连）补入北海军分区独立团，为二营四、六连。

说明：

缺乏十三团一营转为北海独立团一营的直接史料。

本人推测：

1943 年 3 月，胶东党政军精简整编力度很大，五旅番号撤销，十五团地方化，与南海军区合并。十七团番号撤销，部队拆编补入其他部队。其中二营（两个连）补入北海军分区独立团，为二营四、六连。会不会在此时，十三团也抽调兵力补入北海军分区独立团，成为一营？

间接证据是，1942 年 3 月，十三团副团长王奎先战斗负伤，伤好后调到北海军分区任独立团团长。当时这些军分区独立团刚刚组建，缺人少枪（例如，电视剧《我的兄弟叫顺溜》中的军分区，号称独立团，实际只有一营，一营又只有一个连）。很有可能王奎先乘着整编加强军分区之际，向自己的老部队十三团要部队来充实独立团，铁七连就这样来到独立团一营。十七团补充进来的则是二营。

非常遗憾，怎么也找不到十三团一营有部队转入北海独立团一营的直接史料。而这一点对此后解放战争初期铁七连渡海开赴东北战场至关重要。

只能存疑了。期待有识者指点迷津。

（补充说明：自从 1942 年王奎先调任十三团副团长之后，铁七连就一直在其领导下转战南北，直至全国解放。）

金戈铁马，气吞万里如虎

——《铁七连简史》整理追记（下）

1945 年抗战胜利。硝烟尚未散尽，果实没能品尝，铁七连便奉命渡海北上，进军东北。这一段历史颇有意思，当时国共两党正在谋划和平谈判，同时又竞相发兵抢占沦陷了十四年的东北。国民党军队得到美国帮助，使用军舰、飞机、火车运送兵力；共产党的八路军主要靠两条腿，唯有山东部队有部分乘小船由海路横渡渤海湾。

1945 年 9 月下旬，铁七连所属胶东北海军分区独立团一营由团长王奎先带领，于胶东蓬莱县滦家口乘船，横渡渤海湾，先到安东，再到沈阳，最终是第一支抵达哈尔滨的八路军……其间的艰苦曲折、险恶危难，今人根本无法想象。

追寻着铁七连北上的脚印，再次感慨万千——八路军的组织性、纪律性、自觉性和一往无前的战斗力，实在令我佩服得五体投地。胶东子弟兵八年浴血抗击日寇，可以说是抵御侵略者，保卫父老妻儿的决死信念在支撑，而今鬼子打跑了，家园保住了，太平日子就在眼前了，却是一声令下，千里迢迢"闯关东"，义无反顾就进发！这需要多强的纪律性，多么坚定的信念！一粒沙看世界，一滴水见太阳。从我们这支小小的铁七连的战斗征程就可以看出，为什么共产党的军队能够从无到有，从小到大，从弱到强，最终横扫九百六十万平方公里！

铁七连所属部队到东北之后，参加了北满剿匪、三下江南、辽沈战役等几乎所有东北重大战事，其间又是多次整编、改编，更换番号。简述如下：

一、蓬莱渡海，进军东北

1945 年 9 月至 11 月，隶属东北人民自治军东满临时指挥部直属第三支队第七团。1945 年 12 月，改称松江军区直属七团。

依据：

1945 年 9 月下旬，八路军山东军区胶东军区北海独立团团长王奎先带该团第一营护送胶东军区数百名军政干部由胶东蓬莱县滦家口渡海北上，先到兴城，再转营口，后经岫岩直奔安东（今丹东），在安东整编为东北人民自治军东满临时指挥部直属第三支队，担负安东卫戍任务。王奎先任司令员，吕其恩任政治委员（后留安东）。同时山东军区鲁南赴东北干部团团长刘登远率部分营连干部及当地抗日游击队一部也编入三支队。原北海独立团团部扩编为支队机关和直属队，原一、二、三营分别扩编为七、八、九团。除七团（刘登远任团长，王侨任政委）整编完成较早外，八、九两团尚未完成。三支队就是第四十九军一四六师的前身，七团即该师主力团四三六团前身。

1945 年 11 月中旬，中共北满分局书记陈云在沈阳召见三支队司令员王奎先，令其率七团开赴哈尔滨，担负占领飞机场、防止国民党军空运入哈，以及保卫北满分局、松江军区和干部团的任务。该支队于 11 月 19 日到达哈尔滨。七团是第一个到达北满的老八路军团队，为建立北满根据地做出了重要的贡献，发挥了中坚作用，后改称松江军区直属七团，被称为"老七团"。

二、骁勇善战，再次成为主力

1947 年 2 月，隶属东北民主联军独立第四师十一团。

1948 年 3 月，隶属东北野战军第十二纵队三十五师一〇三团。

依据：

1947 年 2 月，东北民主联军总部命令：以松江军区哈南军分区主力部队组建东北民主联军独立第四师，师长是王奎先，政治委员为刘永源。4 月，该师正式成立，下辖三个步兵团，直属东北民主联军总部领导。这个师可以说是由山东八路军部队发展起来的，是东北民主联军成立较早的一个独立师，以后发展为第四十九军一四六师。

独立第四师师部——由松江军区哈南军分区机关大部组成。

独立第四师十团——由哈南分区十团改称。

独立第四师十一团——由松江军区直属七团改称。

独立第四师十二团——由哈北分区六团改称。

1948 年 3 月 9 日，东北军区兼东北野战军决定，组建东北人民解放军第十二纵队，纵队机关由松江军区机关抽调人员组成，辖第三十四、三十五、三十六师，依次由东北人民解放军独立第二、第四、第五师改称，全纵队共 30605 人。4 月，东北野战军番号最后的一支野战纵队——第十二纵队正式成立。

第三十五师——由东北人民解放军独立第四师改称，师长王奎先，政治委员栗在山。

一〇三团——由东北人民解放军独立第四师十一团改称，即松江军区老七团。

一〇四团——由东北人民解放军独立第四师十二团改称，即松江军区老六团。

一〇五团——由东北人民解放军独立第四师十团改称。

三、统一编制，向全国进军

1948年11月，隶属中国人民解放军第四十九军一四六师四三六团。

依据：

1948年11月17日，根据中央军委关于统一全军编制及部队番号的命令，东北野战军第十二纵队改称中国人民解放军第四十九军，下辖步兵一四五师、一四六师、一四七师和一六二师四个师。

步兵一四六师——由东北野战军第十二纵队三十五师改称，师长王奎先，政治委员栗在山。

步兵四三六团——由东北野战军第十二纵队三十五师一〇三团改称。

步兵四三七团——由东北野战军第十二纵队三十五师一〇四团改称。

步兵四三八团——由东北野战军第十二纵队三十五师一〇五团改称。

金戈铁马，气吞万里如虎。1945年9月，铁七连所属部队从胶东渡海北上，直抵松花江畔，三年转战东北，之后挥师入关，势如破竹，长驱南下，直抵八桂大地，在新中国成立的礼炮声中剿灭广西匪患。

新中国成立后，铁七连的沿革就很清晰了。1952年4月，第四十九军奉命撤销，一四六师师部于6月改编为炮兵第五师师部，所属三个团（包括铁七连所在步兵四三六团）于当年 7 月开赴海南岛担负守备及国防守备工程任务，归海南军区兼第四十三军属，从此在天涯海角守卫祖国南疆。番号变更如下：

1953 年 4 月，隶属榆林守备指挥部四三六团。

1956 年 6 月，守备二十一师守备一五一团三营十二连。

1964 年 8 月，榆林要塞区第一守备区三营十连。

1977 年 2 月，广州军区守备八团炮营指挥连。

1981 年 1 月，广州军区守备十二师守备八团炮营指挥连。

1985 年 12 月，榆林军分区抱坡岭守备营。

…………

后记：

本人 1971 年入伍来到铁七连，番号是榆林要塞区第一守备区三营十连。当时的团级干部大多是东北口音，甚至还有山东口音。那个年代一个小兵疙瘩，根本不可能产生整理铁七连史的念头。悠悠岁月，一晃数十年，现今整理，实在是太晚了。当事人无处寻觅，似乎也没有留下什么回忆文字，至少我没找到。只找到当年率领铁七连渡海北上的王奎先将军的纪念文章，也是语焉不详。没奈何，只好就这样发上博客了。尽管十分粗疏，甚至可能存在错谬，却也代表了我这个后来者一份小小的心意。谨此，向铁七连一代又一代前辈先烈致以最崇高的敬意！同时，也为后人留下一条细细的红线，不要忘记共和国的旗帜上，有一支默默无闻而又战功累累的英雄连队——光荣的铁七连！

铁七连简史

抗日战争时期

1938 年 2 月 3 日，山东人民抗日救国军第三军第二路县保安大队。

1938 年 12 月，隶属八路军山东纵队第五支队六十一团一营（具体连队不详，下同）。

1940 年 9 月，隶属八路军山东纵队五旅十三团一营。

1943 年 3 月，隶属胶东军区北海军分区独立团一营。

解放战争时期

1945 年 9 月至 11 月，隶属东北人民自治军东满临时指挥部直属第三支队七团。1945 年 12 月，隶属松江军区直属七团。

1947 年 2 月，隶属东北民主联军独立第四师十一团。

1948 年 3 月，隶属东北野战军第十二纵队三十五师一〇三团。

1948 年 11 月，隶属中国人民解放军第四十九军一四六师四三六团。

和平时期

1952 年 7 月，隶属海南军区兼第四十三军直属四三六团。

1953 年 4 月，隶属榆林守备指挥部四三六团。

1956 年 6 月，守备二十一师守备一五一团三营十二连。

1964 年 8 月，榆林要塞区第一守备区三营十连。

1977 年 2 月，广州军区守备八团炮营指挥连。

1981 年 1 月，广州军区守备十二师守备第八团炮营指挥连。

1985 年 12 月，隶属榆林军分区抱坡岭守备营。

…………

注：铁七连 1971 年兵廖小勉整理于 2018 年 6 月，全部资料来自网络。条件与能力有限，错谬和疏漏难免。仅供参考，敬请指正。

重　温

——铁七连老兵 2018 三亚聚会侧记

2018 年 5 月 22 日，一个普通而不平凡的日子，几经周折几番努力，铁七连老兵数十人终于在曾经守卫的南疆热土会合了。伟人词云："携来百侣曾游，忆往昔峥嵘岁月稠……"正是我们此时此刻的真实写照。

半个世纪再集合，是重逢，是重聚，我更愿意称之为"重温"。

重温同吃一锅饭、同睡一个铺、同站一班岗的战友情谊；重温枕戈待旦、餐风宿露，守卫南疆的激情岁月；重温传阅初恋情书，炫耀"谁不说俺家乡好"的青春年华……穿越半个世纪，历尽人世沧桑，此时此刻，泪花伴欢笑齐飞，热血与豪情共涌。重温的战友情啊，是那么的真挚，那么的纯净，那么的弥足珍贵。

铁七连，我们连队的光荣称号。遥想1938，抗日烽火冲天起，不愿做奴隶的山东汉子，集结在共产党的旗帜下，举行抗日武装起义，组建了蓬莱县保安大队——我们连的前身。"大刀向鬼子们的头上砍去"，热血染红战旗，猛士杀出威名。最惨烈的一仗，全连打剩十几人！不知什么时候开始，齐鲁大地传出一句顺口溜，"铁七连，钢八连，打不烂的是九连"。

铁七连，就是我们连！

抗战胜利后，连队奉命渡海北上挺进东北，是第一支抵达哈尔滨的八路军！数年转战林海雪原，于1949年1月在第四十九军一四六师四三六团战斗序列中向关内进发，从东北一直打到广西，1952年奉命开赴海南，红旗插上天涯海角！宋代词人辛弃疾有曰，"想当年，金戈铁马，气吞万里如虎"，正是我们连队的真实写照。有连歌为证：

> 我们是光荣的铁七连，
> 南征北战十二年。
> 立下了无数战斗的功勋，
> 威名天下传，
> 威名天下传！

当然，这都是前辈的战功与光荣。全国解放之后，我们连一直守卫在南海前哨。番号几经变更，光荣传统代代传。和平年代没有战争，铁七连依然在战斗：抡大锤，砸钢钎，年复一年修筑国防工程。毫不夸张地说，天涯海角的群山早已被一代又一代义务兵凿穿，筑起了名副其实的钢铁长城。这里头，就有我们这次聚会的老兵功劳！当然，我们并没有因此躺在功劳簿上，也没有任何形式的功劳簿供我们依仗。我们只是一代又一代穿上军装，默默地为国家尽一个适龄青年保卫祖国的义务；之后，一代又一代默默地脱下军装，恢复平民百姓本色，默默地重新打拼。

斗转星移，时过境迁，硝烟早已散尽，前哨不断前移，拱卫祖国南疆的前沿已经前伸到西沙、南沙，曾经的陆军要塞华丽转身为旅游胜地，铁七连的番号也在数次整军中取消了，成为历史。

因此，我们这一次的聚会，完全是自发的，完全出于老兵内心深处不息的激情和思念。于是，当老连队的老首长吹响集合号，从1961年的资深老兵，到1975年的"新兵蛋子"，无论天南地北，无论"60后"（60多岁）、"70后"（70多岁），甚至"80后"（80多岁），都纷纷动起来，搭飞机来了，乘火车来了，坐长途大巴来了，只为重温战友情——

于是，海口老兵张祥安来了，他年逾八十不便同行，执意在海口自费请战友们聚餐，只为同饮一杯战友酒……

于是，海口集中的老兵在向三亚进发时专门弯进兴隆农场，探望战友黄汝强长期卧床的老母亲，自发筹集慰问金，只为一表兄弟情义……

感谢上苍，感谢命运，这次聚会令我与当年同铺的战友崔义新再次同居——在三亚同住一个酒店房间三天。如今很难想象什么叫同铺，不是上下铺，不是床挨床，就是两块床板拼在一起，两张草席铺在一起，两个兵各从一侧上下，看上去就是一张大床。听说抗战时期的延安干部结婚就是这样，两张床板搬到一个窑洞拼起，OK！

同铺四年多的兄弟，我这辈子就这一个！

在三亚的三个晚上，我们聊人生，聊社会，聊几十年的酸甜苦辣，聊能聊的和不能聊的，值得聊的和不值得聊的……我这个兄弟还是那个本色，脸上时常挂着笑容，话不多，一句是一句。他是农村孩子，入伍前就是种田能手，退伍后依然回乡种田。"种田苦啊，挣不到钱……"他淡淡地说着，"我去打石头，一天能打30多根石条，老板都服我。"

他说，一次炸石块，老板说你这样安放炸药，能炸好请你吃饭。结果，石块齐崭崭裂开……

他说，一次钢钎崩裂，碎片射入小腿，鲜血喷出，至今铁屑还在腿里。卷起裤腿，小腿上一坨黑疙瘩……

他说，最苦是90年代，他生了三男一女，违反计划生育，要罚款，大队来人入屋抢家具，搬稻谷，差点和他们拼命……

我听得惊心动魄，他依然淡淡笑着。

他继续说，前些年，老婆病逝了，孩子也大了，都到城里打拼去了。他独自留在老家，自由自在，骑摩托搭客挣点钱，够用就好……

他今年六十七岁，是村里的"特困党员"。

记不清哪一个晚上，他突然没头没脑地冒出一句："不管怎样，现在都是最好的时代，比任何时代都好……"

农民，是最质朴、最实在的群体。农民的话，比各式各样"砖头家"们的都真实可信。农民说好，那就是真好。

当然，会有人不以为然，会有人嗤之以鼻，也会有人想起狄更斯的名言：这是最好的时代，也是最坏的时代……呵呵，或许好，或许坏，或许不好不坏，无论如何，这都是一个天翻地覆的时代。谁曾想到，一切凭票供应，转眼成了全民营养过剩；昨天还在羡慕新干线，今天高铁就从家门口呼啸而过。谁能料到，房价成了天价，竟然还有数亿人喜迁新居；新三年旧三年，缝缝补补又三年，忽然遍地网购剁手党，破洞补丁成了时髦……这一切，仅仅用了一代人的时间。广袤的神州大地每一天都在飞速变化，仿佛几年就会来一个旧貌换新颜，更别说时隔几十年了。这次重返我们曾经奉献青春的地方，完完全全认不出了。军事演习的荒凉海滩，变成海上观音落脚处；西岛军事禁区，成了热门旅游区。只有废弃军营里不知哪位战友手植的芒果、菠萝蜜留存了点滴记忆，卢运雄战友即席赋诗——

梦回从军五十年，
火红年代现眼前；
转眼青春已逝去，
无私奉献心甘甜……

三生幸运，我们是这个大时代的保卫者、建设者、见证者，参与了从一穷二白到奋然崛起的全过程。半个世纪，弹指一挥间。是谁说的，老兵不老。没错，历尽沧桑人未老，听听我们新的战歌吧——

巍巍沂蒙养育了铁七连，
南征北战威名天下传。
杀鬼子，胶东浴血八年整；
打老蒋，辽沈平津下海南。
前仆后继英勇奋战，

我们是光荣的铁七连！

滔滔南海屹立着铁七连，
保卫祖国顶在最前沿。
演兵场，端起钢枪敌胆寒；
筑坑道，抡起铁锤山砸穿。
激情燃烧薪火相传，
我们是忠诚的铁七连！

泱泱中华到处都有铁七连，
退伍老兵听从党召唤。
七十不老，热血男儿尚能战；
八十犹健，牢记两个一百年。
不忘初心为国为民，
我们是新时代的铁七连！

——《铁七连老兵战歌》

草成于 2018 年 6 月 6 日芒种
修改于是年夏至

山人冷眼系列

题记：

闲来无事写博文，虽说主要写唐史，写野钓，偶尔也会触及时政。

拿什么眼睛看世界

古人有云：

闲来无事不从容，睡觉东窗日已红。

万物静观皆自得，四时佳兴与人同。

道通天地有形外，思入风云变态中。

富贵不淫贫贱乐，男儿到此是豪雄。

——［宋］程颢《秋日偶成》

退休了，可以"闲来无事不从容"，可以读几本一直想读的闲书，写几篇一直想写的闲文，钓几条一直想钓的闲鱼……想想都要美死。

可惜，有一个问题：现今世俗的喧嚣已经令人无法独善一本书、一杯茶、一支钓竿……没法子，只能抬起眼睛瞧瞧这个世界到底怎么了。

然而，问题又来了：拿什么眼睛看世界？

并非很久的以前，有两句诗：黑夜给了我黑色的眼睛，我却用它寻找光明……当时相当爆红，只因实在太励志。

晓勉我模仿着和了两句：白昼给了我白色的眼睛，我却用它寻找黑暗……居然无人理睬，或许过于灰暗。

想想也是。倘若我们翻起死鱼般的白眼专注黑暗，黑暗自然到处存在。高楼背后大片阴影，绿湖底下全是淤泥；一窝白蚁可以推断大厦已经蛀空；几只老鼠预示瘟疫即将流行。时间长了，越看眼前越阴沉，越看心里越灰暗，就算阳光明媚也感觉不到暖意，即便刻意抹黑也觉得理所当然，最终黑漆漆一片真可怕……

反转过来玩点励志，有如金鱼大眼泡那样鼓起黑色瞳仁专门寻找光明，又会怎样呢？当然满目春光遍地春色，一派莺歌燕舞，天天柳绿花红。至于这里头夹杂了多少歌德派吹起的肥皂泡泡，五彩霓虹遮掩了多少罪恶与丑陋，对不起，黑眼睛只会寻找光明，只看见白茫茫大地真干净……

其实，对着镜子瞧瞧，眼睛不是黑色的，也不是白色的，而是有黑有白。就像这个世界，有白昼也有夜晚，有光明也有黑暗。上天赐予我们的是黑白相间的双眼，既要看到黑暗，也要看到光明，看到阴云密布别忘了阳光就在风雨之后，享受温暖也别忘了还有许多春风吹不到的地方。莫让浮云蔽目，莫让鸡汤迷魂，既不随大流人云亦云，也不跟小众标新立异，用健全的眼睛观察世界的风云变幻，用自由的心灵品味生活的五味杂陈。正所谓：

"冷眼向洋看世界，热风吹雨洒江天。"

不亦乐乎！

2016 年 12 月 30 日

狂欢？ 不过是贪小便宜罢了

双 11 过了，下一个双 11 还远着，这会儿泼点冷水，想必不会太讨人嫌吧。

据我记忆，双 11 原本是大男大女发明的光棍节，11 月 11 日，四个"1"，足够光棍。不知怎的变成了购物节，然后又变成购物狂欢节，电商疯狂促销，网民疯狂下单，快递小哥疯狂发货，包裹垃圾疯狂堆积……

"狂"倒是够狂了，欢不欢，难说。

我有个钓友，老实巴交，学着"狂欢"了一把，网购了两袋鱼钩。乐滋滋地对我说，双 11 大酬宾，一袋 100 枚才 20 元。平日我们买鱼钩通常 5 元一小包 10 枚，便宜倒是够便宜了。我第一个反应却是，一下子买这么多，什么时候用得完？我们垂钓一年也就耗费几十枚，而且有不同型号。

"这里有你一袋啊。"钓友诚心诚意，并且死活不要我的钱。

盛情难却，拿着 100 枚鱼钩回家仔细看了看，感觉做工比较粗糙。不管怎样，拴两副试吧。

结果，临水垂钓，连续脱钩，判断是鱼钩问题，果断换回常用的，问题解决。老实钓友坚持使用，终于钓上一条大的，溜了几下，又脱钩。提上来看看，更惨，居然是鱼钩拉豁了……鱼小口轻，钩尖不够锋利，刺不进去；鱼大咬住了，又不够坚韧，拉开跑脱。果然便宜没好货。

再结果，那一袋鱼钩至今静静地躺在储物架上，理论上还剩 96 枚。至于老实钓友还剩多少，不敢揭人伤疤，没问。

社会学的"砖头家"告诉我们，商品社会，人类靠购物来满足物质欲望，就像原始森林，动物靠觅食来满足食欲。生理学的"砖头家"又告诉我们，科学实验证明，购物可以刺激肾上腺素，有效缓解生存压力……

我信，我都信。然而，为什么必须在双 11 发作呢？很简单，不过是贪小便宜罢了。大小商家一起吆喝，不惜血本降价打折酬宾大甩卖……便宜啊，划算啊，过了这村没这店啊，于是乎，掏出手机冲进虚拟空间，疯狂买买买……

结果呢？过了一个月，中消协发布《2016 年"双 11"网络购物商品价格体验式调查报告》，参与调查的 500 多款商品，只有 27.8% 在双 11 当天是近半个月的最低价，其余 72.2% 不是低价甚至过半数是原价，玩的是"先涨价后降价，虚报原价"的把戏。接着发改委也发布报告，双 11 网购，存在制假、诈骗、优惠不实等九大问题！

看来，我那钓友是中了"制假"的招。恐怕不能归咎于他过于老实，从"剁手党"之类广为流传的调侃自嘲来看，中招的应该不在少数。至于一时冲动买了多余的用不着的，浪费钱财糟蹋资源的，就更难以计数了。

还是记住一句老话吧：贪小便宜吃大亏。天上不会掉馅饼，午餐没有免费的。

记不住？再免费赠送一首本人垂钓胡诌的歪诗：

钓鱼其实简单，欺你贪小便宜。

想吃什么给点，咬钩后悔莫及。

鱼儿还算狡猾，钓人更加容易……

2017 年 1 月 10 日

终于不再被俯视，感觉真好

不知何时养成习惯，节日不外出。到哪都是人挤人，不如老实待着。反正退休闲人天天放假，何必与上班族、上学族凑热闹呢。今年国庆连中秋更恐怖，长假第一天传来的消息就令人瞠目结舌。一大早，北京天安门十万人看升旗；中午，杭州西湖游人自拍刷朋友圈竟然把手机网络挤爆。至于各地高速公路堵成停车场，那都不算新闻了……

宅在沙发上抱着手机神游，正在庆幸自己不出门的英明决策，忽然被几个字吸引了眼球，"过去的俯视变为平视"。记忆中前些日子看过类似说法，百度一下，没记错。

闲来无事，摘录几段：

香港《东方日报》文章说道："从某种意义上说，西方主流社会对华眼光正从过去的俯视，变为平视甚至仰视。"

新加坡《联合早报》记者论述："长期以来，外国人对积弱的中国一直是采取俯视的态度，现在狮子睡醒了，世界为之震动，开始学着平视中国，自然会有一部分人还未完全适应。"

还有凤凰台何亮亮的点评，日本看中国从俯视变平视。

…………

从这个角度观察问题的似乎尚不多见，常说的是被侵略、被欺凌、被奴役、被压迫等等。然而，仔细想想，"被俯视"恐怕更久远，更普遍，更根深蒂固！

我觉得，发端应该在第一次鸦片战争之际。那个日不落帝国仅仅以40余艘舰船、4000余名士兵，就把大清帝国打得落花流水，迫使中国签下了第一个不平等条约《南京条约》。这下子不得了，皇帝新衣被扒了，"天朝"神话破灭了，什么中央帝国，原来只是餐桌中央一块大肥肉。"列强"们顿时来劲了，一个个摩拳擦掌争先恐后冲上前撕咬，丛林法则，弱肉强食，不吃岂非犯傻？

首先是当时的地球老二法兰西，强烈要求老大分一杯羹。英法两家找了点由头组成联军，拢共不过两万人枪，竟然一直打进北京，大肆烧杀抢掠，洗劫和烧毁了圆明园……法国作家维克多·雨果称之为"两个强盗"的"胜利"。法国毕竟是第一个喊出"自由平等博爱"的地方，还算懂点羞耻。

与此同时，"北极熊"趁火打劫，一口吞下一百多万平方公里土地，还以调停有功为理由，强迫清政府签约承认。

东边的邻居日本不甘落后，跟着扑上来，吞并了台湾及澎湖列岛……

西方列强瓜分中国的狂潮自然会引起中华民族的反抗，最出名的是义和团运动。当下，义和团已经被许多自诩文明高尚的各色人等贴上"愚昧、落后、野蛮、血腥"的黑色标签。我不太明白的是，如果这些人等的家园遭到强盗抢掠烧杀，他们是不是还能处之泰然，悠悠然用牛津腔英语念叨几句"自由民主、平等博爱……"了事？

肥肉居然不肯被分吃，这还了得。人类史上罕见的一幕发生了，八个国家以保护在华利益为由，联合出兵侵略中国，攻陷京城，疯狂烧杀抢掠，"万园之园"的圆明园再遭劫难，终成废墟。中华民族随之彻底沉沦……

以上短短千把字，写写停停、断断续续，越写心头越憋屈。中华百年血泪史，实在不堪回首，不堪回首！

补充一句吧，组成联军侵略中国的八个国家是：大不列颠与爱尔兰联合王国、美利坚合众国、法兰西第三共和国、德意志帝国、俄罗斯帝国、日本帝国、奥匈帝国、意大利王国，都是当时的先进国家、文明社会。而中国呢，自然是落后愚昧，"劣等民族"，"东亚病夫"，"被俯视"似乎理所应当。

于是，上海公共租界堂而皇之出现了"华人与狗不得入内"的告示。

我知道会有人拾某些"公知母知"余唾，声称这只是流言谣传。呵呵，看看当年那些真正的货真价实的公知怎么说吧——

时间	作者	内容
1903 年	周作人	门悬金字牌一，大书"犬与华人不准入"七字
1913 年	杨昌济	上海西洋人公园门首榜云："华人不许入"；又云"犬不许入"
1917 年	姚公鹤	跑马场……今门首高标英文于木牌，所云"狗与华人不准入内"是也
1923 年	蔡和森	"华人与犬不得入内"的标揭，至今还悬挂在外国公园的门上
1924 年	孙中山	从前在那些公园的门口，并挂一块牌说："狗同中国人不许入。"
1925 年	通讯员	在上海公园里有这样的通告"华人与狗不准入内"

续表

时间	作者	内容
1929 年	读者	笔者在 1916 年目睹的措词是"华人与狗不准入内"
1935 年	方志敏	一走到公园门口就看到一块刺目的牌子，牌子上写着"华人与狗不准进园"几个字

我都懒得多言，只想说一句，多读几本书吧，管窥一下那个年代的华人的"国际地位"——

鸦片战争之后，西方殖民者干完了黑人奴隶贸易，又干起了中国苦力贸易，说是"契约华工"，实际是"卖猪仔"。集中囚禁华工的场所就叫"猪仔馆"。据统计，卖到南洋、美洲的猪仔苦力死亡率高达 75%！在甘蔗园劳作的华工，脚上甚至戴着镣铐！

1903 年，清廷的驻美公使馆武官谭锦镛，遭美国警察辱骂："中国人，黄猪；长辫子，猪尾巴……"武官反驳了一句，"中国人也是人"，便遭到百般殴打侮辱，令其不堪忍受，自杀身亡。

看来，当时的华人在洋人眼中也就是猪狗而已。

1937 年 12 月，日军攻陷南京，对无辜居民和放下武器的中国士兵进行了长达一个多月的血腥大屠杀。疯狂杀戮、强奸、抢劫、焚烧，甚至扬扬得意地进行杀人比赛，在他们眼中，中国人连猪狗都不如……

当时的日本权威报章《每日新闻》甚至刊出南京大屠杀日军杀人"竞赛"的刽子手照片和新闻，大加赞许，杀人如麻还成为民族英雄，或许这就是大和民族的"优越性"！

付出三千万人命代价，中国成为战胜国，又怎么样？美、英、苏三国首脑在雅尔塔碰头，连招呼都不打，就把外蒙古划入了苏联的控制范围，依然是"人为刀俎，我为鱼肉"，此时的中国何止被俯视，直接就是被无视。

新中国成立了，中国人民站起来了，再也不会被侵略、被奴役、被杀戮了。然而，一穷二白，穷得几乎当裤子，洋油、洋钉、洋火、洋布都是稀罕物，这叫洋人如何不小瞧？所以，朝鲜战场上，"联合国军"统帅麦克阿瑟才会完全无视中国政府的警告，振振有词地指责同僚根本"不懂得东方人的思想"，趾高气扬地认为"如果来自中国的共产党企图夺回平壤，那他们简直是自投死路"①。

当然，事实并非如此。

对手看不起，盟友也瞧不上。

上世纪50年代，毛泽东当面询问赫鲁晓夫能否援助中国研制核武器。社会主义的老大哥傲慢地回答：搞核武器是很费电的，就是把中国所有的电力都投入进去也不一定够用。我们苏联有核武器就行了，用不着大家都来搞它。②

之后的历史就不啰唆了。

大国重事如此，寡民小事亦如此。还记得上世纪80年代的港客、90年代的台商吧，了不得哦，金光闪闪，简直就是仙山琼阁走出来的财神，不说众星捧月，也是待为上宾，骨子里的优越感几十年后还在作祟。香港岛造了个新词，"表叔"，专指内地穷亲戚，沿用至今。结果，当"表叔"兜里多了点散碎银子，涌过罗湖桥"买买买"之时，港人不习惯

① ［美］哈里·杜鲁门：《杜鲁门回忆录》第2卷，李石译，生活·读书·新知三联书店1974年版，第458页。

② 参见师哲口述，师秋朗笔录：《我的一生：师哲自述》，人民出版社2001年版，第440—441页。

了，不适应了，难忍难熬了，群情汹涌，居然闹出限购之法规。至于嘛，不过几罐奶粉而已，就把"自由港"的金字招牌砸成一地鸡毛。台湾岛的傲娇起初还有几分底气，亚洲"四小龙"之首嘛。然而，时过境迁，风光不再，却依然沉溺在"之首"的幻境中，闹出"茶叶蛋"之类的笑话，不足为奇。

中国古训早就有言：三十年河东，三十年河西。中国人民忍辱负重、发愤图强奋斗了何止两个三十年。终于，风水轮流转了，河西变河东了。睡狮醒，巨龙飞，古老神州终于重新崛起了！虽然前路依然漫长曲折，困难很多，问题更多，"公知母知"们形形色色的数落有些也不无道理。然而，无论承认不承认、适应不适应，俯视中华民族的时代终于一去不复返了！正如一部不算出色却异常火爆的电影里的台词："那他妈是以前！"

呵呵，感觉真好！

当然，感觉不好的也大有人在。各色人等纷纷寻找各种高地，诸如道德高地、文明高地、普世高地、情怀高地等等，虚虚实实、真真假假，甚至己所不欲或者己所不能也要强加于人，总之能够维持居高临下的姿态，能够继续俯视、指责以至嘲讽挖苦就行。

没啥，悉听尊便。这二三十年，唱衰中国的论调听得还少吗？耳朵都起茧了。结果，越唱衰越进步，越抹黑越强盛。仅此而已。

附记：

据说本年度的国庆长假出游人次总计将近七亿。七亿，几乎相当于美国加欧盟的人口总和。套用一句网络热词：吓死宝宝了。

草成于 2017 年国庆，修改于岁末大雪节令

不要说你没有被洗脑！

相当长一段时间，我经常被人明里暗里判定为被"洗脑"了。当然，更多的是背后指指点点，窃窃私议。但至少有一回在微信的某个群里，当我对某件事发表某种看法后，霍然见到一条回复：真可怜，在国内待久了，都被洗脑了……

不能不承认，本人确实被洗脑。远的不说，上世纪70年代，我在海南农场当知青以及之后在天涯海角当兵时，自学马恩列毛，几乎找得到的经典著作都通读了，有些还读了两三遍，脑子肯定被狠狠地洗了一遍。80年代是所谓阅读的狂欢时代，我又狼吞虎咽地读了一堆外国文学经典外加哲学名著，诸如康德、黑格尔、尼采、叔本华、弗洛伊德、萨特之类。虽说基本上是囫囵吞枣，似懂非懂，脑子还是不可避免地再遭冲洗，最终成了如今的模样。

想想挺可怜，大脑不是地板，哪里经得起一而再地洗过来洗过去。难怪如今经常犯迷糊，对这个世界越来越看不懂。比如南海的野鸡仲裁啊，英国的说脱就脱啊，特朗普的意外胜选啊，都让我云里雾里找不到北。更不要说特朗普接连"退群"，气候不理了，科教文不要了，难民也不管了，倒是硬生生在耶路撒冷插上一杠子……实在闹不明白上演哪一出。看样子脑瓜真的不能洗。然而，回过头来仔细想想，又发现洗脑是人生标配。人之初，脑本空，父母教，老师教，长辈教，上司教，就连洗手刷牙过马路都要教，恐怕只有"食色，性也"，进食和交配这种生物本能不用教。从小到大，脑瓜子被各色人等塞进各种东西，难道不是洗脑？

我知道，这有点胡搅蛮缠强词夺理。老大不小了，还是正经说事。先说两件不久前遇上的。

不记得在哪个微信群见到一个帖子，说是广州社区开办"长者餐"，政府补贴，关照老人。我看了挺高兴，点了一个大大的赞。没想到斜刺里蹦出另一个帖子，叙说日本老人的福利如何如何好，接连配发两张图片……满脸的不屑隔着屏幕都能感觉到。当时我就犯迷糊了，没错，不如日本，不如一切高福利国家，那又怎样？我们刚刚从一穷二白挣扎出来，从无到有，从弱到强，一天一天一点一滴在进步，难道不该高兴，不该点赞？

又有一回，微信里看到一个讽刺挖苦"低保"的段子，很不爽，忍不住回复了一句：真正领低保的不会嘲弄低保。没想到又招来神回复：两报一刊！如今四十来岁的可能听不懂了，那意思就是说我极左。为低保辩解就是极左？我知道，低保确实低得可怜，然而我更知道，这是社会底层免于饥寒的安全网，事关数千万困难民众的生活保障，你可以瞧不起，但请不要嘲笑它。这样就极左了吗？这帽子有点莫名其妙。

终于，最近明白了几分。

还是微信群的神帖，说美国人均收入是中国的 34 倍，中国的物价是美国的 5 倍。

天哪，假设中国人每天收入 10 元，美国人就是 340 元，美国一个面包卖 1 元，中国就要卖 5 元。中国人每天能买 2 个面包，美国人可以买 340 个。如此说来，美国的生活水平是中国的 170 倍。差距好像没有这么恐怖吧？然而偏偏有人卖力转发，就我这山野闲人屈指可数的微信群便出现过两回，弄得我疑疑惑惑，私下问了问美国的亲戚朋友，都笑了，哪来的 170 倍，脑子进水了吧？有 17 倍、7 倍就要乐死了。

呵呵，脑子进水了！我恍然大悟，难怪难怪，原来也是被洗脑了。中国的事不能说好，宣扬欧美才是王道。中国梦必须呵呵，美国梦才值得艳羡。过去总说社会主义好，如今必说资本主义好；过去说万恶，如今成了万善；过去高唱把"旧世界打个落花流水"，如今宣扬"历史终结"，普世价值圣光普照……这脑子洗得也算彻底，难怪本人过去被认为右倾，如今却被看作"老左"。看来不是我晃荡，而是别个在摇滚。

涉及政治体制、意识形态这类宏大话题，不是这篇小文能够承载的，我只是纳闷"终结论"的鼠目。人类出现不过几百万年，有文字记载的文明史更只有区区数千年，据说，如果把地球历史比作 24 小时，人类社会只是在最后一秒钟才出现。这么快就"终结"，文化不发展了，文明不演进了，社会形态不变革了，不会吧？瞧瞧傻大黑粗的恐龙，统治地球一亿多年，进化出多少种类，演变出多少生存形态，若非小行星撞击，恐怕至今也不会终结。人类号称万物之灵，怎么会才演化几千年就"秒杀"？如此明显带着西方优越感的武断竟然得到众多"被优越"人等的喝彩，这脑子真的进水了。

至于"普世"，倒不陌生，早在半个多世纪前还是小学生时就听老爸总哼哼："谁愿意做奴隶?! 谁愿意做马牛?! 人道的烽火传遍了整个的欧洲，我们为着博爱、平等、自由，愿付任何的代价，甚至我们的头颅……"从这首歌知道了法国大革命，攻占巴士底监狱。或许因为不够平等、不够自由，后来又有了巴黎公社，诞生了《国际歌》……按说欧洲最早"普世"，"人道的烽火传遍了整个的欧洲"嘛，理应最博爱、最民主、最自由，然而看上去又最蛮横。坚船利炮，纵横四海，一言不合就开打，满世界殖民，满世界劫掠。瞧瞧以卢浮宫为代表的西方大大小小博物馆，陈列着多少亚非拉文物！欧洲列强你争我夺，最终酿出两次世界大战，造孽祸害全世界——真够"普世"了。当然，这都是过去的事儿，拿法国总统马克龙的话来说就是："历史的这一页必须翻过去。"然而，当非洲某国要求法国归还掠夺的文物时，却被以"超过追溯期"为由拒绝……呵呵，杀人越货不要紧，只须趁早。这逻辑估计也属于"普世价值体系"，否则为什么不见一个"列强"归还掠夺的各国文物——其中咱中华家不是最多，也是最多之一！

当然，"普世"发扬最光大的当属青出于蓝的美利坚，言必称民主、自由、人权，动辄指斥他人独裁、专制、没人权，听起来的确高大上，难怪被人——某些人——视为"普世灯塔"！如果只是听其言，"灯塔"的确很高光；倘若偏要"观其行"，灯塔恐怕就成了"炮塔"。不提那些涉及"追溯期"的陈年往事，就说眼下仍未消停的事儿吧，依然是当年"欧洲列强"的范儿，仗着船坚炮利，一言不合就开打。打阿富汗还有点理由，打伊拉克……所谓的大规模杀伤武器不过是拿到联合国的一撮不明成分的白色粉末（普京认为只是洗衣粉）。这还不算，接着再打利比亚、叙利亚，打死几十万平民，打出上千万难民，完全是丛林法则，弱肉强食。公理何在？民主何在？人权何在？博爱何在？不知"灯塔"崇拜者对此有何感想？我曾经听到一个论调，说什么这是自由民主的代价。我很想知道，假如说者不幸身陷战火，家毁人亡，话语还会不会如此轻飘飘……

挥舞着数千枚核弹，能把地球毁灭几十回；十余支航母战斗群满世界晃悠，每一支都可以打烂一个中等国家；每年的军费几乎等于其他所有国家的总和，就这样还天天嚷嚷安全受到谁谁谁威胁，动不动喊打喊杀……若说这就是"普世灯塔""历史终结"，我只能哭不得，笑不得，念一声"阿弥陀佛"：女士们、先生们，你们也……也……被洗脑了。

这正是：

> 说什么洗脑不洗脑，
> 其实半斤对八两。
> 人生在世数十载，
> 脑瓜洗上几回很平常。
> 最怕遭人忽悠不自知，
> 还以为脱胎换骨高大上……

2017 年 12 月 22 日初稿

有些丑陋其实是进步的表现

早些年有本书《丑陋的中国人》，很是火了一把。的确，在有些人的眼中，中国人的丑陋现象随处可见。不过呢，我们谴责之余有没有想过，有些丑陋其实是进步的表现？

比如，最近比较热的"中国大妈"。

广场舞随心所欲，肆无忌惮；逛景区逛商场大声喧哗，旁若无人。穿着打扮怎么前卫怎么来，品位无以描状。最逗比的是走到哪自拍到哪，摆出的"甫士"绝对超出你的想象。诸如此类，终于造就新的贬义词——"中国大妈"。

其实，换个角度想想，"大妈们"，真没啥。回望二三十年前，她们不是在田头劳作，就是在工厂上班。辛苦一天回到家还要操持家务，养儿育女。种过田的应该知道，彼此相距甚远，说话基本靠吼。喧嚣的车间更不用说，不提高嗓门根本听不到。

明白她们为什么说话嗓门大了吧？习惯使然罢了。至于花枝招展，疯狂自拍就更容易理解了。她们不是戴安娜，不是伊万卡，大半辈子没钱没工夫更没机会学习时尚。难得拍个照多半是全家福，一个个腰杆笔直咧开嘴对着镜头傻笑。智能手机恐怕是她们拥有的第一部拍照工具。你能要求她们怎样？

如果问一句21世纪头二十年全球最激动人心的场景是什么，我的回答是：数以亿计，几亿中国老百姓有钱购买时尚，有闲学习舞蹈，甚至有钱有闲出门以至出国旅游！尤其是广场舞，短短几年就成为中国城乡的标配，无论走到哪里，只要黄昏降临，总能听到音乐震天价响，一群大妈偶尔夹杂几个大叔手舞足蹈。无论是大城市抑或小山村，只要瞄上几眼就会发现，这些舞者大多缺乏音乐细胞，更不懂舞蹈语言，只是像练习毛笔字描红那样把规定动作比画出来。然而，这并不妨碍她们（他们）浑然忘我、倾情享受。想象一下这样的情景吧，每天几千万甚至上亿中国妇女在同一时刻自发地尽情地翩翩起舞！怎么样，够震撼吧，人类文明史上何曾有过如此场景！

所以说，"中国大妈"群体的出现，是中国社会发展进步的小小缩影。至于礼仪品位，别急，会有的。

理解了这一层，那些满世界疯传的中国游客的各种不文明现象就容易理解了。不文明当然是丑陋的，然而所谓丢人丢到国外去了的指责也大可不必。从不文明到文明总得有个过程，不是说，三代才能培养一个贵族吗？

私家车乱象与此类似。

仿佛一夜之间，中国的大小城市、乡镇农村，各式各样的私家车有如雨后春笋爆炸性地冒了出来，光看大街小巷的车水马龙，俨然有几分发达社会的模样。然而细看就不行了，超速抢道，别车逆行闯红灯。喇叭最有用，动不动震天价响。转向灯最多余，方向盘一打就过去了。路怒族、马路杀手几乎成了新常态，总之乱象丛生，丑态百出。然而，丑陋归丑陋，依然是社会进步的表现。去问问开私家车的男男女女，有多少是祖传开车的？恐怕绝大多数不是刚刚洗脚上田，就是挤了半辈子公交或者骑烂几辆单车。就在不久之前，也就是二十几年吧，私家车还是电视荧屏上可望不可即的影像。要求他们马上具备西方发达国家那些三代甚至五代都开车的文明礼让素质，不觉得有点像要求小学生参加高考吗？其实，中国的汽车文化进步已经相当神速了，君不见，短短十几年时间，社会经济比较发达的地区，交通乱象明显减少，机动车礼让斑马线行人明显增多……

至于共享单车的丑陋现象，那就更有意思了。

有点年纪的人或许记得，口号曾经震天价响，喊来喊去，却饿了三年肚子，啥都没见着。终于，初级阶段了，口号不喊了，实事求是了。正当社会渐渐进入市场经济，人们渐渐习惯"各人顾自己，上帝顾大家"，突然冒出一个"共享"！这可不是邻居家的针头线脑，这可是自行车呀，想当年，单车、手表、收音机，镇宅的"三大件"，还得凭票购买。怎么忽然变成满大街随便拿，随便用？于是乎，乱骑乱放乱扔，搬回家的也有，挂树上的也有，扔河里的也有，最惨的是大卸八块，各取所需，真正"共享"！

都说中国是小农经济的汪洋大海，一点不错。这不，一个"共享"，小农意识的劣根性，诸如目光短浅、贪小便宜等就全暴露了。确实丑陋。

（山人孤陋寡闻，据说共享单车漂洋过海到了欧洲，同样乱象丛生。看来，"丑陋"并非中国特色。）

不过呢，随着共享单车的普及泛滥直至习以为常，丑陋也随之渐渐消散。至少这两年没再听说有人搬回家了，毕竟房价不便宜，一平方面积可以买好些单车呢……

说起来真是奇迹。也就是三四十年，一代人的工夫，中华儿女便打造出世界第二大经济体。如此火山喷发般的狂飙突进，别说外人看不惯，就是我们自己也不适应。以前常说旧的不去，新的不来，如今是旧的来不及去，新的迫不及待涌来。于是乎，以往一穷二白时代没什么感觉的毛病，不怎么在意的陋习，时隐时现的劣根，一下子全都凸显出来。丢点人就丢点人吧，现点丑就现点丑吧，老祖宗早就说过，"仓廪实而知礼节，衣食足而知荣辱"，文明进步依仗经济发展，经济发展促进文明进步，你不觉得"中国大妈"正在进步吗？至少，如今的广场舞越跳越有韵味了……

写到这儿，忽然想起一篇三十年前的旧作，似乎与此有点关联。从旧电脑里翻检出来瞧瞧，果不其然。索性一并贴出，作为附录，似乎可以从一个小小的侧面见证神州大地三十年天翻地覆的变化……

2018 年 9 月 10 日

附：九千米高空的欢笑

题记：

此文写于上世纪 80 年代。现作为"山人冷眼系列"《有些丑陋其实是进步的表现》的附文，未做修改。

当年正年轻，洋溢字里行间的除了乐观，还是乐观。数十年过去了，我经历了足够多的事情，走过了足够多的地方，见识了形形色色的各式人等，阅读了林林总总的书籍文章，一切的一切，都没能动摇我乐观的初衷！这篇小文中与我对话的姑娘，如今应该也步入"中国大妈"行列，想必依然那么爱说爱笑，活跃非常——江山易改，本性难移啊！

波音707告别了首都机场，高傲地昂起机头跃向天空，倾斜的地平线迅速地向下方掠去，右舷窗泻入一方方秋阳的金辉——北京至广州的空中旅程开始了。扩音器里传出空姐悦耳的声音。"全程1960公里，飞行速度每小时900公里，飞行高度9000米。"

一起飞就不绝于耳，交织着新奇、喜悦、惊讶、兴奋等多种情绪的声浪发源于机舱后半部。四五十个座位上清一色地坐着肤色微黑的南国姑娘和小伙，他们是南海县一个乡办丝织厂的青年工人。工厂经营得法，财源广进；勤快的职工也顺理成章地挣得了出门旅游的权利，首选的目标便是北京。火车往，飞机返，七天假期，行色匆匆。"太短了，真是太短了，到哪里玩都像跑步一样。"一个活跃非常的姑娘在首都机场候机室里十分惋惜地对我这样说。姑娘，我理解你。来到伟大祖国的首都，我们无比珍爱的富民政策的发源地，时间再长都会觉得短，何况只是一个星期呢。

夕阳渐渐西沉。连绵不断的金色云层轻托着机翼。看不见的气流使飞机一阵颠簸，便引出一阵年轻人恣意的惊呼和欢笑。他们在充分享受这翱翔于白云之上的新鲜滋味呢。不容易呀，祖祖辈辈面朝黄土背朝天的农民后代，竟然能够在九千米的高空尽情欢笑！

坐在我旁边的一位女乘客，一上飞机就紧皱眉头。她是那种没有贵妇人气质，却有贵妇人脾气的中年妇女。这种人的外表很难令人看出她从事的是什么工作，但很明显，她是经常出入"高级"场合的。个头不小，力气却似乎不大，往行李架上放个航空包都娇声娇气地叫别人帮忙，她的神经受得了发动机的轰鸣，却忍受不了年轻人的欢笑。一会儿摇头，一会儿捂耳，嘴里直嘟囔："坐了这么多次飞机，没见过这个样。真没教养，不知哪儿冒出来的乡下人，把我的头都吵昏了……"

这一类贵妇人的脾气，两年前我就曾领教过。

那是在名扬海外的白天鹅宾馆。红地毯，水晶灯，身着燕尾服、绸旗袍，有绅士淑女风度的男女服务员，一席千金的山珍海味，华丽得宛如梦境的总统套间，一切的一切，都那么豪华富丽，就连走进这儿的客人也似乎个个雍容华贵，气派非凡。可是，突然间，一群农民住了进来，黑红的脸膛，粗糙的大手，东摸摸、西瞧瞧，看见什么都大惊小怪，很有点刘姥姥进大观园的味道。而那些"板儿"则更是百无禁忌，他们把红地毯当作绿草地，光着脚在上头打滚；把高速电梯看成会飞的房子，上上下下"坐"个不停。当时我正好陪几个有贵妇人派头的女士去访客，她们侧目摇头，说的也是这样的话。"真没教养！不知哪儿冒出来的乡下人……"

不错，这一切就像是在典雅的韶乐中突然冒出一段迪斯科旋律，不用说是多么不协调了。一切以往的经史子集、诗词歌赋、传奇戏曲，以至民间故事、山歌童谣，为我们描绘的农民形象，总离不开"土"，满面尘土，两脚粪土，土布衣裳，土里刨食，土生土长，土里土气……突然，一瞬之间（在五千年的历史中，短短几年还够不上一瞬间），农民离"土"变"洋"，而且不管你看着顺眼不顺眼，这种"不协调"的情景仍是顽强地、迅速地到处"冒出来"。在深圳，攥了几十年锄把的茧手抓起派克笔与外商签订协议书；在穗郊，农民集资的摩天大厦正在破土而出；在庐山，拙于辞令的乡下人一开口就向饭店经理要最高级的房间；在长安街，农民包租的"的士"与"红旗"并驾齐驱。现在，在这九千米高空，几十个离土不离乡的年轻人毫不客气地包下半架波音，并且毫不在意自己的欢笑会不会惊扰身旁这位贵妇过分柔弱的神经。

呵，这一切该如何评说！中国农民的"富起来"，似乎不仅仅意味着物质生活的丰裕，更多的是意味着精神上的起飞，自身形象的重新塑造！几千年被"穷"压弯了腰的农民（即使在"理论"上直起了腰，实质上那腰仍是弯的），如今真正成了巨人！使他们从身体到精神，都开始"高级"起来！

后机舱的欢笑不知何时低沉了一阵，那个活跃非常的姑娘突然高声叫起来："看外面——"

几乎全机的乘客都像是听到了"向右看齐"的口令，视线一齐投向尚有亮光的右舷窗。那外面，是一幅触目惊心的图景：夕阳被云海迅速吞没，最后的余晖腾起在天际，有如一场森林大火在地平线上燃烧。涌起的云头像张牙舞爪的怪兽，接二连三地向飞机扑来。

姑娘担心地说："哎呀，变天了，要下大雨了。"

坐在她旁边的小伙子取笑地说："怕什么呀，我们是在云上头，淋不着。"

说得对，我们已经来到如此的高度，纵使有什么不测风云，也奈何不了我们。

我身旁那位一直抱怨不休的女士终于闭上了嘴。也许是说累了，也许是说够了，但更可能的是，她终于明白，无论她怎样看不惯，这九千米高空的欢笑还是会越来越多，越来越响亮。

三十年前，一个打往天堂的电话……

无意间，从电脑旧文档中翻检出一则旧文，应该是从报刊上扫描下来收藏的，缺失了作者名字和时间。从文中唯一的事件在报刊亭拨打计费长途电话来看，时间背景应该是上世纪 80 年代末 90 年代初。文章很短，我先是瞄了一眼，之后，认真看了看，再之后，竟然……心底发酸！为什么呢？我也说不清。还是先全文转载如下，各位看看再说——

我有一个小小的报刊亭，上午的生意总是比较清淡。

那天，我正在百无聊赖地翻看杂志，突然听到一个轻柔的声音："先生，我想打电话。"我抬起头。是个瘦小的女孩，十六七岁的样子。

我指指电话机："自己打吧，长途用左边电话……"

女孩左顾右盼，似乎有些紧张，犹豫了一下后终于用颤抖的手拿起话筒。我一看就明白了，这个女孩有可能是第一次拨打长途电话，担心闹笑话而遭他人嘲笑呢。我赶紧知趣地转头，装出认真看杂志的样子，不再去留意她。

女孩把号码按了一通,又手忙脚乱地放下话筒,马上又拿起话筒,又一阵慌乱地按号码……我自始至终没有去理会。我想我若一抬头,一定会加重她的紧张。

"妈妈,妈妈,我跟玲子姐姐到了深圳。我现在进了一家电子厂,工资好高,经常加班,加班费可多了,我这个月发了716块钱,我寄回去给弟弟做学费,还有给阿爹买化肥,给姥姥买药;我们工厂伙食可好了,每天都有大肉吃,还有鸡哩;我给自己买了条裙子,红色的,很好看……"

女孩越说越快,但接下来她开始擦眼睛和鼻子,声调也嘶哑起来:"妈妈,我想弟弟,想阿爹,我想回家,我想你,妈妈,我想你,呜……我想……"就像放连珠炮一样,女孩把话说完,然后放下话筒。由于紧张,话筒放了3次才放好。

她按住胸脯急急地喘气,待了好一阵,才用红红的眼睛望我,低声问道:"先生,请问多少钱?"看着她那副紧张的模样,我心中一酸,犹豫了一下,说:"小妹,别紧张,缓缓气,其实你再多说一会儿也无所谓……"

女孩重重地点头:"谢谢。多少钱?"

我低头往柜台下望去——天哪,电子显示器上没有收费显示!女孩的电话竟然根本没有打通!我疑惑地抬起头:"对不起,重新打吧,刚才的电话没有打通……"

女孩不好意思地擦擦眼睛,说:"我晓得。我们家乡没通电话,我妈妈也去世了……但我真的好想像别人一样跟妈妈打打电话说说话……"

我目瞪口呆,愣了好一阵才终于醒悟,那是一个打往天堂的电话,一个可以把所有喜怒哀乐跟妈妈尽情诉说的电话。

40 岁及以上的人们应该不会忘记那些岁月，如今 30 来岁以及更年轻的朋友们应该了解那个时代。那是改革开放艰难启动的头十年，中华民族正在挺起胸膛与贫穷落后做殊死的搏斗！穷，实在是穷，不用知道人均 GDP 世界排名倒数第几位，贫穷落后的烙印在神州大地上比比皆是，触目惊心。中华儿女渴望过上好一些的日子，不指望谁谁谁怜悯施舍，何况超十亿之众，再多"嗟来之食"也填不饱肚子。更不靠侵略殖民，不是不能，而是不屑，掠夺别人算什么本事！我们用自己的双手、智慧和意志，改变自己的命运。这是一场超十亿人民的长征，路漫漫兮上下求索，整整四十年依然在路上，史无前例！多少山重水复，多少艰难曲折，多少阴晴圆缺，多少悲欢离合，一路走来，一肚子甜酸苦辣无从诉说，只能把电话"打往天堂"——这则小故事是否真实不重要，中国老百姓数十年如一日辛勤劳作拼命苦干，流汗流泪以至流血，天地可鉴，日月可表。

终于，日子好了一些。孩子上学不用交学费了，吃肉早已不稀罕，农村也跳减肥健身广场舞了；社保覆盖了超十亿人，农民也有医保了。联合国告诉我们，三十年中国脱贫人口超过 7 亿，对全球减贫的贡献率超过 70%。统计数据告诉我们，中国的 GDP 总量跃居世界第二，人均排名也上升了好几十位。然而我们依然不富，依然没有过上向往的好日子。依然勤勤恳恳出大力流大汗甚至流血流泪，依然可能把电话打往天堂与亲人诉说心底的憋屈和辛酸……就这样，还有人说三道四，说我们欺诈，说我们占便宜，说我们威胁了某某霸权……哼，呸，真是见不得别人好的龌龊小人！我们不被欺凌，不被威胁，不被掠夺，再不用抹着泪水拨打天堂电话就谢天谢地了。说什么我们的"好日子过得太久了"，哼，中国人的好日子刚刚准备开始呢！还是那句名言说得好，走自己的路，让别人说去吧。继续挺直腰杆，继续埋头苦干，用欢声笑语往天堂打电话的好日子终究会来到！而且，不会太遥远！

　　不信？等着瞧！

2018 年 10 月 11 日

想起第一次打长途电话

本人退休之后，一直隐居，远离滚滚红尘，自得其乐。正如本人原创打油诗所云：

> 睡睡懒觉，
>
> 喝喝早茶，
>
> 钓几尾闲鱼，
>
> 养几盆野花。
>
> 电话不接，
>
> 手机不刷，
>
> 悠然南山，
>
> 冷眼天下……

然而毕竟凡夫俗子，做不到心如止水。忍不住"冷眼天下"，因而也躲不开一惊一乍。比如，2016年就被特朗普胜选惊跌了眼镜。今年，2019年，半年还没过，又被地球老大惊落了下巴：

　　宇宙最强——没有之一——竟然以举国之力围追堵截一个发展中国家的民营企业，必欲置之死地而后快，肆无忌惮抓人、毫无理由断供、明目张胆偷快递、异想天开拒付专利费……一连串地痞流氓似的下三滥组合拳让山野闲人看得目瞪口呆。说好的民主灯塔呢？说好的自由女神呢？说好的山巅之城呢？全都成了复活节火鸡炫目的羽毛，端上餐桌就没了……虽然本人绝非美粉，还是不能不为老大的所作所为害臊脸红。（不知美粉们感觉如何，估计多半是选择性失明。）

　　下意识摩挲我的华为手机，不知怎的，突然想起我第一次打长途电话的情景……

　　那是1968年冬天，我下乡海南之前，到粤北连山干校探望母亲。从广州乘火车到坪石，转长途客车往连山。粤北山区，名副其实山连山，一路颠簸，眼看还有几个小时就要到了，却在一个小镇遭遇当地盘查。我是第一回独自出远门，哪里知道要带什么单位证明？结果，没法证明我就是我，只好乖乖地到他们办公室，往学校挂长途电话。那时打长途叫作挂长途，也就是往长途电话人工交换台挂号，说明要接通哪里的电话，然后就老老实实等着交换台回叫。有点像去医院看病，先挂号，然后等待护士呼叫。运气好，几个小时可以接通，运气不好，等上一两天也是常有的事……

　　这是我第一次打长途电话，半个世纪过去了，仍然忘不了当时的困境窘况，一个十七岁的半大小子，被扣留在大山深处，四顾茫然，孤立无助，唯一的救星就是那台默不作声的电话机。又冷又饿，惊恐焦急，从上午等到中午，谢天谢地，老天有眼，电话终于响了，终于证明了我就是我。当然，我所乘坐的长途班车早就开走了，只好孤零零地在那个不知名的小镇过了一夜（详情参见《漫忆之一：粤北山区在下雪》）。

从那以后，我对挂长途电话就怀有一种莫名的恐惧感。而长途难打的状况也长期没有改变。一直到 20 世纪 80 年代初，十多年过去了，本人已经从海南农场去当兵，然后退伍回到广州，进入出版社工作。改革开放也有好几年了，打长途电话，依然是请单位的电话总机往长途电话交换台挂号，然后等待回叫，依然需要漫长的等待。记得有一次因急事往珠海特区挂长途，一上班就挂了号，一直等到下午依然没有回叫，眼看就要下班，对方单位就快没人接电话了（当时没几个人家里有电话），社领导急得团团转，幸亏临下班前电话接通了，对方说，正关门关窗准备走了……

据说，那时世界上早就有了自动拨号的程控电话。我们实在是太落后了。

据说，华为的创始人任正非就是这时候看到程控交换机的巨大市场，开始创业……

落后不要紧，关键是不甘落后。没过几年，也就是 80 年代中期，广州的程控电话便雨后春笋般冒了出来。起初比较紧俏，记得我还是走了后门才在家里装了一台。第一次拨打国际长途，兴奋得号码都拨错了，真不敢相信如此便捷，一串号码拨下去，就能与地球那头通话……更没想到，紧接着来了更加便捷的移动通信——那年头，腰间别个"大哥大"，比今天手里握着什么"苹果"牛气多了。因为太牛气，也就出了许多装×的。据说那些满街乱晃的"大哥大"，有的只是模型（相当仿真），有的根本没开通（交不起入网费），更多的是高低搭配，"大哥大"配搭"BB 机"。收到寻呼，先找公用电话，实在没辙才用"大哥大"回电（话费贵哦）……

不过呢，这些真假"大哥大"也没能神气多久，大约 90 年代初，摩托罗拉、诺基亚领衔的手机就开始满大街了，好像也有国产货，比如"手机中的战斗机"。然而，无论广告如何震天价响，国产手机依然被视为山寨低档货，没人瞧得上。比如我，用过诺基亚，用过摩托罗拉，就是没碰过"战斗机"。

那会儿根本没听说华为，更不知道我们正在使用华为制造的电信设备，能分清 1G、2G、3G 就很不错了。说实话，20 世纪八九十年代到 21 世纪初，随着国门逐步打开，外商、外资、外国货涌进中国大陆，整个社会都挺崇洋，普遍认为"外国的月亮就是圆"，最典型的例子就是对"苹果"的狂热追捧……说狂热还不够准确，比较合适的字眼是"疯狂"。当然，也该当"苹果"牛气——引领潮流，开创智能手机新时代，不是谁都可以做到的。

想想挺有意思，手机的出现本来是为方便打电话，再也不要出现诸如我困在大山深处等候电话接通的窘况。然而，发展来发展去，手机的电话功能竟然弱化，诸如社交、查询、导航、摄影录像、娱乐、阅读、移动支付等功能倒是层出不穷，俨然成了个人生活百宝箱。难怪人们对智能手机趋之若鹜。也就是在"苹果"称王称霸的年代，普罗大众不熟悉的华为冒出来了。手机不过是它的副业，居然就敢向"苹果"叫板；而它的主业通信技术，竟然雄踞世界之巅！呵呵，真是三十年河东，三十年河西，风水轮流转啊，短短几十个春秋，就从打电话难变成叫地球老大作难！匹夫无罪，怀璧其罪，能被地球村的"村霸"视作眼中钉、肉中刺，这本身就证明你是绝代高手！

自从用了微信就很少打电话了，更别说长途电话。今个儿倒是很想打两个长途。

一个打给华为创始人任正非："厉害了，华为，居然能让地球老大赤膊上阵，没法不佩服！"

一个打给美国总统特朗普："厉害了，老特，居然敢把遮羞布全扒掉，的确够'伟大'……"

2019 年 6 月 22 日草成

想起那年刀耕火种

据说年纪大了喜欢回忆往事。有道理。这不，刚刚想起第一次打长途电话，又莫名地想起那年刀耕火种。

"百度百科"这样解说：

"刀耕火种是新石器时代残留的农业经营方式，又称迁移农业，为原始生荒耕作制。先以石斧，后来用铁斧砍伐地面上的树木等枯根朽茎，草木晒干后用火焚烧。经过火烧的土地变得松软，不翻地，利用地表草木灰作肥料，播种后不再施肥，一般种一年后易地而种。"

新石器时代，距今 5000 到 10000 年，早就是从前的从前的从前……然而，我确实是亲身经历，耕种过程与"解说"没有两样，难道"穿越"不成？

呵呵，山人我可没有"穿越"本事，记得清清楚楚，那是 1970 年的事儿。我上山下乡当知青的海南岛南俸农场东风队决定开荒种山兰稻。这是一种山地旱稻，好吃但很低产。生产队选定的地块在我们知青茅草屋对面的次生林山坡。所谓次生林，就是多年前曾经被人砍伐过，再生长出来的树林。第一步要把它再砍光。我们扛着长柄砍刀呼哧呼哧爬上山坡，把地面以上的树木、荆棘、杂草等等一路砍伐过去。大树难砍就用长锯放倒，更大的难锯，就爬上树砍掉枝丫……忙活了好几天，终于把整片山坡砍伐干净，等待晒干。坐在我们的茅草屋门口，可以清楚地看着那片山坡一天天发黄发黑，顺风时还能闻到草木枯死的腐味。过了些日子，队长觉得可以了，派了几个人上山放火。我是第一次见到这种场景，只见上风头开始冒出火苗，一蹿一蹿蔓延开去，渐渐浓烟滚滚，火光熊熊，灰烬漫天飘舞，刮来的山风都是热的，有点吓人哦。烧了一两天，又冒了几天余烟，然后等到一场雨，可以开始第二阶段的点种了。

很简单，很原始。先是用砍刀锄头把烧剩的树丫草茎略作清理，然后捡一根烧焦的树枝，把一头削尖，一个人拿着树枝顺着山坡的等高线间隔十几厘米戳一个小坑，另一个人弯着腰往小坑里撒几粒山兰稻种，然后用脚把小坑抹平，就算完成。从山脚开始，一群人站成竖排，一点一点挪动，直到烧荒尽头，再爬上坡，重复刚才的举动，直到整片山坡点完为止。

又过了些日子，烧焦的山坡上冒出点点嫩绿；几场雨飘过，呵呵，一片挂在山上的青翠稻苗开始随风起伏。然而再过些日子，那些顽强的焦木草根发出新芽，强势生长，很快便盖过稻苗，俨然又形成一片次生林。真是"野火烧不尽，春风吹又生"。这时就需要打理了。几个人拿着短把砍刀，到山坡上把冒出来的新枝、发出来的新草削去钩断——只斩草不除根。这样清理一遍，稻浪重新展现。之后就是等待成熟，由绿变黄了。收割也是很简单、很原始。每人一把小砍刀，顺着等高线在再次发出来的草丛树枝中寻找稻穗，割下来放进腰篓……

山兰稻易种，焦土草木灰就是肥料，烧过的山没有害虫，不用打药，就是产量太低，据说丰产的一亩能收百把斤，我们种的满打满算亩产才七八十斤。幸亏我们农场职工都有口粮配给，刀耕火种只是为了多弄点粮食喂猪。当然不是用山兰稻，而是用它替换出一些口粮给猪儿增加营养。可怜我们生产队养的猪缺乏精饲料，精瘦得像狗一样能够跳出猪栏，被戏称为"跨栏猪"。由于缺乏油水，人也精瘦精瘦的，唯一的好处就是不用操心减肥……

之所以啰啰唆唆不厌其烦详尽描述，多少是因为山人我有点小得意，趁机显摆显摆，不是什么人都能亲历新石器时代刀耕火种的！更重要的是，我觉得它俨然是一个象征、一个符号。已经是 20 世纪 70 年代了，人类已经登上月球了，我们还要用 5000 年前的耕作方式来获取一些填饱肚子的吃食，想起来颇有些悲哀。早在上古时期，中华先人就向往"含哺鼓腹""击壤而歌"——饱食无忧，尽情游乐的太平盛世。然而纵观中华文明五千年，仅仅是"吃饱"如此低标准的太平盛世，也没出现几回。被史学家们津津乐道的"汉武盛世""盛唐气象""康乾盛世"，其实也就是大部分老百姓能够吃饱肚子，而且也就几十年光景便由盛而衰，又挨饿了。翻开二十四史，"饥民流离""饿殍遍野"甚至"人相食"的记述比比皆是，灾荒饥饿的岁月比丰衣足食的时光悠长得多。尽管"四海无闲田"，"农夫犹饿死"！直到 20 世纪，仍然有 30 年代、40 年代的大饥荒，60 年代的困难时期……饥饿的记忆深入中华民族的骨髓，以至很长很长的时间里，"吃了没有？"成了见面打招呼的口头禅……

尽管"民以食为天"，千古奉为圭臬，尽管数十年一贯制"以粮为纲"，尽管"工农商学兵"都参与种田——比如我，在农场刀耕火种，到部队围海造田，返城进了出版社当编辑，仍然每年下乡支援农田基本建设、支援夏收夏种……尽管几乎全民动员，直到上世纪80年代，吃饭问题依然是天大的事情……

进入21世纪，情况突然变了。

山人我退休后热衷自驾出游，几年下来行程累计数万公里。有一回在咖啡厅里聊天，我正在大讲各地风土人情，一个好友突然问道：走了这么多地方，有没有看见种田？

我一下怔住了。我明白他所说的"种田"指的是种粮食。这些年，我走过那么多乡村，路过那么多山川旷野，结识好些农民，还真的很少目睹耕田、插秧、收割场景；见过大片的果林、大片的土豆、大片的油菜花以至大片的向日葵，还真的想不起欣赏过"喜看稻菽千重浪"的美景。反倒看到不少丢荒的田地，见识了"退耕还林""退牧还草"。认识的农民，不是打工，就是做小买卖，很少本本分分只"种田"。就是种，也只种几块田够吃就算了。比如我老家的亲戚，原本自耕自足，如今只种一亩多水田，说是自己种的比买来的好吃，种一点换换口味……

朋友见我张口结舌，慢悠悠地自己回答："如今没人种田啰。"

没人种田？那吃的哪来？难道都进口？

"不会的。"另一个朋友插话，"十四亿人哦，上哪去找那么多粮食进口？何况就是有，我们的港口码头也没那么大吞吐能力。靠进口？饿死你！"

这话在理！或许饥饿烙印太深，中国人几乎个个都是吃货。无论大江南北，无论城市乡村，走到哪，最引人注目的都是熙熙攘攘的吃喝景象。只要有点由头，第一个反应就是吃一顿，甚至不止一顿……不用调查研究我也敢下结论，没有哪个国家比得上中国人如此好吃、能吃、敢吃、善吃……

这个朋友继续说道："主粮是有保障的,主要靠科技进步、现代化集约化生产,加上政策激励,虽说种田人一年比一年少,粮食产量却一年比一年多。你去看看超市里卖的大米白面,绝大多数是自产的,那些进口的高端大米不过是给有钱人换换口味罢了……"我想起老家自种的用来换口味的大米,比什么泰国香米好吃多了。

不得不承认,山人我孤陋寡闻了。事后我专门上网查了查,果然不错,自产主粮可以保障国人不饿肚子。然而为了吃货口福,还需要大量进口肉类,比如广东人喜欢的凤爪,四川人爱啃的兔头,湖北人钟情的鸭脖,大多是进口的。全国人民都热爱的海鲜,更是来自四大洋。至于喂牲口的各类饲料,进口量同样年年攀升。就连地球老大都要提供大豆给中国喂猪……呵呵,当年我们刀耕火种不也是为了喂猪吗?

从"四海无闲田,农夫犹饿死"到"四海有闲田,吃货犹撑死",这变化也太沧海桑田了。我知道会有人轻蔑地撇撇嘴,"吃个饱饭"有啥可嘚瑟的?没错,确实没啥可显摆的。然而想起当年为了吃上几块肉而去刀耕火种,想到古人梦想了几千年的"含哺鼓腹""击壤而歌"终于变成现实,我还是认为这实在太了不起了。管他粮食从哪来,我一个山野闲人操不了这个心,只要能让十四亿中国人吃饱肚子就是天大的好事(据我观察,如今大多数不但吃饱,而且营养过剩)。值得庆幸的是,我们的下一代已经不知道饥饿的滋味。就让我们成为最后一代烙有饥饿印记的群体吧,祝愿从今往后直到永远,中华民族的子子孙孙再也不知饥荒为何物!

2019 年 7 月 9 日草成

想起消逝的"逃港潮"……

儿子家在深圳福田海边，阳台上可以眺望香港元朗。记得是对岸一小撮乱港分子正蹦跶的那阵子，我去儿子家小住。一天夜里，沿海一线高楼大厦齐刷刷亮起通体红色霓虹，整个深圳湾"中国红"映天彻海，令我心潮澎湃，久久不能平静，不由得想起那消逝的"逃港潮"……

"逃港"这个词，已被历史尘封。在网络新词层出不穷的今天，已经难觅踪影，至少本人就有十余年没见过。

然而，仅仅在不远的过去，这绝对是个热词，不但"蔚然成风"，甚至成为"潮流"，通称"逃港风"，或曰"逃港潮"……

远的且不说，就说半个世纪之前吧，中国内地那是真的穷！内地山区就不提了，即便号称鱼米之乡的广东珠江三角洲，也是基本温饱都难以保障，丰衣足食似乎总是可望不可即的奋斗目标。然而，仅仅一河——一条小河——之隔，号称"东方之珠"的香港，却搭上了世界经济的顺风车，富得流油。据说，当时香港的生产总值达到中国内地的20%有多。那时内地人口八九亿，香港不过四五百万。虽然我在学校当过数学小组组长，还是算不出当年香港人均生产总值是内地的多少倍。有一个很直观的小例子：深圳河两岸，有两个同名村庄罗芳村。1980年，深圳罗芳村人均年收入134元，而一河之隔的香港罗芳村，村民人均年收入是13000元……那时仰望香港，有如仰望天堂，偶尔有个港客返乡，了不得哦，金光闪闪，犹如财神下凡。穷亲戚们除了羡慕，只剩下仰视……

俗话说，人往高处走，水往低处流。谁不想生活水平高啊？于是，到香港"揾食"，日益成为越来越多平民百姓的"小目标"，越靠近管理线，有这种念头的就越多。合法申请不易，就走非法的道，反正山连山水连水，一不小心就过去了。即使被边防哨兵逮住，对面也是中国的土地，不是叛逃，不是叛国，只是"逃港"，只能作为"人民内部矛盾"处理，教育几天遣返原籍了事。跑过去的越来越多，不断传来"发财致富"的消息，愈发刺激"逃港"念头不断膨胀、扩散……上世纪60年代到70年代，"逃港"风潮愈演愈烈。尽管边防日益戒备森严，各地的防范措施层出不穷，依然无法阻挡"水往低处流"。尤其是珠三角地区，甚至学游泳、练跑步都有可能被认为有"逃港"嫌疑，要到治保主任那儿去接受"再教育"。我就曾经因为喜欢游泳，而被小伙伴认为谋划"督卒"（粤语：逃港），悄悄问我是否在香港有亲戚，令我哭笑不得。那时候所有救生器材包括汽车轮胎全部严加管控，防止作为"逃港"工具。"逃港"者便发明了把数条单车轮胎捆扎起来，把多个篮球装入一个网兜，同样可以浮水……

我所知道的最悲怆的往事发生在深圳湾南头，离我儿子居所不远，大致就是如今"中国红"最璀璨的那片区域。当地渔民告诉我，那时陆路管理线管控日严，许多"逃港"者转向水路，深圳南头一带是泅渡地点的首选。当地流传了一首民谣："深圳有三宝，苍蝇、蚊子、沙井蚝；十室九空人离去，村里只剩老和小。"

据说，在那十余年间，香港人口增加了一两百万。其中有多少是"偷渡"的，不知道。我想，比例一定不会小。因为"逃港潮"已经不限于珠三角，甚至不限于广东，开始向广大内地蔓延。至于毗邻香港的地区，跑得动的都跑了，"十室九空"并无多少夸张。据说，如此触目惊心的严峻情况也是促使中央下决心设立特区，"杀出一条血路"的直接诱因之一。

进军号吹响了，绝地反击开始了。这是新长征的血战湘江、飞夺泸定！这是新时代的千里跃进大别山！干革命需要杀出一条血路，搞建设同样需要杀出一条血路！

多少年了，动员了多少人力物力，采取了多少严防死守，一直无法有效解决的老大难问题，忽然之间在不经意中悄悄化解——改革开放的春风吹走了"逃港"的风，拂平了"逃港"的潮，"逃港"的不逃，逃过去的回流了。是啊，春天来了，希望就在眼前，何必冒着生命危险背井离乡。也就是仅仅几年工夫，深圳特区奇迹般崛起，珠三角神话般变成聚人聚财的热土。一次小小的经历，令我深切地感受到这热土有多热！

那是1987年前后，改革开放也就七八年时间。单位有急事开车去深圳而且要当天返回。当时没有广深高速，只有一条公路，据说车多拥挤，晚上比较顺畅，我们便晚上出发。没想到一出广州，满眼都是车，来回六车道整个的就是一条望不到头的停车场！在车水马龙中穿行了半宿，好不容易到达深圳办完了事，返回时已是深夜。心想，深更半夜，应该没什么车了吧？还是估计不足啊，非但依然拥挤不堪，而且来去都是重型车，大货车、闷罐车、工程车、集装箱车，体位庞大，马力十足，想超车都难！从深圳到广州，纵贯珠三角整整一百多公里，车灯通明，马达轰鸣，尘土飞扬，整个的就像一个大工地、大工厂，场景实在太震撼了，令我彻底明白什么叫热火朝天，什么叫鼓足干劲，什么叫争先恐后！也就是从那以后，无论遇到什么风什么浪，无论"公知母知"怎么贩卖"崩溃论"，怎么叫嚷"糟得很"，我都坚信改革开放势不可挡，中国经济必然蒸蒸日上，老百姓的日子一定会好起来，而且不会等很久！

果不其然，也就是又过了十来年，到了1997年香港回归之时，珠三角的老百姓对于香港已经没有什么感觉，甚至有些瞧不上："房价咁高，物价咁贵，有乜好？"……此言虽说有点井底观天、自鸣得意之嫌，却也道出几分事实，此时的东方之珠已经隐隐露出些"美人迟暮"的颓势。

记得是1999年，临近世纪之交，我在东莞参加了一个聚会。发现向来神采飞扬的几个香港朋友忽然牢骚满腹，什么"生意难做""揾食艰难""行行都唔掂（粤语：各行各业都不行）"……倒是东莞朋友意气风发，大谈新居、新车、新厂、新产品……本人忍不住打了个哈哈：三十年河东，三十年河西，香港发了几十年，也该轮到我们内地发点财了！风水轮流转嘛！香港朋友虽然很不适应也很不乐意河东变河西，却也不得不承认情况正在发生变化，风水真的开始转向了。

斗转星移，此消彼长。又过了二十年，真的河东河西了。据我的观察，实事求是毫不夸张，珠三角老百姓的生活水平已经普遍不亚于甚至高于香港普通民众。"逃港"理所当然成为历史，仰望顺理成章成为过去。反倒是大量港人到内地工作生活，据说深圳就有数十万。我就有几个香港亲戚常年在深圳。前些日子一起喝早茶，说起香港乱象，其中一位年纪与我相仿的老伯哼了一声："讲来讲去，就是唔抵得内地发达啰（粤语：见不得内地发展好）！"

呵呵，街谈巷议，既不全面，也不深刻，却也道出几分实情。

大国崛起，天摇地动。不习惯，不适应，很正常；不自在，不乐意，也不奇怪。至于那些见不得中国崛起的从蔑视转为敌视，把俯视变成仇视，那也是没法子的事……

夜深了，城市喧嚣渐渐淡去，海湾涛声隐隐传来。波光云影间的"中国红"愈发通明透亮，映红天际……

2019 年 9 月 14 日草成
2021 年 3 月 29 日修改

不知不觉，接连写了三个"想起"

　　不知不觉，本人的"山人冷眼系列"，接连写了三个"想起"——《想起第一次打长途电话》《想起那年刀耕火种》《想起消逝的"逃港潮"……》。

　　看上去貌似一个系列，其实并非有意为之。例如，以上排列是三篇小文的写作顺序，若是依照历史进程，当然首先是吃饭问题，方能论及其他。"刀耕火种"理应是首篇。可见当初写作，全是随心所欲，率性而为。

　　当然也不是完全没有内在驱动。今年是新中国七十华诞，有幸与共和国风雨同行，亲历沧海桑田。虽说早已退休归隐，悠然南山，回望来路，依然感慨万千，心绪难平。不禁信笔由缰，记录几朵大时代的小浪花，抒发一点山野闲人的小感触。

　　之所以想起打电话，首先要感谢美国总统特朗普。不是他，我还真不知道，中国居然有民营企业能够强大到令地球老大以举国之力进行封杀——估计很多国人也不知道，估计更是超出了美粉们的认知范畴——实在令我震撼！以至觉得不写点什么对不起华为……其实，我从未与华为打过交道，一个华为员工都不认识，也就是用了华为手机，没觉得不好，也没觉得有多神奇。

其实，这些年最令我感慨不已的是最普通、最平常的——吃饭问题！纵观数千年中华文明史，吃饭问题始终是困扰中华子孙的头等大事。一旦能有几天吃饱肚子，必定被后人记录为"太平盛世"。即便到了20世纪90年代，时任美国世界观察研究所所长莱斯特·布朗还断言中国粮食将不能自给，供求缺口很大，超过世界粮食贸易总量，以至于所有粮食出口国都不能养活中国，从而发出危言耸听的预言："谁来养活中国？"

美国"砖头家"的话当然不会错，十几亿中国人谁也没能耐养活，唯有自己养活自己！而且越活越好！从过去的普遍营养不良，到今天的普遍营养过剩，仅仅用了半个世纪的时间。美国"砖头家"们应该再写一本书：《谁来减肥中国？》

大国崛起，天摇地动！这是中美贸易战给我的最大启示。村子里一户子女众多的人家，积贫积弱，长期受欺凌，遭白眼。这户人家咬紧牙关自力更生，埋头苦干奋发图强，家道终于大有起色。没招谁惹谁，却在村里引起大大的骚动。首先是村老大喊打喊杀："泥腿子、穷棒子居然想和老子平起平坐？"长期优哉游哉的富贵人家也不自在："说好了历史终结，怎么又冒出一个暴发户，而且人多势众……"一直听命于老大的小户人家生出异心："居然还有这样的发家模式，要不咱们也试试？"于是乎，原有秩序被打乱，原有格局要重组，原有利益面临重新分配，原有观念，不说一地鸡毛，也是一地玻璃……难怪"公知母知"们、"美粉日粉"们左看不顺眼，右看眼不顺，开启天天喷模式……

正所谓：小小地球村，大大新变局。崛起伴衰落同现，奇迹共戾气齐飞。青山遮不住，毕竟东流去！

七十周年大庆前夕有感

钓翁野趣

题记：

本人退休后整整十年只做两件事——

一是埋头写作长篇历史纪实小说《大唐遗梦》。

二是隔三岔五觅一方野水，钓几尾闲鱼。

写作自不待说，本来就是业余爱好，自 20 世纪 70 年代的部队业余创作员到如今退休老儿，套用一句文雅话语：数十年笔耕不辍。

钓鱼也是在职就有的业余兴趣，退休之后一发不可收，还总结出对我埋头写作的三大好处：

晒晒太阳补补钙，

瞧瞧绿水养养眼，

吹吹山风洗洗肺！

…………

文化人嘛，钓个鱼也能写出一朵花。前些年劲头十足，杂七杂八写了一大堆钓鱼帖，发到各个钓鱼网，仅仅在号称全国最大的"钓鱼翁"网站就得了一百多个精华。近些年，网站被各类自媒体打垮，钓鱼网也不例外，我那些洋洋洒洒的精华帖随之烟消云散，呜呼哀哉！

俗话说，敝帚自珍。编辑本书时，在电脑存稿中捡出一二，算是聊备一格，立此存照吧。

最古老的鱼钩

——"钓鱼史上四大最……"之一

山翁闲无事，

野钓兼翻书。

钓鱼你就好好钓，翻书你就好好翻。偏不，钓鱼是瞎钓，翻书是乱翻。结果呢，一不小心，得到一个惊人发现：虽说"四"与"死"谐音，甚为不吉，其实还是很受欢迎的。不是吗——天有四时，地有四方，水有四海，人有四肢，最智慧的有四大发明，最神气的有四大名山，还有最吓人的四大金刚、最香艳的四大美人、最传世的四大名著……

胡思乱想了一阵，突然心血来潮，咱不是喜欢钓鱼嘛，何不给钓鱼史凑一个"四大"，说不定也能载入史册呢？至不济，贴到论坛上去，混个点击还是有可能的。这下子劲头来了，立即打开电脑，眨巴了四下眼睛（或许四十下、四百下，总之与四有关），"钓鱼史上四大最……"就此横空出世。

各位看官，文章不长，慢慢往下看，拜托顺便点个赞。钓翁贪玩，老老实实坐下来写篇博文不容易哦，呵呵。

澳大利亚的考古专家（不是我们那些小杂鱼般到处冒泡的"砖头家"）在东帝汶北部的石灰岩洞中挖掘出两个由贝壳制成的宝物，研究认定"这是已知的最早的鱼钩"，测定时间在16000到23000年前。

两万年前的鱼钩，够古老吧。看那模样，做工很精致，挺像现在——嘿嘿，不知各位联想能力如何——我倒觉得这两个弯钩挺像现在有些女人挂在耳垂上的饰物，说不定这种造型的饰物就是源于鱼钩。

正因为做工精致，专家们研判，这还不是最早的鱼钩，最早的鱼钩应该是木刺、竹叉、鸟爪子这些略加修整就可以成型的材料做成的，只不过这些材料很难保留到今天……有道理，鸟爪子弯弯曲曲，剁下来就可以用。

更有些脑瓜灵光的"砖头家"推测，最早的鱼钩不是弯的，是直的，也就是那些木刺啊，鱼刺啊什么的，两头磨尖，麻索拴在中间，穿上蚯蚓青虫之类抛在水里，鱼吞下去卡在喉咙里就遭殃！这些"砖头家"最有力的论据就是：今天还有把鱼钩叫作钓针的。

这下子把我弄迷糊了，最古老的鱼钩真的没有钩？那还能叫鱼钩吗？或许叫——鱼针？不过，今天确实有些牌子的鱼钩叫××钓针！

不管怎样，今天考古发现的鱼钩都是有钩的，大多是骨头做成，我国著名的西安半坡遗址，就发现了许多鱼叉、鱼钩……

看看那鱼钩，长柄的，短柄的，甚至还能打磨出倒钩，真不敢相信是六千多年前做的。不过，且慢欢呼中华民族如何聪明，这类几千年前的骨制鱼钩，全世界都有，使用各种动物骨头，甚至还有人骨！

呵呵，人骨钩！吓人吧，用人骨头做鱼钩去钓鱼，该不是钓食人鱼吧？专家推测，由于复活岛上没有大型动物，找不到兽骨，人骨也将就了。

我一向瞧不起那些七孔砖模样的"砖头家"，这一回倒是有点赞同。

最后，请注意啰，隆重推出中国古代最神气、最精美的鱼钩——两千五百年前的越国制造，看着就像现在某宝上摆卖的。

提到越国，各位一定想起"卧薪尝胆"这个成语，有没有想起流传千古的越王剑呢？对了，就是那个越国。能铸造出传世两千多年依然完好如新的越王勾践剑的时代，自然也能做出如此精妙的鱼钩。现在，让我们一起欢呼中华先民的智慧和能力吧！

最牛的钓鱼典故

——"钓鱼史上四大最……"之二

说起"姜太公钓鱼——愿者上钩"的典故，恐怕没几个不知道。

话说三千多年前，一个叫姜尚的七十岁老头来到渭水边钓鱼。这个时候钓鱼工具早就有了，什么鱼竿（竹竿）、鱼线（麻线）、浮漂（芦苇秆），都发明出来了（这些东西一直到我们的父辈还在用呢）。鱼钩就更不用说了，上一篇说过，六千多年前鱼钩就有倒刺了，这又发展了三千年，说不定已经出现什么品牌，分出了许多型号（有待"砖头家"们考证），总而言之，钓鱼产业发展到姜老头那个时代，那是相当的成熟、相当的完备了。然而姓姜的这个老头既不逛渔具店，也不网淘，只是拣了支竹竿，找了一根针，就开钓了。

古书上是这样记载的：

"姜尚……直钩钓渭水之鱼，不用香饵之食，离水面三尺，尚自言曰：'负命者上钩来！'"（《武王伐纣平话》卷中）

瞧瞧，牛吧！直钩，不用香饵，离水三尺，嘴里还要念念有词：愿者上钩，愿者上钩！我晕，这叫钓鱼？分明是舞台上演戏。

一个打柴的路过，当时就笑话他："老头，像你这样钓鱼，一百年也钓不上一条鱼。"

姜老头举了举竹竿，说道："吾宁在直中取，不向曲中求；不为锦鳞设，只钓王与侯。"

这四句出自《封神演义》，姜尚这老头便是封神榜中的姜子牙，尊称姜太公。

这般举动若是放在今天，肯定确认脑残无疑。嘲笑之余，还有同情，说不定还会有人掏出手机拨打110："喂，喂，我们这有个老疯子，赶紧收进精神病院吧，免得扰乱社会治安……"

当时的人没那么多事，毕竟没有手机，没有110。总之没听说有人报警，只是茶余饭后当作笑话说说。一传十，十传百，一来二去竟然传到周文王耳朵里。周文王算得上古往今来第一大伯乐，听了这个笑话，居然就看出这个用直钩钓鱼的糟老头是个人才，而且是旷世奇才，于是派人去请他。

更牛的事情发生了——

先来了个小卒，或许就是王府侍卫什么的，姜太公头都不回，嘴里念叨："钓啊钓，鱼儿不来虾儿闹。"

第二回来了个官员，姜太公回头看了看，嘴里又念叨："钓啊钓，大鱼不来小鱼闹。"

请了两回都请不来，周文王也太没面子了，索性伯乐做到底，亲自出马，带着厚礼到水边，恭恭敬敬行礼作揖，姜太公这才装着勉为其难地跟周文王回去。这老头也够会摆谱了……

据说姜太公随周文王回朝之后，果然大显身手，辅佐周文王及其儿子周武王灭了商朝，建立了周朝，自己也封了王侯。

怎么样，够牛了吧，算不算史上最牛的钓鱼典故？古往今来，钓鱼翁能够出将入相，最后封侯封王的，姜太公独一无二！

虽说这只是一个民间传说，正史没有记载。现代人照样确定了当年姜太公钓鱼处，兴建起塑像、景区。（不知能不能卖出门票圈到钱？）不过，看那塑像模样，不像是水边直钩之时，十足做了官之后的派头。倒是景区里那一汪水湾，算是个钓鱼的好地方。不过呢，这事儿百分百只是个子虚乌有的传说。最明白无误的证据就是，自姜太公之后，再也没听说哪个智商正常的拿着钓竿到水边傻等天降大任，更没见过哪位高高在上的会去渔樵之中寻访治国能人。因为谁都不想当"脑残"。

最出名的钓鱼诗

——"钓鱼史上四大最……"之三

江 雪

[唐] 柳宗元

千山鸟飞绝，万径人踪灭。

孤舟蓑笠翁，独钓寒江雪。

初读此诗，无论男女、无论钓鱼还是不钓鱼，很难不被诗中冷峻高洁的意境震慑、折服，心中悄然升起几缕说不清道不明的幽情。

我就是这样。

不知如何阴差阳错，或许是我读中小学那阵课本上没有，或许是恰好逃学了，总之，我第一次见到这首诗是在一家商场的陶瓷工艺品画面上，当时就呆痴了。那时根本不懂什么遗世独立，什么孤高不群，我只是为诗中的气势风骨倾倒，寥寥二十个字，翻来覆去不知默念多少遍，同伴叫了几次都挪不动脚。当时穷，兜里几张毛币还不够那件工艺品的零头。若不然，我肯定毫不犹豫买下，只为这首钓鱼诗。

古人说得好，诗无达诂，诗是不能解释的，一解释就不是那个味了，就像杂锦火锅，你把那一样样肉菜佐料都拿出来清点一番，火锅就不用吃了。何况，这首诗明白如话：一座座山峰，看不见飞鸟，一条条小路，没有人迹。白茫茫的世界里，唯有一条孤舟、一个渔翁，在寒江上独自垂钓。用不着啰唆讲解，摆在你面前的就是一幅卓尔不群的寒江独钓图！

不过，大致了解一下这首诗的写作背景还是有必要的。

写这首诗的柳宗元可谓大名鼎鼎，与韩愈等人一道被称为唐宋八大家。要知道，唐朝、宋朝，那可是中国文化的鼎盛时期，人才辈出，数不尽数。挤进前八名，容易吗？李白都没能挤进去！当然，这八大家指的是写散文。李白诗写得好，散文却不咋地；柳宗元正相反，散文写得好，诗歌一般，唯独这一首，可以登上中华诗词之巅峰！

柳宗元二十岁就考上了进士，三十岁左右就当上礼部员外郎，相当于现在的教育部、文化部合起来的副部长，算得上少年得志、官运亨通了。若是换了别个，即使不去贪赃枉法、中饱私囊，也要想方设法使劲往上爬。然而，柳宗元的志向不是做官，而是做事，为国家、为人民做好事。他积极参与当时的政治革新，反对藩镇割据、宦官专权，主张减免苛捐杂税。这些举措自然会得罪那些既得利益集团，遭到了宦官权贵的极力反对。不久，革新失败，革新人士杀的杀，贬的贬，柳宗元也被贬为永州司马。永州就是现在的湖南永州市零陵区，地处湖南、广东、广西三省交界，当时十分偏僻荒凉。司马是个闲职，当时专为贬放的官员设置，既不能做事，也不能离开，和流放的犯人差不多。一个春风得意的朝廷大官，突然被流放到几千里之外的蛮荒之地，连住房都没有，只能寄宿寺庙，实在太苦了，与他同行的老母亲熬了半年就去世了，柳宗元自己也得了严重的风湿关节炎。然而，虽然在这么艰苦、悲凉、压抑、屈辱的环境一住就是十年，柳宗元却始终坚守着自己的信念、自己的情操，决不向恶势力低头，最终从心灵深处吟出一曲传诵千古的绝唱。

身处孤寒之境而我行我素，足履无人之地而处之泰然。大义凛然的风骨，坚贞不渝的气节，怎不令人倾倒！

都说好人一生平安，其实好人时常一生坎坷。柳宗元后来迁任柳州刺史，为当地百姓做了许多好事，可惜好人不长命，不到五十岁便客死他乡，身后只留下600多篇诗文。

历朝历代钓鱼诗无数，没有一首超得过柳宗元的——

千山鸟飞绝，万径人踪灭。

孤舟蓑笠翁，独钓寒江雪。

最逍遥的钓鱼人

——"钓鱼史上四大最……"之四

上一篇太沉重了，这一篇轻松点。

"四大最"第一篇《最古老的鱼钩》贴出后，有些朋友感叹古人钓鱼的瘾头居然也这么大，实在有些误会了。古时候钓鱼和现在不一样，主要是为了养家糊口。那时没有生态污染，钓鱼人也少，更没有什么机关算尽的钓具，鱼不但多，而且傻，挂个麦子蚯蚓什么的抛下去就等着拉到手酸吧，因此可以当作谋生手段。换了今天，靠钓鱼过日子，非饿死不可。

至于那些文人隐士，则多半是借钓鱼说事，比如姜太公那般举动纯粹是为自己打广告。名满天下的李白，也曾自称"海上钓客"。当朝宰相问他："先生临沧海钓巨鳌，以何物为钩线？"李白张口就说："以虹霓为丝，明月为钩。"他就这德性，傲气得很。至于柳宗元，完全是以诗言志，借着独钓寒江抒发自己凛然不屈的心态。

纯粹以钓鱼为乐，泛舟垂钓、一辈子乐此不疲的超级钓鱼发烧友，古代也有，最出名、最逍遥的，当数自称"烟波钓徒"的张志和。

此人也是唐朝人，原名叫张龟龄。年轻时风光了一阵，科举及第，入朝做官，皇帝还赐名志和，从此叫张志和。后来不知怎的得罪了朝廷，一下子被贬为南浦县尉（副县长），南浦县就是现在重庆的万县。大约从那时候开始，他就看透了官场的腐败、社会的黑暗，开始玩起了垂钓。

玩物会丧志，钓鱼会上瘾。估计张志和钓鱼的瘾头大大超过当下的钓鱼人。钓瘾发作的时候，他会撇下县衙门不理不顾，抄起家伙直奔长江边，坐着小船一直游钓到湖北。

湖北黄石市境内有一个突出在长江中的石矶，叫道士矶，又名西塞山。风光很好，鱼情也很好。这张志和一边泛舟垂钓，一边美滋滋地哼起自编的小曲：

> 西塞山前白鹭飞，桃花流水鳜鱼肥。
> 青箬笠，绿蓑衣，斜风细雨不须归。

这种玩法，真正玩出高境界！

他倒是过瘾了，县长却恼火啦，你那摊子破事都丢给我呀。肯定会给他脸色看，说不定还特制了几双小鞋。时间长了不是个事，张志和心里琢磨，一个八品芝麻官（县长七品，副县长嘛……）怎比得上钓鱼要紧，索性乘着家里死了人奔丧，把官辞了。无官一身轻，无官好钓鱼，想什么时候钓就什么时候钓，爱上哪钓就上哪钓，逍遥啊，自在啊，从此之后，他自称烟波钓徒，一门心思泛舟垂钓。

有个当官的是他朋友，说他的船太破了，要给他造条新的。他一点不客气，当时就说："好啊，好啊，我就喜欢把家漂在水上。"（原话是"愿为浮家泛宅……"）后来还真给他造了条舴艋舟，也就是小船，古人形容它像昆虫蚱蜢一样。写到这里，我不由得连连吞口水，唉，我怎么就没一个当官的朋友……

有了这条船，钓徒更来劲了，索性以船为家，长年累月在长江上游游荡荡，看着哪个支流顺眼就转进去，看见哪个湖泊鱼好就不走啦。天不管，地不收，转到哪，钓到哪，自编的渔歌子唱到哪……

怎么样？逍遥吧，自在吧，过瘾吧？哪位学一学吧？学不了哦，老兄！

至于他吃什么，靠什么过日子，是钓鱼吃鱼，还是钓鱼卖钱，或者是家里救济，朋友接济……古书上没记载，我也不能瞎编。只知道他最后钓瘾大发，招呼也没打就消失在浩渺烟波之中。他那当官的朋友是这样写的："忽焉去我……岂烟波，终此身。"拿现在的大白话来说就是："忽然离开我不见了，难道是一辈子钓鱼去啦？"

实在是中国古代游钓第一人。

当然，这是在唐朝。若是今日，且不论你到处游钓有没有条件，首先问题就是怎么填饱肚子。如今的生态环境，野生鱼类那是越来越少，越来越狡猾。靠钓鱼为生，做梦吧。

现今也有游钓的，那是有钱有闲，到处跑去钓别个养殖的，临走扔下一卷钞票。或者专程前往蛮荒之地，到那人迹罕见之处去打搅鱼儿。花销的费用绝对可以买到一船鱼。

最后再啰唆一句——

张志和有五首《渔歌子》，非常出名，连日本当时的天皇都十分喜欢，特地和了五首（当然臭得很）。

本文开头录了一首，还有四首如下：

钓台渔父褐为裘，两两三三舴艋舟。
能纵棹，惯乘流，长江白浪不曾忧。

雪溪湾里钓鱼翁，舴艋为家西复东。
江上雪，浦边风，笑著荷衣不叹穷。

松江蟹舍主人欢，菰饭莼羹亦共餐。
枫叶落，荻花干，醉宿渔舟不觉寒。

青草湖中月正圆，巴陵渔父棹歌连。
钓车子，橛头船，乐在风波不用仙。

钓翁野趣打油十三则

一　自题

退休身轻，垂纶自娱——
觅一方野水，钓两尾闲鱼。
吃三盅土酒，诌四句歪诗。
沉醉山水，俯仰天地……

二　避暑山中野钓

避暑山中野钓，自然不是为鱼。
钓些水中云天，钓些浪里红霞。
竹筏渔夫凑趣，还有岭上小花。

三　索性玩"失身"

大雨落荒水，小伞遮钓翁。
都说"水为财"，索性玩"失身"。

四　装出隐士做派

雨衣换成蓑衣，四轮换成无轮。

装出隐士做派，其实没忘红尘。

看看当今世上，多少猪鼻插葱。

（所谓"无轮"，小船竹排之类也。）

五　谁来听你吹牛

钓鱼有些年头，俨然成了高手。

盘算办个讲座，哄他几文买酒。

隔壁老王撇嘴，谁来听你吹牛！

六　还是钓鱼最好

博客基本废话，微信基本无聊。

影视基本弱智，景区基本打造。

想想真是没劲，还是钓鱼最好。

七　呼朋唤友出钓

呼朋唤友出钓，一天才钓一条。

窥探张三李四，渔获数我最好？

赶忙望望四周，幸亏没人知道……

八　枯坐水边半日

枯坐水边半日，不见鱼儿上钩。

正想吟诗作对，鱼竿差点拖走。

难道鱼儿风雅，寻我以文会友？

九　挑上几条下酒

钓了一堆小鱼，据说应该放生。

挑上几条下酒，剩下拿去换葱。

平生没做恶事，无须拜佛求神。

十　鱼儿早不耐烦

垂钓绿水青山，时常心不在焉。

听听林中鸟鸣，瞧瞧水底云天。

磨叽半天下钩，鱼儿早不耐烦。

十一　钓人更加容易

钓鱼其实简单，欺你贪小便宜。

想吃什么给点，乖乖落我手里。

鱼儿还算狡猾，钓人更加容易……

十二　年年心灵鸡汤

年年心灵鸡汤，人人都说喝腻。

何不换个花样，熬点鱼汤试试？

反正吃不死人，还可再哄几文。

（心灵鱼汤，全球首创！呵呵……）

十三　阳春白他的

淡云两三缕，芦花五六枝。

临水练钓技，得鱼学厨艺。

下里巴好玩，阳春白他的……

〔野钓乐〕台钓野战再探讨

——兼周年志庆

（本文是标准的钓鱼帖，行文规范，技术含量高，得过大型钓鱼网站征文大奖呢!）

题记：

一年有多长？

不长，只有365天。

一年有多长？

很长，春夏秋冬，整整一个轮回……

————————

前言：

不知不觉，来到网站一年了。周年志庆，理当用心写个帖，自我祝贺祝贺，顺带参加征文有奖角逐。

既然如此，便打算翻翻新意，不是单纯报告出钓过程，而是结合近来的出钓，再次探讨台钓野战的技战术运用。

为什么是"再探讨"？

只因今年 4 月间，本人不自量力弄了个"野战说台钓系列"，一口气写了五篇。

那时，山中无老虎，猴子敢撒欢……

如今，非但有老虎，而且成群结队……

咋办？

不咋办，该撒欢时就撒欢，憋着难受。

【真情告白】

老哥玩台钓十几年，一直是野路子，一直不登大雅之堂，一直很享受、很快乐。

本帖并非纯正台钓技术帖，只是本人野狐禅台钓心得体会之拼盘，喜欢野战的台钓新手、半新手可以学习参考，高手大师敬请绕道或拍砖。

老哥这是第二回参加征文了。第一回颗粒无收（呜呜——欲哭无泪），这一次耗费了更多心血，各位钓友如果认为还看得，投票时莫要忘记——拜托拜托！

———————

话说有一天（11 月 28 日），难得阴沉沉的冬日透出阳光，我们又一次来到水库。这是个山区中型水库，筑有主坝、副坝（俗称大坝、小坝），水域颇大，我们来过十几回，也仅仅钓过几个水湾。

说到水库，有必要粗略界定"野钓"概念——

严格说，只有在天然水域例如江河湖泊，以及仅用于蓄洪、发电、灌溉而不事养殖的水库中垂纶，才称得上野钓（本文不涉及海钓）。

然而，由于种种原因，天然水域鱼类资源越来越少。不得已，我把只养殖花白鲢（禁钓），其他鱼种天生天养、开放垂钓的水库也纳入野钓范畴。

这个水库与老哥有缘。

前些日子，我们去主坝垂钓。坝脚左边伸出去的一个不起眼的钓位，居然收藏着那么多惊喜，老哥十天时间接连去钓了三回，次次满意而归（详见以往钓行帖：《今天是个好日子》《又是一个好日子》《人算不如天算》）。

这一回，我们来的是副坝一侧的水湾，第一件事自然是选择钓位。

站在坝上来回扫视了几遍，我选中了一个不起眼的小水湾。

野战钓位选择探讨：

为什么选这个地方？

俗话说：春钓滩，夏钓潭，秋钓荫，冬钓阳。现今已经入冬，自然要钓向阳。副坝对岸是南面，阳光比较充足。然而，仔细看看南岸，凡是可以落脚、可以下竿的地方，几乎都踩得光溜溜，丢满了白色垃圾。这说明什么？说明施钓的人很多，可以推断，这一线多半钓垮了，钓烂了。

于是，只能再往左走，去那个不太引人注目的小水湾（事实证明这个选择是对的）。

在较大的水域选择钓位是一门学问，民间钓谚对此有精辟总结，高手大师亦有精到论述。我们不但要认真学习，细心揣摩，更重要的是到了水边要想得起，临战中要能够灵活运用。

老哥我也有一个六字选位心得：多选少，少选多。

在比较多人垂钓的水域，尽量选择少人去的地方。

在比较少人钓的水域，尽量选择有人钓过的地方。

许多时候，越不起眼，越有惊喜。

内中道理，自己想想……

———————

初步选定钓位，下一个关键步骤，就是抽竿试水。

抽竿试水通常和找底调漂一并进行。老哥笨，使用的是笨办法。这个法子曾经在《找底调漂有窍门——野战说台钓之三》中介绍过，引来不少钓友询问，又专门写了个帖子《图示详解橡皮粒找底调漂》详细解说，很浅显，有兴趣的钓友不妨看看。这里就不啰唆了。

其实很简单，开竿、拴线，下钩挂上较大的橡皮粒……

注意，这个橡皮粒必须能把浮漂完全拉入水中。

之后就是抛竿试水深。

试水找底注意要点：

下挂橡皮粒试水找底非常便捷，只要抛到钓点，把浮漂捋到露出水面，找底就算完成。

然而，最好不要图省事到此为止，而是前后左右每隔几十厘米抛一竿，一竿一竿逐段逐段测试水底，至少抛它十几竿甚至几十竿，以此测出方圆几平方米的水底是平地还是斜坡，倾斜的方向和程度，有无凹凸，有无障碍物，会不会挂底，等等。尽力了解钓位面前这片水域的水底情况，对于最后确定钓点，以及全天施钓，均大有好处！为此，花点时间是值得的（也就是几分钟的事）。

注意，钓位和钓点是两码事。钓位是垂钓时坐的地方，钓点是浮漂竖在水中的点（也就是钓钩落点）。

经过一番测水，我发现面前这片水底从右向左倾斜，先是水深3米左右的缓坡，然后急陡而下，一米开外已经4米有多——

通常做法是钓坎位，也就是左侧深水处。然而，根据当日有点阳光，水温逐渐上升，鱼儿可能从深水往浅水游动的考虑，我决定"深钓浅"，主打右边钓3米水深的4.5米鲫竿，左边架一支5.4米的鲤竿钓深水作为辅助。

两支钓竿的作用：

台钓抛竿比较频繁。野钓中时常会遇到这种情况，钓着钓着，你会发现窝子周围冒出一些较大的鱼泡泡，甚至是明显的鲤草泡泡，然而就是不进窝。这是因为，越大的鱼越警觉（不狡猾它就长不大了），虽然闻香而来，却只是在窝外觅食散落的窝料，不敢进窝，更别说咬钩了。老哥便想出这个笨法子，在窝子旁另下一支受力较好的钓竿，线组1.5主线、0.8子线，4—5号海夕钩，挂麦子调钝钓钝，专门守候这些在窝子外围转悠的鱼儿。说白了，就是企图"捡漏"。

你还别说，这笨法子有时真奏效。上一回这样左边辅助、右边主打，结果，主打竿上的全是小鲫，辅助竿挂麦子，几个小时之后竟然连钓两条草鱼！

"捡漏"的鱼个头都比较大。当然，更多时候"捡空"。

这法子还有一个附带好处：垂钓过程中如果窝子来了大鱼（比如发现鲤鱼泡泡，或者切线……），打算换线换竿，直接把辅助钓竿取过来就是了，都是现成的！

这一回如法炮制。不过，主打的鲫竿右边是草丛，只能在左边留出溜鱼的位置，令捡漏的鲤竿离窝子太远，没有起到"捡漏"作用。

岔开去了，兜转回来，说到哪了？哦，瞧老哥的记性——找底调漂。

找准了钓点，紧接着自然是调漂。

调漂必须在钓点进行，才能精准。老哥依然是使用笨法子，这一回是上钩挂橡皮粒。

野钓中浮漂灵钝的辩证关系：

由于水底情况复杂、小鱼闹窝以及野鱼多半为生口这三个因素，浮漂一般应以调钝钓钝为主。我通常习惯调 1 目，钓 2—4 目，主抓实口。虽然可能错过一些轻微的吃口，但上鱼率较高，而且没那么累人。

这样做还有一个好处，保证钓钩触底。浮漂都顶起 1 目以上了，还能不到底？（野钓水底不平，施钓过程中保证钓钩到底很重要。）

然而如今是冬季，鱼儿吃口很轻，调钝钓钝信号微弱，难以捕捉。我改成调 5 钓 2—3，也就是调灵钓灵，主抓顿口。

结论：世界上没有一成不变的绝对真理，随机应变才是取胜之道。

【温馨提示】

用心寻找钓位，耐心测试水情确定钓点，细心找底调漂，这些临钓前的准备环节，一个也不能少，一个也不能急。不要怕花时间，不要眼馋别个上鱼，磨刀不误砍柴工，记住这句古训！

做完这些，我习惯把空钩抛入钓点，再来准备窝料。这样做的目的是泡漂。

再好的浮漂也会吃水，质量较差的吃水更多。台钓竞技高手出赛前通常都要把浮漂浸泡半个小时以上。野钓不须那么争分夺秒，泡漂和打窝同步进行就可以了。反正打了窝子也至少要等半个小时。

（本人体会：野钓做窝，春夏秋要等20—30分钟，冬季至少40分钟甚至1小时以上。）

注意：务必在确定钓点，找底调漂之后再打窝。否则，你的窝子可能白打。

这几年，我都是以钓鲫鱼为主，窝料也是以自制的窝子米为主。做法很简单，七份糙米加三份干麦子，用买来的牛B鲫水剂按照说明浸泡即可。

打窝时，一小把一小把对准泡在钓点的浮漂抛撒，让大部分窝料落在浮漂靠岸一侧，少部分撒开去。第一次打窝要抛撒散开一些，甚至有意往远处抛一小把。目的是让窝料稀稀拉拉散落开去，诱使鱼儿从外围逐步向窝里觅食。（嘻嘻，有点狡猾！）

如果带了煮熟的麦子、苞谷，也撒上两把。

如果感觉水质较瘦，杂鱼较少，还可撒一小把通威颗粒。

OK！窝子做好了。

野钓做窝探讨：

野钓做重窝，这是钓界共识。然而也要适可而止。如果只是钓当天，如果主攻鲫鱼，则不必过重。我开始布窝最多只撒四小把窝子米，合计一两左右，之后勤添少补。这是在高手的神帖中学来的。以前一两个小时才补窝，学习之后，四十分钟左右补它一两小把，嘿嘿，效果很好。

窝子米中混杂麦子，是亲戚教的，当时只知其然不知其所以然。最近看到资深高手的神帖说到，窝料中要有让鱼儿闻着香吃不动的成分，恍然大悟——吃不动，干着急，自然会咬钩……（太狡猾了！）

我的窝料一般不用粉饵，最多如上所说加点通威颗粒。原因很简单，野水中没有杂鱼是不可能的，窝料用粉饵，杂鱼蜂拥而来，你就等着一整天与小杂鱼玩猫捉老鼠的游戏吧。

———————

打完窝子坐下来，这是一天渔事中最悠闲的时光。喝口水，点支烟，欣赏温情拥抱你的青山绿水，深吸大自然慷慨赐予的负离子，一个字——爽，两个字——大爽，三个字——爽歪歪……

我在论坛发了大小数十个帖子，记忆中从没有写出过一个商品饵的名称。不是老哥不愿分享，而是不想给鱼饵商家免费打广告。

野钓用饵探讨：

我一向认为，就像世上没有万能的药（不论中药、西药），世上没有万能的钓饵（不论天然饵还是人工合成饵）。

每一个渔具店中都摆满了各种各样的商品饵，令人眼花缭乱。然而，只要用心看看产品说明，就会明白，不外就是那么几种原材料加上香精混搭而成，按照用途大致为三类——

主打的：从清香到奶香、果香以至腥香、浓腥等等。

调整状态的：拉丝粉、雪花粉、粘粉之类。

调整味道的：各种香精、小药……

至于哪种好用，不能看商家广告。

举个例子，许多鲫鱼商品饵都有这样的宣传词：直击底部大鲫……你信吗?

关键是钓者自己摸索!

最近看到一个帖子记载了高手一句话，大意为：一种饵料至少用半年，用熟再说。

至理名言!

————————

本帖既然是钓技探讨，不说用什么饵料似乎不行，只好破个例，说说我的钓鲫用饵——

疯钓鲫（本味香）50%＋麝香红虫鲫 10%＋一木（二代）40%，加少量拉丝粉。

其中，疯钓鲫（本味香）是鲫鱼专用饵，一木（二代）主要成分有雪花粉，用以调整状态。这两种从今春用到现在。最近因为天冷，开始添加麝香红虫鲫。

特点：香味较正，比重适中，雾化较好，易招小杂鱼。

另一款：

通威颗粒（打成粉状）40%＋疯钓鲫（本味香）20%＋苞谷面40%，加少量拉丝粉。（天气热，通威粉少一些，反之，多一些。）

特点：轻微腥香，雾化很差，比重较大，小杂鱼较难啄散，容易到底。

这两款饵料，香型基本相同，都是轻微腥香，区别在于前者雾化好，后者雾化差。至于为什么同时使用，下文有详细解说。

（不打广告，不推荐，仅供参考。）

开始搓饵抛竿了。4.5 米鲫竿，0.8 主线、0.4 子线，无须袖 3 钓钩。首先使用第一款饵料抽竿。

不知道钓友们有没有这样的体会，野钓中，冲锋在前的大多是小杂鱼。已经习惯了，啄吧，随便啄。其实，开始几十竿仍是做窝的继续，用抽竿的方式把粉饵打入钓点，形成立体雾化区，招引目标鱼……

呵呵，上鱼了。可怜的红尾子，嗅嗅香味也遭殃。

几十竿过后，水面动静仿佛有了些许变化。先是窝子周围冒出几粒疑似泡泡，继而一直被杂鱼啄得不停点动的浮漂偶尔出现较为缓慢的移动，这是较大的鱼体触动钓钩的特征。

这时，可以考虑改用通威饵料！

分餐就食再探讨：

轮番使用两种雾化程度截然不同的饵料，是我在今年 7 月间开始使用的法子，当时起了个名字：分餐就食。还专门写了个帖子《【野钓乐】分餐就食，乖乖上钩吧》，这可是老哥在钓鱼论坛第一个精华帖哦。

帖子中是这样分析的：

　　　　轮番使用粉饵与米饭施钓，我给起了个名字：分餐就食。

我分析这种方法的原理：

粉饵诱鱼，招惹不顾死活的小杂鱼疯抢，鲫鱼虽然诱来了，却只能喝几口带着雾化香味的水。生性警觉的鲫鱼是抢不过小杂鱼的，小杂鱼也不会害怕这种个头的鲫鱼。因而任你怎么甩竿，也钓不上鲫鱼。

改用米饭，小杂鱼就像吃惯了牛奶面包的娃，见了稀饭馒头，懒洋洋的食欲不振。鲫鱼呢，吃不上牛奶面包，肚子饿了，稀饭馒头也将就。结果，上钩了。

然而，米饭不诱鱼，钓着钓着，窝子里没鱼了（没有鲫鱼）。怎么办？再次用粉饵引诱！粉饵给小杂鱼吃了，香味却诱来了鲫鱼，这时再用米饭，躲开杂鱼的疯抢，鲫鱼才有机会就食。

似乎是这样。

至于何时用粉饵，何时改米饭，何时再改，那就说不准了，只能靠临场的感觉，窝子里有没有鱼，钓者是有感觉的。

…………

当时使用的是粉饵与米饭，现在是雾化好的商品饵与基本不雾化的通威饵料。原理是相通的。

———————

补充：

果然，鲫鱼上钩了——阳光下金灿灿的，品相真不错……

（以下删去 N 多上鱼、溜鱼、摘鱼照片）

若是小杂鱼太疯狂，还可以把"分餐就食"推向极致，使用米饭或者麦子。这个水库的鱼儿对麦子有兴趣，考虑到天冷鱼儿开口小，我是这样挂钩的：掰去小半边，麦心部分朝向钩里，微露钩尖——鱼儿想吃麦子肉，就要吞钩……嘻嘻！

不奏效是不可能的……

这样钓一会，又换回商品饵。甩它十几竿，再换通威饵。如此这般，根据吃口情况，来回倒腾，效果还可以！

直到夕阳落到树梢背后，钓位依然阳光灿烂。这般景象，令我想起一首经典老歌。

来一曲老歌新唱吧：

> 西边的太阳快要落山了，
> 山中湖上静悄悄。
> 我挥动心爱的钓鱼竿，
> 钓起那动人的鱼宝宝……

————————

后记：

12月1日到10日，这个帖子断断续续写了十天，是我所有帖子写作时间最长的，真是累惨了。这期间，老哥又去那个钓位玩了两回，反复实践，反复验证，力求写进帖子的钓技探讨，字字真，句句实，不玩"空手道"。

还是那句话，各位钓友如果觉得还可以，投票时不要忘记，拜托拜托！

————————

——多谢观看——

敬请鼓励　欢迎拍砖。

【钓翁原创，未经许可，不得转载】

2012 年 12 月 10 日初稿

〔野钓乐〕新春鱼意

问：钓翁遇到成群板鲫，会怎样？

答：这也算问题？脑残！

———————

说是鬼使神差也好，说是阴差阳错也罢，在我从深圳往梅县老家之时，怎么也没想到会有这般"艳遇"——与板鲫的惊艳遭遇！

论坛高人如云，早已"放眼世界"，本无需导游。不过，梅县这样的小地方有可能漏掉，所以，似乎还有必要简介几句——

梅县地处粤东，归属梅州市，闽粤赣三省交界，算是山区，与许多城市一样，也是一河两岸。这条河叫梅江，源自福建。整个流域都是客家人，算得上是客家人的母亲河。

细论起来，客家人的迁徙足迹绕行了半个中国。当年，中原人向南迁徙，陆续来到闽粤赣。那些还是落不住脚的，便折向西往广西，继而再向北进贵州，入四川。这个过程绵延了漫长的 1000 多年……四川名人朱德，其祖籍便是广东客家。

客家人最出名的恐怕就是围龙屋，代表建筑永定土楼早已天下闻名。其实客家围龙屋随处可见，我的老家就是原生态的围屋。

老屋距市区 4 公里，距梅江河 3 公里。作为一个资深钓翁，你说我会往哪里逛？

当然是河边，尤其是听说有人垂钓的河边。

这一段河道是个回水湾，岸边凡是可以落脚的地方都成了钓位，而且大多钓位都经过修整。平平整整，铺了木板，甚至还打了木桩、搭了平台。来到一个有人垂钓的平台蹲下来递烟、观摩、搭讪，这才知道，这些修整过的钓位都是——私家的！主人没来，借用一下不打紧。主人来了，就得让位……

（顺带说说，几天后我曾经在其中一个蕉树下的平台钓过一回，刚上鱼，就遭撵……呵呵）

唉，我要是有一个这样的私家钓位，那就太……太……幸福说不完了！

刚扔掉烟屁股，就见钓友上了一条三四两的鲫鱼。我啧啧称赞，谁知那钓友头都不回：这算啥……

乖乖，敢情这河里藏龙卧虎？有戏！

二话不说，转身就走。直奔——哦，拉上堂兄的孙子——直奔城里渔具店……

只用 200 大洋，配齐两副台钓工具，统计如下——

3.6 米鲫竿一支（堂兄屋里已有一支 4.5 米竿），80 元。

竿架两支，共 40 元。

抄网一支，20 元。

主线、子线各一盘，共 20 元。

浮漂两支，共 10 元。

外加 4 号袖钩 2 包，小配件若干，饵料两包，窝子米一瓶。

全部买最廉价的！各位莫笑话，退休之人，自然要精打细算。渔具没必要那么讲究，老哥一向认为：

山不在高，有仙则名；水不在深，有龙则灵。渔具不在好，有鱼则行！

拣两张小板凳，寻出落满尘灰的小鱼护，弄两个旧饭盆权作饵料盆，再去地里掘些蚯蚓，就算齐了。第二天，搭堂兄孙子小娃的摩托车，兴冲冲、急煎煎来到河边。运气不错，寻到一个没有明显打整的钓位。

小娃也是个钓鱼爱好者，曾经跟他爸用过传统钓（那支 4.5 米竿就是他们的），如今缠着要跟我学台钓。培养钓鱼接班人，义不容辞。因为是从 ABC 教起，只能两个人挤一个钓位，所谓手把手，传帮带……呵呵。

一边教，一边实施老规矩，试水，调漂，将就着找了两个钓点，水深 3 米左右。打窝，开饵。磨磨蹭蹭，一直到 10 点才开钓。环境很美，河水很清，可惜漂浮物太多，那些饭盒、胶袋估计都是钓鱼人甩的，大煞风景。

或许，这里的龙王爷与我五百年前是朋友？

或许，好客的客家母亲河用这种方式欢迎远方归来的游子？

或许……不知道或许什么，只知道下竿不到一小时，呵呵，就上鱼了。

套用一句老话：幸福来得太突然！

续上一句实话：不知它是咋来的！

确实不知道。

陌生的地方陌生的水，简陋的钓具简单的饵，居然第一条就是板鲫！

简直就是天上掉馅饼，砸到脚边！

过了没多久，小娃也"幸福"了。只可惜，相机居然在这关键时刻"罢工"，宣称没电。

于是，灿烂的笑容只能被手机记录。

于是，接下来的板鲫也只能用手机勉强记录在案……

鱼宝宝对我们太偏爱了，小娃还没闹明白什么叫台钓，居然也双飞——就是一竿两条。

下午5点刚过，小娃的爸就来电话叫去他的农家乐吃饭。那餐馆也在河边，黄昏时分，景色迷人，风景很好。远处灯火点点的是大桥，水中灯光倒影处便是垂钓的河湾……

再过来，一路都是陡坎，我在河坝试了试，4.5米竿伸出去2米到不了底，看模样少说也有5米多……

借农家乐的磅秤检验今天的渔获，耶，居然毛重10斤有多！

当即，引起小小轰动。

随即，引起老哥高度警觉——

餐馆里还有几个钓完鱼来吃饭的。

这个说：耶，怎么钓这么多？

那个问：用什么饵料？

老哥这才知道，那几个钓友，多的两三斤，少的几条，还有一两条的……

不说不知道，一说吓一跳。

老哥还以为这儿的鱼热情好客，富有献身精神呢！

咋钓这么多？这是个问题。

这个问题直到再次前往河边才算有点想明白……

第二天说是歇一歇，其实没闲着。老哥睡到自然醒之后，再次进城光顾渔具店。因为过于贪便宜，5元的浮漂透水没法用，10元一盘的鱼线也……唉，不说了，居然半斤的鲫鱼都会切线！

为了"幸福"，只能破费。

重新买鱼线，25元一盘（30米）。对我而言，已经是顶级的了。鱼儿吃口好，索性粗点，主线1.5，子线0.8。再买10元等级的浮漂两支。装备算是更新换代了。

首战告捷，第二回征战劲头自然更足。一大早，小娃就催着开早饭，匆匆吃完，立即出发。到了河边，这一回地形熟了，老哥一边走一边观察，从停摩托车的高岸往西眺望，似乎明白了什么……

野钓选位探讨：

众所周知，野钓选位很重要，甚至是第一要务。我们这个钓位，在这一带钓位的最左边，再往左便是深坎，可以说是"大边"。

左边是下游，有一道拦水河坝。这儿是回水湾。鱼儿洄游据说是逆时针。这样，顺着回水洄游过来，这儿就是第一站！

呵呵，误打误撞，居然前排就座。

其次，老哥野钓有两个野招数，一是上钩饵料、下钩蚯蚓，二是补窝少量勤添。观察这一带钓者，似乎没有这样乱来的，都是正规台钓技法……

或许，这就是"怎么钓这么多"的"怎么"？

（呵呵，自以为是？）

这一回开钓，自然信心满满。河面有风，杂物吹干净了。两支钓竿伸出去，水深都是 3 米左右，小娃是调钝钓钝，主抓死口。老哥调 4 钓 2—4，根据鱼情变化而变化。

老天爷是公道的。这一回小娃率先"幸福"，就像买彩票中了头奖。双手紧握，生怕"幸福"一不小心溜走……然后……抄网使用频率开始加速——

或许是小娃上回钓鱼回去说过肚子饿，今天他爷爷"御驾亲征"送午饭——

阳光、堤岸、野茅草，还有一对爷孙俩。怎么样？够温馨，够写意吧？

鱼情好，肚子饱，干劲自然足上足。只可惜钓位拥挤，两边杂草枯枝，头上又是低垂的茅草，浑身劲头有点施展不开哦。

五点多，小娃爷爷下旨，不许去农家乐，直接回家。

回到老屋，小娃奶奶拿出杆秤，亲自掌秤，宣布：毛重 12 斤半。

接着，评选单尾冠军。8 两，没有夺冠希望。9 两半，勇夺桂冠。呵呵，野钓上斤鲫，那可是钓鱼人的梦想哦！

挑出大的，晚餐自然是鱼宴！

呵呵，各位老少爷们，有没有流哈喇子？别说没有……

举杯，祝愿天下钓友——新春鱼意——新春如意！

后记：

后来又去钓了几回，也去过两个私家钓位。除夕之前，也就是龙年尾巴那几天，渔获丰硕。过了大年初一，到了蛇年的开头，就不行了，不知何故。

——多谢观看——

敬请鼓励 欢迎拍砖。

【钓翁原创，未经许可，不得转载】

2013 年新春

随思随想

题记：

没法归类的都归到这里，随便安了个名目。标题是随便安的，文章可不是随便写的。相反，这里的文字大部分用了心、动了情。尤其"故乡三题"，自我感觉相当良好……

老 屋

——"老屋·老树·老人"故乡三题之一

屋称老，至少要有几百年历史。那些房产证上写着五十年、七十年期限的房屋是老不了的，只能变成旧屋危房。因此，不是什么人都能拥有老屋。很幸运，我有。

我家的老屋坐落在号称客都的梅县城郊，背靠丘陵，面对梅江，是典型的客家围屋。大门向南，进门敞厅是宗族祠堂，

房间成弧形围着祠堂，内弧是正屋，住人的；外弧是偏房，做厨房、杂物间以至养鸡圈猪。气派些的客家围屋有三弧、四弧，甚至有二楼三楼，我的老屋没有。我们廖姓在当地是小姓，势单力薄，总受欺负，老老实实有地方住、有饭吃就心满意足了。因此，只有两弧，不起眼地蜷伏在小山坡边。唯一能够夸耀的是门前的晒坪够大。老屋所处的地方叫莲塘村，但是左右远近都称作芹菜洋廖屋。这里的"洋"不是海洋，指的是屋脚到江边的大片平坦田亩。能称作"洋"，地方当然不会太小，况且紧挨着梅江河，旱涝保收。老辈人爱惜地称这片平整整的水田为刮金板。不论外面的世界如何天翻地覆，每年总能从这片田地刮回黄澄澄的稻谷堆满晒坪。因此，晒坪要够大。我不止一次听老人说过，我们廖屋，饭是有的吃的。的确，我从没听说老屋人家饿死过人，不论是早已褪色的清朝民国，还是开始淡忘的三年困难时期。这自然是托那片"芹菜洋"的福。至于为什么叫作莲塘村就不得而知了，记忆中老屋附近就没见到过一支莲蓬。只记得小时候唱过一首儿歌：月光光，照地堂；骑白马，到莲塘。莲塘背，种韭菜；韭菜花，结亲家。亲家门口一口塘……后面忘了，好像再有两句就回到开头，循环反复下去。也许，这支歌谣是某位骑着白马或者只是梦想骑白马嫁到廖屋的聪慧的客家妇女，在莲花盛开的时候哄孩子入睡随口唱吟出来的。孩子又唱给他的孩子，莲塘早已湮没，歌谣还在流传。

真佩服那些历史学家，能把几百年甚至几千年前的事情说得头头是道。我总觉得，年代久远的东西是说不清的，纵使记录在案也不可靠。比如这老屋，才几百年，很多事就不清楚了，就连什么时候建造，也没人说得清。人们只是记得，大约一百年前，人丁兴旺，老屋住不下了，其中一支迁出来，挨在旁边建屋居住。新建的叫新廖屋，原先的便名副其实地成为老屋。依我猜测，老屋约莫建在明代中期。客家人之称谓起于明初，说起来，客家人的历史是挺凄凉的。祖籍原在中原，由于战乱灾荒，实在活不下去了，才背井离乡南迁。一次又一次的迁徙，流淌了多少血泪，那是谁也说不清了。到了南方，也只能在荒山野岭栖身，良田沃土是当地人的，想都别想。直到明朝开国，天下初定，朝廷下令清理户籍，当地人为主籍，相应地，外头迁徙而来的便是客籍。从此，客家人算是有了名分，可以开垦无主的田亩，有资格辛勤耕作，交纳钱粮。也许，就在那个时候，廖姓家族来到这里，相中了这片靠山临江的土地，终于安顿下来，结束了迁徙的苦难。靠着客家人的吃苦耐劳，靠着大地的慷慨奉献，当然还有朝廷官府的恩典，终于有饭吃，有衣穿了。应该是这个时候，仓廪存了余粮，箱笼藏有新衣，祖先们开始谋划为家族起建长久基业。当年这地方一定十分荒凉，杂树荒草丛生，野兽蛇虫出没，或许还有强盗小偷。于是，我的先人就建造了这座围屋。打造围屋耗材费工，自然不是为了好看，让今人称誉建造艺术；也不是为了好住，聚在一起其实很不舒服。那只是为了人类最基本的需求——安全。围屋，就是把屋围起来成为堡垒，用来抵御充满不测风雨的外部世界。只要大门一关，全族老少包括猪羊鸡鸭就都有了安全感。那一段廖姓家族筚路蓝缕、拓荒开基、生息繁衍的创业史同样不可考了。唯一可以确定的是，从此芹菜洋有了老屋。日头晒着，月亮照着，风吹雨打，霜冻雪压，牵牛荷锄的农夫出出进进，有皇帝没皇帝都要纳税交粮；晒坪上的歌谣唱了一代又一代，好日子坏日子都是十二个时辰。老屋旺丁，子孙满堂。儿孙们来来去去，有的为了谋生，抛妻别子下南洋；有的为了理想，外出求学参加革命党。有的走了又回来，有的走了就走了。几百年光阴流水般逝去，老屋真的老了。瓦裂了，椽子朽了，垒墙的泥剥落了，地砖坑坑洼洼，门窗松松垮垮。最凄凉的是大门的两扇门板脱落了也没能收拾，剩下空洞洞的门框，好像老人满口的牙都落光了。

世道已经变了。城市正在狂热地扩张，芹菜洋被征用去建设什么基地，"喜看稻菽千重浪"已成为记忆中的情景。家族聚居也不再时兴。外出的，为求财，为谋官，忙得不亦乐乎；在家的，也陆续盖起自家的小楼，过着自己的日子。已经没有一家需要老屋庇护，也没有一个想起要照顾老屋！一年三百六十五天，只有除夕下午，各家各户端来三牲香烛，聚集在祠堂拜祭祖宗。烧过纸钱，放了鞭炮，各人各奔东西，丢下老屋空落落地与北风做伴，唯有大门的两盏灯笼幽幽地摇曳，为老屋除夕守岁。尽管如此，老屋却结实得很，丝毫看不出即将寿终正寝的迹象。窗棂松了却不脱，盖瓦裂了却不落，缺乏修缮，处处满布岁月的皱纹，反而凸显出古老苍劲。大年初一，来了一群欧洲游客，在老屋里探头探脑，照相机、摄像机晃个不停，叽里呱啦煞是起劲。带队的导游介绍是来自荷兰的游客，在这里见到了真正古老的民居，所以兴奋。

实在没有想到，我居然会看见生我养我的老屋变成文物、变成古迹。

（2021年修订补记：老屋也拆了……没了……唉！）

老 树

——"老屋·老树·老人"故乡三题之二

　　有老屋，必定有老树。经过千辛万苦迁徙南下，终于有了一块背山面水的好地方落脚，终于建起一座虽然不大，但完全可以遮风挡雨延续家族血脉的围屋。遥想当年，我的祖先们迁入新居时一定十分亢奋，胸膛里鼓荡着建设新家园的豪情，脑海里盘旋着种种计划和打算。前人种树后人乘凉是古老的传统。一旦安居下来，相信植树造林一定立即纳入祖先们的议事日程。据老辈人说，原先我们老屋前后全是树林，屋前一排梧桐，枝壮叶繁，浓密的树荫遮掩着围屋的祠堂，妇女老人们在树荫下缝补拾掇，闲话家常。屋后则是一片松树，高大茂盛，亭亭如盖，被称作围龙树，庇护着老屋和老屋的子孙，同时也是孩子们的乐园。据我堂兄说，他小时候天天在松树林里玩耍，那树干两个人都抱不过来。后来……所有的故事都有不堪的后来。民国时兵荒马乱，门前的梧桐被砍去修工事了；1958年"大跃进"，屋后的松树又被伐去炼钢铁了。零零星星剩下的，东家砍一棵，西家伐一株。终于，先人们种的树全没了。

现在看到的都是人民公社解体后的十几年各家各户在自留地边边角角新栽的果树，和老屋无关。只有我们家的屋后，还保留着两棵龙眼树称得上老，勉强可以和老屋做伴。

我们这座围屋的东厢房一排六个房间，其中四间属于我爷爷。屋后一北一南站着两棵苍劲的龙眼树，高达十几米，粗逾一抱。据我那九十九岁高龄的老伯母说，北侧那株是我爷爷种的，她还是童养媳的时候就和婆婆摘过龙眼挑到街上去卖，卖得铜板攒起来供弟弟（我父亲）上学。每年，总盼着龙眼结多一点，价钱好一点，卖的钱多一点……推算起来，这株龙眼树应该有百岁高龄了。这几年，开始显出老态龙钟的模样。春天新芽迟发，夏季枝叶稀疏，甚至有两个生长了几十年的横枝已经枯死。然而，就这样仍然年年开花结果。虽然我父亲早就不用上学了，我伯母也已经衰老得不要说摘龙眼去卖，就是走路都要重孙搀扶了，这株老树仍然每年还要或多或少地结出一挂挂龙眼。据说，爷爷去世早，三十几就没了，留下四个儿子，最小的甚至是遗腹子。也许，他对自己没有尽到父亲责任而内疚，因此留下这株龙眼，为子孙后代的生活增添一丝清甜。

南侧这株是我父亲手植。据说是小时候到河边玩，发现一株野生的龙眼树苗，挖回来种在塘边，树荫正好遮掩着东厢房最南端的房间。新中国成立前，我父亲在山里搞地下斗争，环境艰苦，有时实在饿得受不了会偷偷回家弄点吃的。趁着夜色摸到家门口，总要隐身在龙眼树后，左右观察良久确信没有情况，这才溜到墙根下轻敲木窗。屋里的嫂子和小侄子就会赶紧起床开门，为我父亲张罗一顿饱饭。几十年眨眼就过去了。父亲革命一辈子，半生坎坷，两袖清风，到马克思在天之灵报到已经十年有多。这株龙眼树算起来也有八十高龄，却一点衰老的样子都没有，依然生机勃勃，枝繁叶茂。

前些年堂兄在老屋的东厢房旁建新居，坐北向南，爷爷种的龙眼树在屋后，我父亲植的在屋前，浓密的树荫遮掩着门前大半个露台。天色晴朗时，老迈的伯母会独自摸索着走出露台，在树荫下久久枯坐，享受轻风荫凉，享受生命最后的时光。堂兄在新居二楼为我留了一间房，正对着父亲手植的龙眼树，粗壮的横枝直伸到窗前。我坐在窗下写作这篇小文，敲打键盘的时候，夜风中的枝叶也时不时敲打着窗棂，恍惚时光倒流七十年，父亲正从山里偷偷回家找吃的，轻轻敲着窗户……

父亲是无神论者，自然不会"可怜夜半虚前席，不问苍生问鬼神"。我本来也是无神论者，可是，我总感到，回到老屋，来到这两株老树下，祖辈的魂灵就在身边，就在面前，尤其子夜时分，这种感觉分外强烈。也许，在他们手植的老树里，还流淌着他们的血脉；或者，他们的在天之灵，会时不时回来隐身在树荫里眷佑他们的子孙。

夜深了，村庄池塘、田野远山早已沉睡，风不知什么时候消逝了，枝叶儿停止了摆动，看门狗突然无缘无故吠了几声，一切又归于沉寂。

老 人

——"老屋·老树·老人"故乡三题之三

老屋住着老人。九十九岁，不论用什么标准界定，都可以称作老人了。

老人是我的亲伯母，虽然是外姓人嫁到廖屋，在老屋居住的时光却比任何人都长，九十九年。她是童养媳，六个月（一说八个月）就抱来我们家。这一抱来就是一个世纪——差一年。

热衷于发掘公众兴奋点的传媒们尚未发现廖屋的小小奇迹，这样一个几十户人家百来人口的村子，居然有三个百岁老人。我伯母居中，有一个比她大，前年已经九十九，去年今年还是九十九；另外一个今年九十八。农村习惯算阴历，村里人说，九十九也好，九十八也好，其实都早过了百年。有闰月一年就有十三个月，九十多年该闰了多少个月？换个思路想想，这个说法也有点道理，十九年七闰，九十多年闰出二三十个月，足有两三年光阴。不管怎样，总之在百岁左右的有三位，八十多的还有好几个，可以算作长寿村了。但说来也怪，都是女性。现存最长寿的男性不过七十几。这样看来，廖屋这个地方不是风水好（这些长寿女性都是外面嫁进来的，不是村里土生土长的），而是水土好，吃这里的粮，喝这里的水可以长寿，而且宜女不宜男。其中奥秘，有待研究。

前面说过，虽然我伯母不是本村出生，也不是年龄最大，却是在廖屋生活时间最长的。她这辈子，除了到浙江大儿子那住过半个多月，到广州我父亲家住过半个多月，都因住不惯返回乡下之外，百年时光，全在廖屋度过，真正称得上是老屋中的老人！

客家妇女的勤劳吃苦是有名的。你到客家农村走走，田头地角、锅头灶尾，看见的都是妇女们劳碌的身影，男人们倒多半处于悠闲自在状态。我是地道的客家人，长年目睹身受，早就想写写客家妇女的美德，却一直不知如何落笔。因为她们的吃苦耐劳已经融化在血液里，记录在基因中，早已被客家人——包括客家女人，视作理所当然、不值一提，当然更不值得记载到书里去。正因为如此，纵使我有着这样一位老伯母，一位传统客家农村妇女的活标本，仍然感到难以在她身上爬梳出闪光的值得记录的业绩。

说起来，我伯母是个苦命人。来到人世几个月还没学会喊妈妈就给抱走做童养媳。刚刚长到七八岁，家公（我爷爷）就死了。我奶奶生了四个儿子，丈夫死时最小的还在肚子里。加上我伯母，一个寡妇带着五个小孩，日子之艰难可想而知。

客家人重男轻女，崇尚文化，家里再穷，也要供儿子读书，里里外外的活计就全落在一大一小两个女性身上。"家里没男人，唔做哪里有得食。"直到今天，伯母和我坐在露台树荫下闲话，淡淡的话语中仍然流露出苦涩和无奈。七八岁的小女孩，还没扫帚高，就成日田里地里家里团团转，跟着家婆日做夜做。两个女性都是要强的性子，从不求人。劳力不够便和人家换工，种完别人的田才种自己的田，种完自己的田再给别人打短工，挣点工钱。下地回来，还要上山耙松针、剥竹壳、拢荒草，给家里弄烧的，煮吃的。"日日都去后山松林，识到一个阿婆，对我很好，认我作女儿。有时耙到一担松针，她讲送给她烧，给我两个铜板拿回家……"九十年过去了，老伯母仍然记念着给过她一丝温暖的那位阿婆。

　　唉，这世界给她的温暖实在不多。家穷，我大伯十二三岁就随乡亲到暹罗（泰国旧称）做小伙计谋生。乡邻编出歌谣唱着玩：廖丙和，唐山无水到暹罗……丙和，是我大伯的官名。人穷志短，马瘦毛长，再要强也挡不住别人嘲唱，只能夜夜泪水湿枕头。好不容易熬到二十出头，大伯回来和伯母成亲，生了个儿子，又出南洋了。这一走又是十几年，盼到丈夫再回来时，他已经在泰国另外成了家，生了众多子女。大伯把外面生的长子带回来，让伯母抚养，然后又走了。这一次，再盼到的已经是骨灰盒……

　　命苦，挡不住命硬。生活再苦，就是黄连树下埋苦胆，日子也能过下去。守着活寡的伯母陪伴着家婆，就像屋后的龙眼树，深深扎根在廖屋的土地上。不但养活自己，养育着子孙，还要尽其所能接济革命。大约也就是在伯母成亲前后，小叔子（我父亲）进山干革命了。在实在饿得没办法时，我父亲会冒险摸回家弄吃的。只要深夜里窗棂轻轻敲响，伯母就会警醒、开门，拿出剩饭剩菜让小叔子狼吞虎咽。翻出布袋，大米、番薯、芋头、菜干，有什么装什么，让小叔子带上山去给同志们吃。往往第二天家里就断粮，就要饿着肚子上山砍柴挑到街上去卖，天黑了才能换点粮食回来下锅。因为是自己家、自己亲人，我父亲没有表示感激，革命胜利后也没有对我伯母说过谢谢。

"唔做哪里有得食。"老伯母一生信奉的就是这一句朴素的话语。从七八岁到九十多岁，一辈子劳作，地里做不动了，锅头灶尾，仍然手不停脚不停，就没听说得过大病，更没试过卧床休息。直到前两年，严重的白内障令她完全失明，这才没有干活。然而，摸索着仍然生活自理。真不知道，在她那瘦小的身躯里，从哪来如此顽强绵长的生命力？我问她，你怎么会如此硬朗？她笑笑，没有回答。不是不说，是不知道。

九十九岁，老伯母的人生终于走到了黄昏的最后一抹烟霞。每天，她最经常最喜欢做的，就是摸索着走出露台，在树荫下久久枯坐。时不时微仰起皱纹纵横的脸庞，感受着轻抚的微风，沙沙的叶响。也许，她会想起跟着家婆在树下折龙眼的往事。也许，回忆坐在树荫下奶孩子的情景。或者，回想起小叔子背着粮食走出门，在树下回头对她说：阿嫂，我走了，回去吧。更或许，她根本没思没想，只是在静静地享受生命中姗姗来迟然而终于还是来了的闲暇时光。

难得回乡，我陪着九十九岁的老伯母在父亲手植的龙眼树下闲坐，倾听着枝叶上的风，端详着她皱纹里的岁月，我不知说什么，甚至不知想什么。白云在远山静静飘浮，日影在脚下悄悄移动，不知不觉之间，一首大诗人的小诗袭上心头——

众鸟高飞尽，孤云独去闲。

相看两不厌，只有敬亭山。

"故乡三题"完稿于 2006 年 10 月 6 日（农历八月十五）月圆时分

犹如一片树叶掠过南太平洋上的翡翠

——新西兰印象之一

（本文非游记，非攻略，只是非常私人的零星感受。）

一不留神，十年没有走出国门。只因国内名山大川实在多，诗歌就在眼前，何必劳神费劲去远方。

又一个不留神，竟然一飞一万公里，穿越赤道，掠过大堡礁，直奔南太平洋，到新西兰溜达了二十多天。

逛够了，玩累了，回来之后按说要秀一秀新西兰的美景、美食、美女（不算多），炫一炫旅途的偶遇、奇遇、艳遇（没发生）……这对我这个舞文弄墨半辈子的书生理应小菜一碟。然而，一时却不知如何下笔。这一趟旅游大餐太丰盛了，有点消化不良。

从头说起吧。

2018年1月9日登机启程，一口气飞行了十多个小时，好家伙，别说经济舱，就是豪华沙发也够受的了，幸好一下飞机就有专人专车迎接，享受了一把贵宾待遇。呵呵，其实就是我的小弟弟来接机。他移居奥克兰多年，最近又换了个大一点的房子，正好为我提供了从容不迫尽情畅游的支点。

新西兰不大，约莫 27 万平方公里，大致相当于我们国家的中等省份。新西兰分为南岛和北岛两大岛屿。北岛经济发达，南岛风光迷人。我又是上网查找资料，又是询问朋友，最后在弟弟一家的指点下制订了一个"庞大的行动计划"，打算在这个号称"最棒的旅游首选地""人类星球的最后一块净土"的地方自由自在逛个够。

然而，一开始计划就破产了。没想到这个发达国家，公共交通竟然很不发达。尤其是必去的旅游胜地南岛，景区之间居然没有公共巴士！去南岛，或自驾，或参团，只有二选一。我不敢自驾。这儿是英联邦，和香港一样右方向盘靠左驾驶，越是老司机，越不习惯。偏偏我开车已经二十多年，算了吧，一个不留神可不是闹着玩的。顺带说一句，在新西兰大车小车坐了无数，直到离开，依然不习惯靠左行驶，总感觉像是逆行，可见习惯势力改也难。

虽然极不情愿，也只能参团。

好在侄女帮忙选了个美食风情团，六天五夜在南岛走马观花逛了一圈。美景没少看，美食没少吃。美景美食文字难以描述，索性发几张手机照片，看图说话吧……

（当年发博客时配发了好几张手机照片，计有：参观但尼丁大学、米佛峡湾掠影、号称新西兰明珠的皇后镇瓦卡蒂普湖畔大树、湖上的暮光小船等。都是些到此一游，立此存照之类。编辑成集，就不收录了。）

在皇后镇坐缆车上山顶俯瞰，大饱眼福。随后进入美国 ABC 电台评选的"全世界风景最优美的餐厅"，大饱口福。是否风景最优美不知道，只知道餐后甜点就有数十种。

倘若不加节制，美食美景的照片能贴几十张。新西兰的南岛名不虚传，有如南太平洋上的一块翡翠，随便瞧瞧都是美不胜收。比如农场的一朵小花，湖畔的一道彩虹……

当然，照片和文字都是挂一漏万，即便是百度上的精美图片和详尽推介，也远不及身临其境。新西兰早年是苏格兰的殖民地，以牧业为主，一直被老欧洲视为乡下。或许正因为如此，这个南太平洋上的岛国堪称人与自然和谐交融的楷模，美丽风光比比皆是，要说整个南岛就是一个大景区，一点不夸张。当然，人文景观就不要强求了，独立建国才二百多年呢。

跟团游不过瘾，只能像一片树叶飘曳而过。最后还特地在基督城住了两晚庄园酒店，体验了一把当地生活，这才心满意足带着满脑子的美好印象和满肚子的美食返回北岛奥克兰弟弟家……

向右看，不以规矩不成方圆

——新西兰印象之二

　　这一趟畅游，乘坐的交通工具不少。新西兰国内航班就坐了三次，在米佛峡湾坐了一趟游轮，在皇后镇的湖上搭乘了具有百年历史的古老蒸汽船。在首都惠灵顿乘坐行驶十一小时的旅游火车，饱览沿途风光。在基督城还好奇地跳上观光电车绕城一周，票价真不便宜。当然，最多的还是旅游团的大巴和弟弟的私家车。侄女还专门驾车数百公里送我们到北岛中部的地热之城罗托鲁瓦转悠了三天，走到哪都是满满的硫黄味。

　　惠灵顿是新西兰首都，被《孤独星球》评为世界上最酷的小首都。这一点类似美国，大城市不是首都，首都是个小地方。到了一个国家，不去拜访它的首都，好像有点不礼貌，尤其听说"最酷"，再尤其还有一条著名的观景火车……于是，专门飞过去住一个晚上，再专门坐一整天火车返回奥克兰。

　　坐在惠灵顿到奥克兰的观光火车上，随便望出去都是一幅油画或者水粉画。然而十一小时下来，绝对审美疲劳。

　　新西兰面积不大，人口更不多，只有不到 500 万人，甚至不及香港，完全可以用地广人稀来形容。即便在最大的城市奥克兰，也只有市中心的标志性建筑物天空塔周边有几座高楼，有点我们亚洲人概念中的城市模样。其他都像乡村，居住分散，个个住着两三层的小楼，舒舒服服，完全没有亚洲城市密密麻麻的恐惧。我弟弟家就在惠灵顿市区，居然开窗可见牧场！然而，有一利便有一弊，出门必开车，车就是你的腿。就我弟弟这样的普通人家，一家三口，三辆车，三个人的腿！我既然不敢尝试右方向盘靠左行驶，只有劳驾他们。当乘客多了，发现一个现象，每次来到岔路口，车辆必定停片刻，看清楚右边无来车才继续行进。弟弟给我解释，某种交通标识需要停，某种标识只须缓行，没有标识，必须停……我自然记不住，只看见所有车辆都如此，左边不管，只看右边，虽然没有警察，没有标识，交通却很通畅。顺便说说，我在新西兰到处跑，就没见到一个交通警察，大家都很守规矩，行人走斑马线，车辆向右看……

我在新西兰二十多天，最大的感受就是这儿守规矩。大点的事儿比如从政经商之类接触不到，游客只能看见游客能看见的。交通是一例，环境卫生也是一例。无论南岛还是北岛，城市还是乡村或景区，看不见搞卫生的，也看不见一点垃圾。许多休闲场地甚至没有垃圾箱，只有小小的标识提示把垃圾带走。人们都很自觉，野餐之后认真收拾，把所有食余物品带回车上。真正是游人走了……仿佛没有来过。

到处都干净得像自己家里，这一点和国内到处乱扔垃圾实在有天壤之别。我们国内的提示牌甚至警示牌更多，什么严禁这个严禁那个，偏偏许多人根本没当回事。乱扔垃圾算什么，诸如乱穿马路，酒后驾车视人命为儿戏的同样屡见不鲜。

老祖宗早有古训："不以规矩，不能成方圆。"（孟子语）

法治社会的建成，不在于制定出台多少法律法规，而在于全民自觉遵守规矩的普遍程度。仅仅这个方面，我们距离先进国家的差距就不是一星半点。

还有一点印象深刻。新西兰是发达国家，以人均计算，比我们富裕多了，然而，他们的生活却简单朴素，路上川流不息的私家车绝大多数都是国内十万元人民币等级的普通车，很难见到所谓的"BBA"，即奔驰、宝马、奥迪之类，更别说那些小众豪车。街上行人衣着随意，穿戴名牌的多半是亚洲游客。星罗棋布的住宅也是朴实内敛，毫不张扬，只能从大小位置粗略看出主人的经济状况……这一点比优美的风景、纯净的空气更令我称羡。生活就应该这样，房子是用来居住的，车子是用来代步的，衣服只是用来遮体的，这才是生活的本来样子，而非当下国内的"流行病"——房子、车子、衣物甚至孩子、手机之类，首先是拿来炫的，本身价值反而不重要……

我想，什么时候我们国内开始普遍认为商品只是拿来用的，炫耀其实最无聊，步入发达国家就为时不远了。

2018 年 3 月 12 日

最兴奋的和最沉重的

——新西兰印象之三

据悉，新西兰在 2017 年《每日电讯》旅游大奖中，再度评为"全球最棒国家"，成为全球旅游者的首选目的地，连续第五年荣登榜首。《每日电讯》为此给出多达 26 条理由……

溢美之词太多，难免疑似广告！我只记住一条：坐拥美景，饱尝美食。

毫不夸张，对照广告照片，我吃得似乎比宣传的还要好，呵呵。要说新西兰的美食，最棒的是乳制品，做出来的雪糕，唉，真是美味得不要不要的！按说我不是贪嘴之人，这年龄也不该多吃高糖高脂肪，然而实在管不住嘴。结果……以往出门旅游都会掉肉，这一回，足足胖了两公斤，真不好意思。

至于美景，到处是亮点。星罗棋布的海滩、各具特色的景区就不说了，即使随便溜达也可能随时有惊喜。然而，最令我兴奋不已的亮点却不是新西兰而是来自中国。

说来惭愧，我退休后避开滚滚红尘，潜心写作，纵情钓鱼，已经成了"土包子"，竟然不知道世界变化如此大。临出国去银行换外币，营业员好心提醒：其实不用带这么多现金……哼，到外面没钱用你负责啊？结果，一下飞机就傻眼了，机场大厅的柜员机贴着"欢迎使用银联卡"，商业中心也贴着"欢迎使用银联卡"，景区街上的柜员机也贴着……虽然不是随处可见，略找找就能找到。我好奇地试了试，插入工行卡（里头一色人民币），居然真的取出纽币！随后短信告知，使用了多少人民币……更神奇的是有些地方居然还能微信支付。我再三说明手机里只有人民币，收款员笑笑，有钱就行。真的，像国内那样打开微信扫一扫，搞定！

明明人民币还不是硬通货，然而到处可以通行。套用一句网络热词：厉害了，我的人民币！

说到手机，同样神奇。不认得路，百度导航，搞定。语言不通，讯飞翻译，搞定。没有 Wi-Fi，华为天际通，搞定。别忘了，这都是国产货；别忘了，这可是在地球的另一头！真是山中方七日，世上已千年。不知不觉我们国家的经济实力和科技能力已经发展到如此水平！我不知道别人如何感觉，反正我是感慨万千；我知道会有人不以为然，这算什么……没错，这不算什么，美元欧元那才叫牛，谷歌苹果那才叫酷……然而，不要忘记我们从哪里来，不要忘记我们经历了多少苦难，不要忘记我们不被视作劣等民族才几十年……

就在新西兰，就在风景如画的旅游胜地，就有"不要忘记"的提示。

距离皇后镇 15 分钟车程有个小去处，名叫箭镇，又称淘金小镇。一条小溪、一条小街、一条小路，正午阳光炙热，我们兴致索然，直到转入一个小山谷，看见几座残旧小屋……

这是 19 世纪华人淘金者的遗址，路旁的说明牌默默述说往事——

摘录:

"几乎所有华人淘金者都来自中国南方的广东省。"……

"1865年,最初的淘金热已经结束,数千名欧洲淘金者奔赴西海岸的新金矿。"省议会决定招华工,"他们用这一观点反驳异议:'人口增长,哪怕是黑猩猩的增长,也比没人好。'"

"……随着华人增多,人们担心新西兰会成为一个'劣等种族'的殖民地……华人受尽了谩骂凌辱。"

"年老的矿工渴望葬在祖坟里安息。……令人唏嘘的是,1902年最后一艘运载500具遗骨开往中国的轮船在荷基安加港沉没。"

看着看着,不知怎的,一曲旧时旋律在心头缓缓升起:

　　　河水弯又弯,

　　　冷然说忧患,

别我乡里时，

眼泪一串湿衣衫……

20 世纪 80 年代港剧经典《大地恩情》主题曲，诉说了 20 世纪初珠三角劳苦农民被迫"卖猪仔"到金山的悲怆遭遇。

我是广东人，我知道先人们迫于生活漂洋过海去美国、加拿大以及大洋洲淘金，大多有去无归，少数挣扎回来也已垂垂老矣，被称作"金山伯"。没想到还有流落到地球这个角落的。我无法想象他们为了寻找活路，忍受了多少屈辱和苦难，最终连遗骸都不能落叶归根……

百年沧海，百年桑田，历史早已尘封，过去不能忘记！

这是我在新西兰唯一感到心情沉重的一天。

2018 年 3 月 15 日

一株李子树的花季

天台上有一株李子树。

一年一度春消息，李子迎来自己的花季。

从山里迁入城里几年了，李子依然不习惯。广袤的荒野多么自在啊，这里，只是一个小小的天台。然而，天空依然是原来的天空，远山的风还是送来了熟悉的气息。是种子就要发芽，是李子总要开花，憋屈一个冬天的骨朵不管不顾，满枝满丫鼓了起来……

虽说只是一株孤零零的小小李子树，春姑娘轻盈的脚步依然为之停留，关爱有加。春阳送暖，春风轻抚，春雨滋润，春夜迷醉，骨朵儿可着劲鼓捣，一天一个模样。

惊蛰到了，万物萌动，李子树兴高采烈，仿佛只是一眨眼的工夫，骨朵儿就鼓出了花蕾，迫不及待向春天报告——来了，来了，我来了！

开吧，开吧……春姑娘微笑着鼓劲。

开啦，开啦……小蜜蜂闻讯赶来。

开呀，开呀……小伙伴们你追我赶，争先恐后。这里那里，一朵两朵，雪白的花儿次第绽放！

几天工夫，已是花满枝头。一簇簇，一团团，花团锦簇，美不胜收。古人常用桃红李白形容美女，灼灼桃花透着几许妖艳，皎皎李花更多的是冰清玉洁。雪白的花瓣点缀几缕嫩黄花心，说不尽的娇柔，看不够的妩媚……

蜂儿来了，蝶儿来了，狂蜂浪蝶围着亭亭玉立的李子花上下盘旋，尽情嬉戏，好一个春意盎然，春心荡漾，春情焕发……论节令，春分尚未到；看春意，浓得化不开。

冥冥中是谁在唱：好花不常开，好景不常在……

一夜风雨，落花纷纷，犹在枝头的也已凋残。蜂儿不来了，蝶儿不见了，只有淡淡的余香追忆逝去的韶华锦绣。

从骨朵儿到凋零，李子树的花季只有短短半个月。难怪古人感叹：花开堪折直须折，莫待无花空折枝……

花开自有花落时，悲催的是，花自凋零不结果。风雨作祟，一树繁花，到头来唯存一个小果果。

然而，李子并未气馁，枝头的浓绿已经开始期待下一个花季……

2014 年 4 月

寂寞洞庭四千年

——君山记游三题

本人不擅旧体诗。偶尔吃饱了撑的……哦，游饱了撑的，胡诌几句。自知不登大雅之堂，依然敝帚自珍，甚至"择优"发上博客，嘚瑟嘚瑟，嘻嘻……

其一：君山岛垂钓

终得浮生闲，垂钓白银盘。

柳毅井底丝，湘妃竹上斑。

波平现楼阁，天清黛君山。

忆昔直中取，夕照对悠然。

唐刘禹锡《望洞庭》曰："遥望洞庭山水翠，白银盘里一青螺。"

所谓青螺，即君山岛。若从君山回望，岳阳楼在碧波中漂浮，又是一番景象。

柳毅井，又名桔井，相传落第书生柳毅为洞庭龙女传书，便是由此井下龙宫。

君山岛上有湘妃墓，墓后竹林斑痕点点。据说舜帝南巡死于苍梧，其二妃娥皇、女英寻至洞庭君山，泪洒竹林，伤心而死，竹上斑痕即为泪痕。虽然只是传说，但此竹若移植岛外，斑痕却会消失。

岛上又有钓鱼台。相传唐代诗人张志和遭贬，泛舟洞庭，在君山见一老翁钓鱼用直钩。张惊讶发问，老翁答曰："宁在直中取，不向曲中求，此为人之道。"说完飘然而去，是为吕洞宾。张彻悟，从此不再为官，寄迹江湖，自号"烟波钓徒"。

另据野史记载，"直中取"是姜太公所言。不管谁说的，我喜欢。

其二：湘妃祠有感

帝游九嶷去不还，寂寞洞庭四千年。
世人不知二妃苦，直把君山作神山。

九嶷山，即苍梧山，因其九峰相似得名。

上古传说中的舜帝，距今足有四千余年了。

君山上的湘妃祠，本为纪念二妃殉情。现今门口大书"有求必应"，祠内烧香膜拜，摇签问卦，说是灵得很。呵呵，当年二妃叫天不应，叫地不灵，最终泪尽而死。自己都保不住，还能保佑谁？

其三：柳毅井偶思

泾阳水浊洞庭清，龙女落难空悲吟。

家信须靠书生传，神仙原来逊凡人。

唐代李朝威所著传奇《柳毅传》，叙述落第书生柳毅途经泾河，遇洞庭龙女荒野牧羊。龙女哭诉嫁泾阳龙君备受虐待，求柳毅传家书至洞庭。柳毅允诺，千里跋涉，至洞庭君山，入龙宫传书。洞庭龙君一家这才得知女儿嫁后真情，其弟钱塘君前往救出龙女。神仙仰仗文弱书生通风报信，方得以跳出火坑。

注：此为旧作，约莫吟于退休之前的 2003 年。十余年后玩博客，略做修订后贴出，自我感觉良好，因此一并算作博文收于此集。

九州九鼎九回肠

——绍兴记游三题

绍兴胜迹太多，几乎每个转角都令人大发思古幽情，鼎鼎有名的鲁迅故居也只能愧居末席……结果，再次吃饱了……哦，游饱了撑的，再次不由自主胡诌。呵呵，老毛病，改也难。

其一：会稽山大禹陵

九州九鼎九回肠，大会诸侯稽功赏。

滔滔洪水底定后，人间何曾无沧桑。

大禹治水，创建夏朝，划天下为九州，铸九鼎以象征……这些远古传说早已融入中华民族的骨髓。

绍兴会稽山，原名茅山。约公元前 2198 年，大禹在此召集天下诸侯，"大会计，爵有德，封有功"。会后病逝葬于此。为纪念大禹功绩，诸侯"更名茅山曰会稽"，"会稽者，会计也"。

其二：越王台

越王胆剑传千古，生聚教训终吞吴。
兔死狗烹寻常事，文种不识毒丈夫。

能够产生一个成语已经很牛了，这儿居然有两个——"卧薪尝胆""兔死狗烹，鸟尽弓藏"。越王勾践卧薪尝胆，成功逆袭之后，二号功臣范蠡心思灵动，辞官泛舟五湖去了；头号功臣文种傻乎乎继续做官，结果被勾践赐死，落了个"狗烹"下场。

蹊跷的是，君臣二人居然同葬一座小山包。绍兴龙山上，越王台居东，文种墓在西，相背同居。

其三：兰亭

曲水流觞佳话多，如今游人不识鹅。
兰亭清风欲何在，黄酒对影且当歌。

曲水流觞，古老民俗。农历三月，众人沿溪流席地而坐，酒杯（觞）由上游浮水徐徐而下，在谁面前打转或停留，谁就得取杯喝酒并即兴赋诗。作不出诗者，再罚三杯。此习俗颇得文人墨客追捧，最出名的自然是晋代王羲之一众文人在兰亭曲水雅聚，诗酒竟日，得诗三十余首。最后，王羲之乘酒兴挥毫，写出前无古人后无来者的《兰亭集序》，被誉为"天下第一行书"。

此习俗流传千年。现在……没了。今人浮躁，哪有闲心

"曲水流觞"。不灌你就算高雅了。

另，王羲之性爱鹅，善于从白鹅的动作形态中领悟书法奥妙。今人也爱，不过呢，喜爱的是广东烧鹅、法国鹅肝酱……

注：与君山三题类似，也是退休前旧作，约莫写于2005年。也是自我感觉良好，玩博客时贴出去滥竽充数。不知怎的，自己本不擅旧体诗，偶尔胡诌几句却总是感觉良好。恐怕这就叫敝帚自珍吧！呵呵……

大唐外史系列

缘　起

　　话说山中有个野老，无名无姓，无家无业，每日里只是晃晃荡荡，无聊时读读书、上上网，兴起时觅一方野水，钓几尾闲鱼，倒也自得其乐。这一日，钓获一尾金鲤，若是善男信女，自然放生积德，这野老从不理会那些，忙不迭刮鳞开膛，准备大饱口福。不料，鱼肠中掏出一物，指甲盖大小，圆不圆扁不扁、长不长方不方，略加擦拭，竟然露出 USB 接口！野老怔了怔，试着插入电脑，耶，居然有反应，荧屏上跳出闪闪烁烁的字痕……先是四个大字——大唐外史，接下来的文字或许制式不对，或许岁月侵蚀，时有乱码，幸亏尚可勉强辨识。野老早已将血淋淋的鲤鱼忘到九霄云外，趴在电脑前看到深夜，总算明白了大意。原来，是当代一位饱学之士倾心仰慕盛唐，千方百计学得穿越术，去到大唐帝国游历数十年，见识了长安的辉煌、香艳，经历了边塞的战乱、血腥，其间奇闻逸事不可胜数，全部一一记入随身携带的 iPad。本想返回 21 世纪，精心撰写穿越游记，一举成名天下知。不料所学穿越术有去无返，百般努力仍无法穿越回来，被迫留在唐朝终老。虽说生活无虞，却是心有不甘，无奈之下，唯有将所见所闻记录于 U 盘，藏之名山，希冀传至后世……

第二日，野老抖擞精神，隐去鱼肠 U 盘之事，将鱼肠中的外史与传世的正史野史交相对照，爬梳剔抉，整理出一段一段奇闻轶事，陆续贴到网上，博取虚名……

呵呵，以上自然是胡诌。本人为写作长篇历史纪实小说《大唐遗梦》，埋头大唐故纸堆三年有余，生生把自己憋成半个唐史专家（当然是时下流行的"砖头家"级别哦，呵呵）。又花了三年多时间写完小说之后，意犹未尽，再拿故纸堆做些小文章，于是有了这个"大唐外史系列"。当时写一则便发一则到博客里，一来博取点虚名，二来也是为新出版的《大唐遗梦》上下卷打个小广告，呵呵……

2022 年 10 月 13 日修订

武媚娘是学不来的

——大唐外史系列之一

中国帝制数千年，皇帝无数，皇后无数，由皇后成功转型为皇帝的大约只有一个武则天。这女人本事大，称谓也多，只是现代人偏爱有色眼镜，总觉得女人上位靠的是媚功，因而大多只记得"武媚娘"这个野史杜撰的名称。其实，妩媚最多是件丝绸外衣，她的本形就像她的名字"曌"，日月经天，非但横行当世，还要留传后人，而且传女不传男。

那是一个女人当道的时代。则天武曌刚刚谢幕，女儿、儿媳以至孙女便迫不及待登场亮相。其中，最渴望承继衣钵的当属儿媳妇韦氏，也最具备条件——同为皇后，同样有一个惧内的皇帝老公，同样不是靠媚功而是靠强悍上位。

《资治通鉴》有这么一段记载："上在房陵与后同幽闭，备尝艰危，情爱甚笃。上每闻敕使至，辄惶恐欲自杀，后止之曰：'祸福无常，宁失一死，何遽如是！'上尝与后私誓曰：'异时幸复见天日，当惟卿所欲，不相禁制。'及再为皇后，遂干预朝政，如武后在高宗之世。"

这是唐中宗李显头一回当皇帝被母后武则天废黜放逐发生的事，新旧唐书亦有类似记载，看上去不像杜撰。当儿子的怕母亲怕得惶惶不可终日，当儿媳的倒是镇定自若，大不了一死，慌什么！看来，这女人的心脏显然比她老公强大得多，效仿武则天干预朝政自然是小菜一碟，何况有约在先。

这韦氏的确非同寻常，效仿女帝那是惟妙惟肖。武则天玩过"二圣临朝"，她也给自己加了个"翊圣"尊号，与老公一道坐殿听政；当年婆婆有众多面首，她也必须有，老公还好好的没病没灾，就一个接一个招上床；武则天有个强悍的女儿太平公主，她也有，而且有过之而无不及。她女儿安乐公主号称大唐第一美女，找个驸马也说是大唐第一美男。那时没有选美，也缺乏拍照录像的取证手段，是否第一无从考证，但绝对是个超级辣妹。据记载，她"自请为皇太女"，还说什么"阿武子尚为天子，天子女有不可乎？"阿武子是她对奶奶武则天的蔑称，够辣了吧？"皇太女"是她的首创，就凭她发明与"皇太子"对峙的空前绝后的名目，称之为天字第一号辣妹，恐怕无人能与之争锋。

这两母女凑一堆，把持朝政那还不就像玩儿似的？只是还有个碍眼物，那就是龙椅上的中宗皇帝。

仔细想想，当皇帝虽说风光，其实一点都不好玩。龙椅只有一把，想坐的不知有多少，本来只有男人争夺，如今又加上女人，风险系数顿时翻了一番！不过，高风险高回报，这道理你懂我懂古人也懂。两千多年前，一个珠宝商人对此就有精辟见解。儿子问他：耕田获利几倍？答：十倍利。又问：经营珠玉能赢几倍？又答：百倍。再问：立一国之主赢几倍？再答：无数……他儿子便是大名鼎鼎的吕不韦，依照他爹的教诲转而从事风险投资，最终成了秦始皇的"仲父"，真正获利无数。

当然，谋国事大，须有耐心。吕不韦扶持秦国王子花了几十年，武则天等待丈夫病死花了十几年，韦氏母女没那份耐心，她们玩了个绝活：下毒！

好家伙，弑君、弑夫、弑父，一气呵成，够狠、够毒、够血腥，比时下那些蹩脚的宫斗戏刺激多了。想想吧，深幽幽的内宫，徐娘半老的皇后伙同美艳的公主在东窗下窃窃私语，密谋毒死自己的亲夫亲老爸……光是这么个场景就够吸引眼球了，不知为什么时下那些渴望票房都快疯了的编剧导演没发现这段史实。

确实，韦氏母女在历史上没什么名气，新旧唐书就那么寥寥几句，贬抑居多。历史从来就是胜利者写的，韦氏想当女皇不成，自然逃不脱画虎不成反类犬的评判。其实，就当时而言，她的谋划还是相当周全的。中宗暴毙之后，立即伪造遗诏，立了一个小皇帝，自己"临朝摄政"。宰相是自己人，朝中大臣亲信众多。这还不放心，又委派堂兄总管天下兵马，家族中的小字辈掌管羽林禁军。再以安全为名，派兵把中宗皇帝的弟弟相王、妹妹太平公主的府邸严密包围，并且计划在这两人入宫拜祭皇兄时一举拿下……

可以说，该想的都想到了，该做的都做了。不说比武媚娘强，也不比武媚娘差。这出宫斗戏若是到此落幕，中国历史上真有可能出现第二个甚至第三个女皇。只可惜，天下事不如意者常八九。或许是无字碑下面的武则天躺不住了，天底下只能有一个"曌"，再来一个算什么事啊？于是，在离皇位只有一步之遥，不，只有半步之时，意外发生了，犄角旮旯里冒出一只小黄雀，令螳螂捕蝉，黄雀在后的古训再次应验。

韦氏母女冒了天下之大不韪，却是为他人做嫁衣，到头来反害了自家性命。武媚娘的流风余韵，最终成就了一个不相干的人五十年太平天子风流梦……

历史，就是这样令人叹为观止！

欲知详情，下回分解。

2015 年 4 月 28 日初成

2015 年 7 月 19 日大改

李隆基抢班夺权的撒手锏

——大唐外史系列之二

　　说起李隆基，恐怕没人不知道。一曲《长恨歌》令他蹿红千古！虽说他与杨玉环的那点事儿就四个字——始乱终弃，既不是比翼鸟，也没有连理枝，一代又一代的诗词歌赋依然不屈不挠涂脂抹粉，硬生生打扮出一个爱江山更爱美人的超级典范。没法子，文人骚客都喜欢那种香艳调调。

　　其实，李隆基最大的亮点不在美人在江山。准确地说，是抢江山。

　　话说那大唐江山开基就没立好规矩，一把龙椅你争我夺，开国八十多年，暗地里设套下毒弑亲夫废太子诸如此类"宫斗"不算，明火执仗的宫廷政变就闹了四次，而且都发生在玄武门。

　　中国的道教擅长故弄玄虚，简单的东南西北，偏要说成什么东之青龙，西之白虎，南之朱雀，北之玄武。而且这玄武还是什么龟蛇合体，所谓"龟与蛇交曰玄武"……谁见过"龟与蛇交"啊？然而皇家必须与众不同，所以，北门不能叫北门，要叫玄武门。皇宫都是坐北向南，因此，玄武门也就是皇帝家院的后门。

过去，中国北方流行四合院，皇宫虽说端起一副至高无上的架势，也就是一座超级四合院，或者说是众多四合院的叠加。四合院有正门有后门，大一些的还有侧门。正门通常一本正经，进出要讲点礼数；后门则亲和得多，也热闹得多。各色人等进进出出，偷嘴的、偷溜的、偷情的以至偷盗的，一句话，后门故事多。《红楼梦》里刘姥姥初进荣国府，"来至荣府大门石狮子前，只见簇簇轿马，刘姥姥便不敢过去"，蹭到角门也不行，最终还是绕到后门，才有了日后种种机缘巧合。《金瓶梅》里王婆撮合，西门庆、潘金莲偷情，也都是后门进后门出；就算是《水浒传》里的堂堂打虎英雄武松，也要从后门趄摸进去，才得以大开杀戒，血溅鸳鸯楼。

总而言之，凡是不那么正大光明的事儿，大多是走后门。传承至今，四合院已然成为文物，"走后门"依然深入人心。

皇家的"走后门"当然动静更大。就说大唐帝国的四次"走后门"吧，动不动就天崩地裂、血流成河。当然，史学家们不会土里土气说什么"后门出事"，正式说法叫"玄武门之变"。这里头，第一次最出名，李世民诛杀兄弟，逼老爸传位，"走后门"成就了史学家们赞不绝口的一代英主唐太宗，名垂青史。然而，相比之下，最冒险、最刺激、最血腥的当属第四次——李隆基血洗内宫！

李世民的政变，可以说是瓜熟蒂落、水到渠成。虽说皇帝是他爹，皇太子是他哥，权倾天下的却是他。军队在他手里，重臣在他麾下，杀兄逼父，抢班夺权算不了什么。

80多年后的李隆基则不然，宫里刚刚驾崩的中宗皇帝是他伯父，论起来他已经是旁支，龙椅上再多死几个，大位也传不到他。更可怜兮兮的是，除了郡王头衔，没有半点权势；除了府中家丁，没有一兵一卒。就这样也敢发动政变，这也太冒险、太胆大妄为了吧？

他有秘密武器。

不是没权没势吗？正好，二十几岁的小王有钱有闲、无拘无束，吃喝玩乐样样精通，成天四处晃悠，结交三教九流。日子长了，他那朋友圈里还真有了几个好货色，比如，万骑营的果毅，内宫的太监……万骑是羽林军中的精锐，专门负责把守玄武门，又称北门禁军。果毅算是中下级军官，约莫相当于现今的营长，手底下有几百号人。别看人不多，驻守的却是要害部位。一旦发难，呵呵，可想而知。

这不算完，李隆基还有一招撒手锏，终极秘密武器——一个小太监，大名高力士。这名字耳熟吧，没错，就是那个侍候唐玄宗一辈子的忠仆典范高力士。十一岁被阉入宫，苦熬了十几年，混了个宫闱丞。当时九品最小，他这个是从八品下。虽说只是个卑微的小人物，位置却相当要紧，"掌宫内阁门管钥、出入之禁"。呵呵，兜里揣着宫门钥匙！李隆基就是靠他打开了要命的玄武门！

在这里，有必要交代一下为什么大唐四次宫廷政变都在玄武门。

唐朝的皇宫分为外朝和内廷。外朝是皇帝听政、大臣议政的所在，位于皇宫南边，通常说的朝廷一般就是指这里。内廷是皇帝和嫔妃们吃饭睡觉游乐的地方，也叫内宫，位于皇宫北边。前面说了，玄武门就是宫城北门，从这里进去，可以直捣皇帝寝殿，拿现在的时髦话来说，可以直接"斩首"！

这玄武门真是有点"玄"！

当时宫中的"首"，自然就是毒死亲夫、企图仿效武则天登基称帝的韦皇后一伙。应该说，他们的防范已经很到位了。天下兵马和皇宫禁军都由自己人掌管，死鬼中宗皇帝的弟弟相王（李隆基父亲）、妹妹太平公主等受到了严密监视，朝中大臣们也都被管控得唯唯诺诺，唯独没注意到小字辈。最终，给李隆基钻了个空子。或许，这就叫百密一疏吧。

发难过程很简单。三更半夜，几个果毅领着禁军哗变，斩杀了韦皇后派来的亲信，高力士打开宫门，李隆基率领数百禁军、家丁等乌合之众一起鼓噪杀进内宫。给他们的命令很简单："马鞭以上皆斩之。"

笑话，好像杀人之前还要用马鞭量一量身高似的。其实这命令就是四个字：赶尽杀绝！

这一晚是杀宫，第二天是杀城，禁军全城搜杀韦氏集团的亲信党羽以至亲属族人。整整一天一夜，到底杀了多少人，遍查史书，没有记载。当然啰，历史是胜利者撰写的，不会留下不光彩的记录。只有一个小小的细节，透露出些许消息——

京城南边一个叫杜曲的地方是韦氏族人聚居地，遭乱兵围剿，"襁褓儿无免者"……史籍记载，此后这儿荒无人烟，成了狩猎的去处。可见当日杀戮之惨烈，说是杀人如麻，血流成河，估计一点也不过分。

盛唐的帷幕就这样在血泊中徐徐拉开。

2015 年 9 月 9 日大改

唐朝的极品"小鲜肉"

——大唐外史系列之三

网络语言就像 T 台时装，乱哄哄你方唱罢我登场，绝对能把你的眼睛亮瞎。这不，一不留神，又一个新词蹿红——"小鲜肉"！

乍一看，还以为超市又多出什么新货色，经人指点，才知道原来是老掉牙的"奶油小生"升级版，女粉丝的癫狂已经从偶像崇拜演变为鲜肉崇拜，实在令人脑洞大开！

不过，虽说新鲜，却不新奇，甚至可以说是返祖，咱老祖宗早就玩过这一出了。

最经典的在晋朝，出了个号称"中国第一美男"的潘安。史料记载，他一出门，"妇人遇者，莫不连手共萦之"，"老妪以果掷之满车"……小娘子见着了，蜂拥围堵；老娘们见着了，争相抛掷果品，以至留下了一句成语：掷果盈车。疯狂情景恐怕丝毫不逊于如今的女粉丝。

当然，若论高大上，还要数大唐帝国。

武则天，中国唯一女皇帝，够高端了吧。她万几之余拿什么消遣呢？呵呵，小鲜肉！

据史料记载，武则天的男宠不算多，有名有姓的也就四五个。最早的是个和尚叫薛怀义，据说这名字还是女皇给起的。得宠几年，过了保鲜期，女皇又有了新宠。和尚恼了，竟然大秀肌肉，一把火烧了大唐第一高楼万象神宫，最终死于非命。

或许是吸取教训，女皇此后的"选肉"标准更严了。七十多岁时，她女儿太平公主推荐张昌宗入宫，张昌宗又举荐哥哥张易之，哥俩同入寝宫侍奉。据史料记载，张氏兄弟面若莲花，白皙俊美，兼善音律歌词，年方二十来岁。咋样，与百度的"小鲜肉"词条相当吻合吧？

贵为九五之尊的武则天如获至宝。非但在后宫同吃同睡、形影不离，上朝听政也要带着，寸步不离，根本不理会满朝文武如何看待。咋样，够大气吧？

高端大气都有了，就是缺了个上档次。两条"小鲜肉"为上位，出卖肉体灵魂，日以继夜侍奉老太婆还要装出十分幸福十分满足的模样，只能说恶心，谈不上半点档次！

况且，据说"小鲜肉"特指演艺圈的小男生，不卖艺的不算。

好吧，我们就来看一看唐朝货真价实的极品"小鲜肉"：诗人王维。

没错，就是轻吟"红豆生南国，春来发几枝"，高歌"劝君更尽一杯酒，西出阳关无故人"的大诗人王维。

这王维出身名门，多才多艺，非但诗文皆佳，而且娴于丝竹音律，擅长书法绘画，不到二十便名动京师，成为当朝权贵座上宾！怎样，够得上极品吧？

话说这年应试，自视甚高的王维希望夺个头名，请过从甚密的岐王帮忙。这岐王是当朝皇上李隆基的亲弟弟，按说给考官打个招呼也就行了，没想到却出了个主意，叫王维去走妹妹玉真公主的后门。

唐朝有个挺特别的现象，公主们不但强势，而且喜欢出家当女道士。唐玄宗的姑姑太平公主就当过，他妹妹玉真公主此时也是个道姑。别以为公主出了家就会隐居修行，才不呢，当道士是为无拘无束，不受世俗制约，排场享受一样不能或缺，更妙的是不用削发，什么时候想还俗，换套衣服就行了。

这一天，岐王叫王维穿上鲜华奇异的锦绣衣服，随他去了玉真公主宅邸，说是带酒乐来与公主同乐。酒宴摆开，歌舞伶人鱼贯而入，王维领衔前行，怀抱琵琶，独奏自谱新曲……如此做派，若是今天的女粉见了，绝对疯掉一批，傻掉一片。

玉真公主此时三十出头，正值如狼似虎之年，自然一眼就看上了，再一问还是个少年才子，又惊又喜，当即命人带入内堂更衣……

为什么要更衣？一说是让王维恢复士子装束，作为宾客入席欢饮。另一说是为玉真公主去内堂"吃肉"提供便利……当然，这仅仅是推测，我们只知道，玉真公主随后便召试官到府邸，遣宫婢传达谕示。第二年，王维一举抢元。

说王维是玉真公主的男宠，当然证据不足，但一些蛛丝马迹却着实蹊跷。

首先，王维文才人品皆佳，又是状元，却只授了个太乐丞，专门为宫廷培养乐队伶人，说白了就是皇家艺术团团长，专职侍奉皇家权贵。当时的皇家，李隆基当然是老大，玉真公主那可是老二，懂了吧。王维不是张氏兄弟那样的无耻之徒，不可能心甘情愿被玩弄。于是，几个月后就因为一件小事被贬到外地去做个管仓库的九品芝麻官，一去四年多。温文尔雅的大才子当仓库管理员，呵呵，貌似斯文扫地哦。

还有，一次在宁王（唐玄宗大哥）府中饮宴，家伎歌舞助兴，其中最出色、最得宠的原本是附近卖饼者之妻，被宁王看中，花钱买来，已经一年多了。宁王问她还想不想卖饼的丈夫，此女默然不语。宁王把卖饼的召来，"其妻注视，双泪垂颊，若不胜情。……座客十余人，皆当时文士，无不凄异"。王维当即吟诵《息夫人》诗一首："莫以今时宠，而忘昔日恩。看花满眼泪，不共楚王言。"

春秋时期，楚王灭息国，将息夫人占有。息夫人终生不与楚王说一句话。王维用这个典故，抒发出弱小被强权欺凌的满腔怨愤。二十来岁的小青年，如何能够如此感同身受？除非自己也有类似的遭遇。

还有，王维前半生仕途相当坎坷，直到玉真公主失势之后才算正常升迁。

还有，王维后半生"笃志奉佛，蔬食素衣。丧妻不再娶，孤居三十年"。

还有……

总而言之，中了状元没几年，一个风流倜傥、才华横溢、积极进取的"小鲜肉"便不复存在，一下子变成了半官半隐、奉佛参禅、消沉蹉跎的"老腊肉"。个中原委，耐人寻味。

2015 年 9 月 19 日初稿
2015 年 10 月 12 日修改

没有面首就没有面子

——大唐外史系列之四

南北朝时期有个短命皇帝刘子业，荒淫无度。他姐姐山阴公主也好色，"谓帝曰：'妾与陛下，虽男女有殊，俱托体先帝。陛下六宫万数，而妾唯驸马一人。事不均平，一何至此！'帝乃为主置面首左右三十人"（《宋书·前废帝纪》）。

"面首"一词本意为头脸、容貌，从此之后，成为男宠的别称。想想挺有道理，有头有脸的女人才可能拥有男宠。或者反过来说，有男宠的女人那才叫有头有脸。

中国历史上最有头有脸的女人当数武则天武媚娘，好不容易当上了皇帝，挑选后宫那是必须的，虽说没到佳丽三千的程度，也是成群结队，数不尽数。最有意思的是，武则天几个得宠的面首都是亲女儿太平公主选拔的，什么薛怀义、张昌宗、张易之等等，太平公主亲自试用感觉良好，这才献给母皇。母女共用面首，不但开风气之先，还在唐朝上流社会兴起一股时尚，女权贵们没有面首就没有面子，有了面首还要攀比谁的更有才有貌有地位……

攀比是陋习，尤其亲友之间，你有我也要有，否则很没面子；你没有我有，那就太有面子了。于是乎，你到日本买马桶盖，我也去买，不管用得着用不着；你去巴厘岛度假，我就去马尔代夫，高你一头。最大众的是比手机，小众一点的比汽车，再小众一点则是私人游艇、私人飞机。恐怕过不了多久，没有私人航天飞机，你都不好意思说自己是有钱人了。

扯远了，回到大唐面首的话题。武则天之后，轮到太平公主最有头有脸了。父亲是皇帝，两个哥哥是皇帝，最难得母亲也是皇帝，试问谁与争锋？样样比人强，在面首事宜上自然也是率先垂范，而且青出于蓝。母亲武则天是老公死了，她呢，夫君健在，裙下照样男宠层出不穷——有实用型的，有装点门面的，有专宠的，有客串的，内中有个叫崔湜的，史料记载他"容止端雅，文词清丽"，堪称才貌双全。起先是上官婉儿的小情人，这对野鸳鸯一个是大唐第一才女，一个是当朝第一美男，也算登对。扯上这条裙带，崔湜春风得意，三十来岁便官至副相。

别个的面首比自己的强，这还了得？太平公主不干了，上官婉儿不敢得罪，只能忍痛割爱。那崔湜吃惯软饭，能攀上高枝自然高兴，却也不无难言之隐。太平公主整整大他七岁，高大肥硕，索求无度，起初干柴烈火，尚能支撑，渐渐就有点吃不消了，只好在寝前小酌时有意把自己灌醉，借此逃避床上苦役……由此看来，面首也是不好当的。

有付出自然有回报，太平公主最终让他当上了中书令。面首位极人臣，史无前例，以至后来者很难攀比了。太平公主之后最有头有脸的当数唐玄宗的妹妹玉真公主。她费尽心机把名噪京师的少年才子王维纳入裙下，论外貌，论文才，论人品，王维都在崔湜之上，只是输在地位，直到终老也没能出将入相，更别说与玉真公主暧昧期间了。究其原委，一来王维原本就不情愿扯这条裙带，二来开元年间朝政还算清明，面首充当宰相是不可想象的。

到了天宝年间，风气又是一变。唐玄宗李隆基是个"靡不有初，鲜克有终"的典型。开元之初孜孜求治二十余年，终于实现流芳千载的煌煌盛世。之后便顺理成章、无可救药地日益沉溺美色、祈盼长生。开元末年，李隆基把做了五年儿媳妇的杨玉环占为己有，便是盛唐由治转乱的标志。

提起杨贵妃，世人津津乐道的通常是她与唐玄宗的卿卿我我。其实，她的三姐虢国夫人更是个人物。此人姿色不让其妹，放荡更有过之。尚未出嫁便私通杨国忠，年纪轻轻丈夫死了，正好给她提供玩男宠的条件，有过多少不得而知，史料明确记载的首先是杨国忠。一半靠她提携，一半靠自己钻营，最终这个滥赌的痞子居然官拜首辅！话说煌煌盛唐，无赖赌徒杨国忠可以当上宰相，偷羊小贼安禄山能够手握重兵，也真是咄咄怪事。说不定哪一日笔者闲极无聊，也会拿这个题目消遣消遣。

话说回来，虽说杨国忠已是一人之下万人之上，富可敌国，姬妾成群，但依然保留面首待遇。两人府邸并列，侧门相通，史书记载，两人"居同第，出骈骑，相调笑，施施若禽兽然，不以为羞……"

这段话出自《新唐书》，记述不够全面。应该说杨国忠不以为羞，反以为荣。虢国夫人是皇上的相好啊，他这个面首实在太有面子了，怎么可能"以为羞"？

唐人有诗云："虢国夫人承主恩，平明骑马入宫门。却嫌脂粉污颜色，淡扫蛾眉朝至尊。"

虽说史料没有明确记载，今人解读此诗，依然多半认为是影射唐玄宗和虢国夫人关系暧昧。其实第一句已经点明，女人"承主恩"是什么意思，都懂的啦。按说，贵为天子，看中哪个女人召进宫就是了，两姐妹同侍一主很平常嘛。然而风流天子李隆基偏偏要尝尝偷情的滋味，正所谓妻不如妾，妾不如偷。虢国夫人自然也不愿意进宫，像妹妹杨玉环关在金丝笼里有什么好，远不如在外头放浪形骸，顺带把皇帝老儿当男宠，那才叫作风光快活！

当然，唐玄宗还算不上严格意义的面首，最多只是拜倒在石榴裙下。即便如此，虢国夫人也够可以了，首辅是面首，皇上是情夫，可谓登峰造极，创造了面首历史的奇迹！可以说，整个天宝年间，数她最有面子！

顺带说说，有面子不见得是好事。上述那些个面首及其女主，除了玉真公主与王维属于"始乱终弃"，好歹得了个善终之外，都没有好下场——

武则天最终被幽禁而死，其面首全部死于非命。

太平公主投缳自尽，崔湜流放赐死。

虢国夫人遭遇割喉，杨国忠被乱兵碎尸。

贵为天子的李隆基，仓皇亡命蛮荒。

大唐盛世也在这靡靡之风中轰然倒塌……

2015 年 10 月 7 日初稿

2015 年 10 月 12 日修改

不轻蔑王侯的诗人不是好诗人

——大唐外史系列之五

唐代诗人——多。

唐代诗人——狂。

一个多，一个狂，怕是历朝历代都得望其项背！

关于"多"，不必多说，唐诗多，诗人自然多。

说到"狂"，头一个让人想到的自然是李白。"我本楚狂人，凤歌笑孔丘"，孔老夫子都不在眼里，这份狂傲，做个"狂派首领"不成问题。事实上，李白也确实同道众多，小他12岁的杜甫就为他的狂放不羁所倾倒。所作《饮中八仙歌》，其余七人只是描状酒瘾、酒量、酒态，顶多再发点小牢骚。唯独描绘李白，极尽夸张之能，头两句"李白斗酒诗百篇，长安市上酒家眠"，还可算是"燕山雪片大如席"；接下来"天子呼来不上船，自称臣是酒中仙"就成"广州雪片"了。李白虽狂，远没到这般超凡脱俗境地。想当初，多方营谋，好不容易得到唐玄宗征召入京，李白欣喜欲狂，"仰天大笑出门去，我辈岂是蓬蒿人"（《南陵别儿童入京》），何来半点"不上船"的做派？究其实，李白的狂傲，也就止于王侯之类，正如他自己所言："黄金白璧买歌笑，一醉累月轻王侯。"（《忆旧游寄谯郡元参军》）

唐代的"狂派诗人"——此乃笔者杜撰，肯定不入专家学者法眼，幸好本人对唐诗不甚了了，胡诌不脸红——或者，换一个说法，但凡沾上点狂气的唐代诗人，总喜欢拿王侯公卿说事。譬如边塞诗名家岑参，便有类似言论："满堂皆酒徒，岂复羡王公。"也是有酒即欢，王侯算老几。另一个大诗人，号称"诗家天子"的王昌龄，索性公开宣称："儒有轻王侯，脱略当世务。"王侯不算事，世俗管不着。至于才气不逮李白，狂傲颇为相似的高适，口气更是轻飘飘："二十解书剑，西游长安城。举头望君门，屈指取公卿。"再譬如杜甫，本是个忠实厚道的儒家信徒，与这些"狂派诗人"走动多了，近朱者赤，近墨者黑，也沾了不少狂气，年轻时雄心勃勃："会当凌绝顶，一览众山小。"几经沧桑，学会了不屑："王侯与蝼蚁，同尽随丘墟。"

时代稍晚，与李杜齐名的大诗人白居易，本是宦游之人，也学着拿王侯开涮。同僚生了儿子，作诗祝贺："爱惜肯将同宝玉，喜欢应胜得王侯。"晚年优游林下，自我陶醉："饱食安眠消日月，闲谈冷笑接交亲。谁知将相王侯外，别有优游快活人。"再往后的杜牧，风花雪月，浪游江南，更是直言不讳："不爱事耕稼，不乐干王侯。"至于那些名气不大的诗人，拿王侯调侃的也不少，垂头丧气的顾影自怜："独向江边最惆怅，满衣尘土避王侯。"犟脾气的撇嘴冷笑："潜夫自有孤云侣，可要王侯知姓名。"

诸如此类，调侃王侯公卿是当时不大不小的一种时尚，貌似可以套用一句现代名言：不想当将军的士兵不是好士兵——

不轻藐王侯的诗人不是好诗人。

不过，这些"轻藐"总让人感到一股酸葡萄的滋味……只有高适除外。高适并非看轻王侯公卿，而是轻看谋取功名的艰难曲折。《新唐书》说他"语王霸衮衮不厌"，说起王图霸业，滔滔不绝，毫不掩饰对功名的强烈向往和执着追求。虽然起点太低，磨难太多，半辈子过着"求丐自给"的流浪、渔樵生活，依然屡挫屡起，自述"一生徒羡鱼（一辈子想作官），四十犹聚萤（还在努力中）"。直到年近五十才终于在哥舒翰帐下充任掌书记。相比之下，与他年龄相近，交情甚好，曾一同漫游的李白、杜甫，就酸得多了。李白酸在太清高，既认为"天生我材必有用"，自己是超一流的政治家，又不愿"摧眉折腰事权贵"，适应险恶的政治环境，甚至不愿意侍奉皇帝，自然只能当诗人。杜甫酸在太迂腐，虽然有着"自谓颇挺出，立登要路津，致君尧舜上，再使风俗淳"的远大理想，却只会循规蹈矩，不敢越雷池半步，也就难有多少作为。

三人的性格差异平时看不出什么，待到天崩地裂、沧海横流，考验就来了。安史之乱，哥舒翰兵败潼关，唐玄宗仓皇出逃，高适不顾一切抄近道追赶皇帝，献计献策，就此跻身朝廷。李白则相反，见中原战乱，赶忙南下避难，径直跑到庐山隐居去了。杜甫呢，虽然想忠君，又丢不下家眷，结果被叛军捉住，带到沦陷的长安城囚禁。这场动乱一开始，三个人的差别就凸显出来，紧接着发生的一件事，更是彻底决定了三人的命运。

唐玄宗避乱入蜀后，接纳房琯建议，命诸皇子各自镇守一方，以此削弱留在中原抗敌的皇太子的权力。高适认为此举会造成政出多门的后患，切谏不可。不久，皇太子抢班夺权成功，是为唐肃宗，听说了高适的进谏，很是欣赏。又过了几个月，"诸王分镇"果然酿出祸乱，永王璘据金陵起兵，有割据江东之意。肃宗第一时间想起高适，召来商议，高适的政治才干终于得到机会爆发了。他侃侃而谈，认为天下思治，心向李唐，不会像三国时期那样分裂，因此，永王必败。肃宗龙心大悦，当场封他为扬州大都督府长史（从三品）、淮南节度使，专职讨伐永王璘。高适由此一跃而为封疆大吏，最终进封渤海县侯，食邑七百户。轻看王侯的终于成为王侯，唐代诗人仅此一位。《旧唐书》称："有唐以来，诗人之达者，唯适而已。"

反观杜甫，好不容易逃出长安，在肃宗朝中做了个左拾遗。此时房琯也在肃宗朝中为相，此人既不懂军事，也不善政务，只会夸夸其谈。肃宗要罢他的官，杜甫因为与他有交情，不分是非曲直上疏说情，结果被皇上以准探亲假为由，撵出朝廷，从此四处流浪。

再看李白，更糟。永王璘为着充门面，起兵后邀请李白入幕。别看李白成天自命不凡，其实政治上相当幼稚。同时受邀的还有几个名流，他们都以种种理由婉拒了，唯独他兴高采烈跑去，还一口气写下十一首《永王东巡歌》，踌躇满志地认为："但用东山谢安石，为君谈笑静胡沙。"结果，没多久永王璘兵败被杀，李白也落了个流放夜郎的下场。

因为"诸王分镇"，三人际遇大相径庭，看似偶然，其实必然。所谓性格决定命运，狂傲是需要底气的。

2015 年 10 月 17 日初稿

杨贵妃的隐秘情人（上）

——大唐外史系列之六

不知为何，今人越来越注重外貌，为此专门造了一个新词：颜值。可惜含金量太低，不信，你试着在闹市喊一声：美女！保准满大街女性——从十六到六十——十有八九回头看看是不是喊她……

相比之下，古人对美女的界定就严苛多了。朝野公认、享誉千年的貌似只有"四大美女"。也是专门为之打造了新词：沉鱼落雁、闭月羞花。分别对应：西施——沉鱼；王昭君——落雁；貂蝉——闭月；杨玉环——羞花。

呵呵，看上去比直通通叫什么美女甚至女神要高大上多了。

四大美女中，杨玉环排名最末，名声却最大，可以说家喻户晓、老少皆知。记得我创作长篇历史纪实小说《大唐遗梦》那七八年中，每逢与人谈起，第一个反应就是：哦，写杨贵妃啊……似乎大唐三百年，唯有杨玉环。

其实，写大唐，杨贵妃最难写。历朝历代的文人墨客，似乎都喜欢弥漫在这个称谓上的香艳调调，总要想方设法涂抹几笔。什么《长恨歌》、《长生殿》、贵妃醉酒、贵妃出浴，以及汗牛充栋的外传艳史、诗词歌赋，从出生到缢死，从霓裳曼舞到夜半私语，从出浴的娇态到醉酒的媚态，从内衣样式到出汗的颜色……简直是从头到脚、从里到外用 X 光机透视完了再用显微镜审视，以至千年之下，已经不知道该怎么炒这盘冷饭了。

当下的美女喜欢时不时弄点桃色新闻博取眼球，绝代佳人杨玉环自然无须靠这个上位，因此，绯闻很少。正式记录在案的只有一桩——

《资治通鉴》卷二一六记载：

天宝十载（公元 751 年）正月，"甲辰，禄山生日，上及贵妃赐衣服、宝器、酒馔甚厚。后三日，召禄山入禁中，贵妃以锦绣为大襁褓，裹禄山，使宫人以彩舆昇之。上闻后宫喧笑，问其故，左右以贵妃三日洗禄儿对。上自往观之，喜，赐贵妃洗儿金银钱，复厚赐禄山，尽欢而罢。自是禄山出入宫掖不禁，或与贵妃对食，或通宵不出，颇有丑声闻于外，上亦不疑也"。

古人时兴婴儿出生第三日举行沐浴仪式，会集亲友为小儿消灾祈福，是所谓"三朝洗儿"。至于给大自己十几岁的干儿子"洗儿"，那就是杨贵妃的"创新"了。类似的记载最早见于唐人撰写的《安禄山事迹》：

"十载正月一日，是禄山生日……后三日，召禄山入内，贵妃以绣绷子绷禄山，令内人以彩舆昇之，欢呼动地。玄宗使人问之，报云：'贵妃与禄山作三日洗儿，洗了又绷禄山，是以欢笑。'玄宗就观之，大悦，因加赏赐贵妃洗儿金银钱物，极乐而罢。自是，宫中皆呼禄山为禄儿，不禁其出入。……"

这则野史没有"或与贵妃对食，或通宵不出，颇有丑声闻于外"等两人关系暧昧的关键证词，不知司马光从何得来。倒是有些猎奇的唐人笔记举出铁证，《事物纪源》中载："贵妃私安禄山，指爪伤胸乳之间，遂作诃子饰之。"说是两人亲热时胡儿过于粗鲁，指爪抓伤了贵妃胸乳。杨玉环只好做了个绣有图案的胸衣遮掩。

唐以前的女人内衣是有肩带的，类似肚兜。唐代开放，女人时兴袒胸露乳，内衣外穿，面料考究，花色缤纷。觉得肩带累赘有损美感，索性改为两根带子在胸下扎束。这种无肩带有花纹的内衣就叫诃子，又叫抹胸，早在杨玉环之前就有记载，之所以把这项发明记在她名下，估计也是和文人偏爱香艳调调有关。

其实，又有谁不喜欢呢？深宫宠妃私恋边关骁将，绝代美女缠绵旷世英雄，简直是顶级票房春药，不爆表都不可能！难怪治学严谨的司马光都禁不住诱惑，不但采入正史，还添上一点油加入一点醋，以致谬种流传至今。

可惜，这桩艳史仅仅是看上去很美。

先说说安禄山。乱世枭雄不假，人品长相可没有半点值得恭维的。父亲早亡，母亲改嫁突厥安姓，就此冒姓安，人称杂胡。自小就是个粗野混混，出名的盗羊贼。发迹之后更是没长成人样，《旧唐书》记述："晚年益肥壮，腹垂过膝，重三百三十斤，每行以肩膊左右抬挽其身，方能移步。……禄山肚大，每著衣带，三四人助之，两人抬起肚，猪儿以头戴之，始取裙裤带及系腰带。玄宗宠禄山，赐华清宫汤浴，皆许猪儿等入助解著衣服……"《新唐书》亦有类似记载。大腹便便下垂到膝盖，两手端着才能行走，换衣服要侍从一左一右把肚子举起来，再由另一个随从猪儿为他系裤带。这模样比猪八戒还猪八戒，杨玉环又不变态，能看得上？再说，赐浴华清池都不能自理，又如何偷情缠绵抓伤杨玉环的胸乳？

再看看杨玉环，命人把安禄山当众剥光，用"锦绣为大襁褓"把他裹起来，再命宫人用花轿抬起来晃悠嬉闹，如此"三日洗儿"，纯粹戏弄取笑，根本没把胡儿当作边关大将对待，更不要说恋人了。

引经据典啰唆了半天，其实就是一句话：万千宠爱于一身的杨贵妃是把超级肥猪当作小丑解闷开心，装痴卖傻的安禄山则是忍辱负重博取朝廷恩宠，两人之间既无情，也无性。

如此这般，问题依旧，杨贵妃有没有情人？

答案是肯定的，有。而且是才子佳人，完美绝配！

首先声明，不是某些电视剧中与杨玉环眉来眼去的大诗人李白，那都是不读书之过。

另有其人……

欲知详情，下回分解。

附记：

杨玉环被家公李隆基赐浴华清池，强行占有。入宫后，虽说万千宠爱于一身，毕竟皇上年岁已高，精力不济，难解长昼苦寂，夜半饥渴。十年深宫，终于红杏出墙，酿出一段孽缘……长篇历史纪实小说《大唐遗梦》下卷对此进行了有根有据、合情合理的详尽描述。

2016 年 3 月 23 日初稿

杨贵妃的隐秘情人（下）

——大唐外史系列之七

前文说到，杨贵妃有个情人，但不是古人言之凿凿的杂胡安禄山，更不是今人胡编乱造的诗人李白，而是另有其人。

那么，是谁？

其实，史料中还有几星蛛丝马迹，可惜今人或者忽略，或者马虎，轻轻放过，未能深究。

杨玉环入宫凡十五年，其间有两次惹恼唐玄宗，被遣送出宫。第一回是天宝五载（公元 746 年）七月，新旧唐书均未说明原委，唯有《资治通鉴》在记述她一人得宠，全家升天，以至民间传唱"生男勿喜女勿悲，君今看女作门楣"之后，紧接着叙述道："至是，妃以妒悍不逊，上怒，命送归兄铦之第……"李隆基割舍不下，当夜就召了回来，"自是恩遇愈隆，后宫莫得进矣"。

说得很清楚，杨玉环仗着受宠"妒悍不逊"——吃其他妃子的醋，闹出一场风波之后，达到目的，从此"后宫莫得进矣"，三千宠爱在一身。

第二回被遣是天宝九载（公元 750 年）二月。这一回闹得比较大，遣送出去几天，杨玉环哭哭啼啼说什么"妾罪当死"，剪下头发求情……然而到底为着什么事情，新旧唐书照样语焉不详，只说"忤旨"。《资治通鉴》这回也偷懒了，照抄旧唐书，"杨贵妃复忤旨，送归私第"几个字就交代了。

遍查史料，无论是以卫道士自居的正史还是偏爱猎奇八卦的野史，相关记述就像串了供，口径一致。唯独《杨太真外传》透露出一丝消息，记述道："九载二月，……妃子无何窃宁王紫玉笛吹。因此又忤旨，放出。"然而，善于刨根究底的专家们却轻轻放过这则史料，原因很简单，没用。

宁王李成器是李隆基大哥，李隆基血洗内宫拥立父亲为帝之后，见弟弟气势汹汹，不敢争锋，把太子宝座让给李隆基，从而得以善终，死后还捞了个"让皇帝"的好名头。他们兄弟几个都通晓音律，偶尔还会举行皇家音乐会，李隆基击羯鼓，李成器吹银笛……事后笛子遗留在宫里也是可能的。只可惜死得太早，来不及和杨贵妃发生瓜葛。

开元二十九年（公元 741 年）十一月，长安很冷，雨水落在树上就结成冰，时称"雨木冰"。病重的宁王见了叹气说道："这就是所谓的树架啊，俗话说：'树生架，达官怕。'我活不长了。"果然，三天后就死了。这则颇有些上应天命的记载不但见于野史，《旧唐书》也郑重其事将其录入。无论是真是假，总之，开元二十九年冬，宁王已经没了。此时杨玉环刚刚赐浴华清池，被皇上兼家公的李隆基牵上御榻……

这时间差未免也太大了。

古人却不这样认为。中唐诗人张祜有一首很出名的绝句：

虢国夫人承主恩，平明骑马入宫门。

却嫌脂粉污颜色，淡扫蛾眉朝至尊。

今人（包括笔者本人）据此推断杨贵妃的姐姐虢国夫人与唐玄宗多半有猫腻。张祜写了数十首这类吟咏开元、天宝宫中轶事的绝句，堪称唐诗精品。他生活的年代与开元天宝不远，诗中涉及的人与事应该有所依据，可惜诗人没有留下注解，后人只能猜测。比如这一首：

虢国潜行韩国随，宜春深院映花枝。
金舆远幸无人见，偷把邠王小管吹。

邠王李守礼是李隆基的堂兄，比宁王大十余岁，完全可以当杨玉环的爷爷了。何况不学无术，于音乐一窍不通，更不会吹笛弄箫。后人认为多半是诗人笔误，有些版本索性直接改为"金舆远幸无人见，偷把宁王小管吹"。

看来，杨贵妃偷吹管笛确有其事，并非空穴来风。

照理说，吹吹别个的笛子没什么大不了的，张祜似乎也担心世人不懂含蓄，另写了一首露骨的：

日映宫城雾半开，太真帘下畏人猜。
黄幡绰指向西树，不信宁哥回马来。

日薄宫城，暮霭沉沉，杨玉环伫立帘下若有所思，小丑黄幡绰知道她的心事，故意指指西边，说是宁王又来了。贵妃虽然不相信离去的宁哥这时候还会转回来，依然忍不住举目眺望……

杨贵妃为什么盼望宁王（而且是宁哥）？为什么怕人看

出？这首绝句就差捅破窗户纸了。

前面说了，杨贵妃与宁王不可能有交集，为何张祜却一再指证他俩关系不寻常呢？内中究竟有何隐情？看来需要把脑洞打开一点。

宁王有十个儿子，长子汝阳王李琎是个出色人物，史料称其"姿容妍美，秀出藩邸"。杨玉环的原配夫婿寿王李瑁也是以秀美著称，其父亲李隆基却认为李瑁不及李琎。加上李琎聪悟敏慧，精通音律，因而很是得宠，"每随游幸，顷刻不舍"，有时甚至取代宫廷乐工，为皇上奏乐消遣。李琎的音乐天赋得自遗传，自用的乐器想必也是家传，如此便不难解释杨贵妃为什么能够"窃宁王紫玉笛吹"。笛子是宁王的，持有者已经是宁王的儿子了。一个是才艺双绝的英俊王子，一个是能歌善舞的绝代佳人，辈分相同，年龄相仿，气味相投，心性相通，时常在一起演乐习舞，一来二去，不擦出火花都难！

由此更可以诠释《杨太真外传》透露的消息：歌舞歇了，乐工散了，汝阳王李琎也出宫去了。杨玉环恋恋不舍拿起情人有意无意遗下的笛子，贴着嘴唇呜呜地吹起来。李隆基平日已经察觉他俩眉来眼去，见此情景更是气不打一处来，呵斥道：外人的笛子，唾沫未干，吹什么吹！杨玉环色厉内荏，顶了回去，于是"忤旨，放出"。

以上的脑洞大开得有点骇人听闻，然而历史上的结局更加骇人。杨贵妃是天宝九载（公元 750 年）被遣送出宫的，正值盛年的汝阳王李琎十分蹊跷地也在这一年暴毙。是否因为私情暴露，唯有天知道了……

2016 年 3 月 27 日初稿

"天下虽安，忘战必危"

——大唐外史系列之八

当今世界不太平。奥运会上居然多次出现无国籍难民代表队。五环旗下的人道主义光芒，折射了遍布全球的动乱、苦难和血泪……世界何止不太平！

于是乎，"好战必亡""忘战必危"的古训顺理成章顺应潮流地从尘封的历史中走了出来，时不时在各类媒体各种场合刷一刷存在。

此话截取自春秋战国时期一部兵书《司马法》："国虽大，好战必亡；天下虽安，忘战必危。"

老祖宗的名言自然不会错。然而在我看来，中华民族尤其是占据绝对优势的汉族，天性热爱和平，自从春秋战国走到"秦王扫六合"，中华大一统之后，对外用兵不多，更谈不上"好战"……或许这正是中华文明延绵数千年不亡的原因之一……有待史学家考证。"忘战"倒是经常的，历朝历代，忘战而危甚至忘战而亡的前车数不胜数，煌煌盛唐也不例外。

大唐开基一百多年，到了开元末天宝初可说走到鼎盛之巅。不但是王朝的巅峰，而且是中国数千年封建社会的巅峰。

唐末郑綮的《开天传信记》有一段话可做注脚："天下大治，河清海晏，物殷俗阜。安西诸国，悉平为郡县。自开远门西行，亘地万余里，入河隍之赋税。左右藏库财物山积，不可胜较。四方丰稔，百姓殷富。管户一千余万，米一斗三四文，丁壮之人，不识兵器。路不拾遗，行者不囊粮……"

颂扬的话语肯定有些夸张，不可全信，却也不必全然不信。视作当今的"微信"，微微相信就是了。这段话最吸引笔者眼球的是"丁壮之人，不识兵器"，读史无数，这八个字最能说明天下何等太平。

四海如此升平，最高统治者唐玄宗李隆基自然是心安理得拥着绝代美女杨贵妃寻欢作乐了。实事求是，李隆基并非"坏皇帝"，甚至可以算是"好皇帝"，毕竟旷古盛世是在他的治理下呈现的。皇帝也是人，都已经如此辉煌了，还要怎样？

千载之下，明末清初的王夫之在《读通鉴论》中对此有三句点评相当精彩："所愿者在是，所行者及是，所成者止是，复奚事哉？"

所有想要的都有了，所有要做的都做了，所有的功业都圆满了。还能做什么？当然只有沉湎声色，修道炼仙了。

只可惜卧榻之侧有人不容他安睡。天宝十四载（公元755年）十一月，镇守东北的杂胡安禄山突然起兵造反。虽然安禄山兵强马壮，气势汹汹，挑战的却是超级庞大的帝国，按说不是鸡蛋碰石头自取灭亡，也是小泥鳅掀不起大浪。没想到叛军过黄河，陷洛阳，破潼关，一路攻城略地，势如破竹，仅仅半年时间便直取帝国心脏西京长安！

为什么？

看看有关史料记载吧。当时的朝廷，"久处太平，不练军事"（《旧唐书·哥舒翰传》）。当时的封疆大吏，"太平久，不知战"（《新唐书·张介然传》）。至于普通将士与民众就更不待说了，"闻吹角鼓噪之声，授甲不得，气已夺矣，故至覆败"。"……率众乘城，闻师噪，自坠如雨……"听到叛军号角杀声，已经魂飞魄散，兵器都拿不稳了，甚至自己掉下城去。

时代稍后的唐人撰写的《安禄山事迹》，在记述这段史实之时又一次想起了古训：叛军"所至郡县无兵御捍，兵起之后，列郡开甲仗库，器械朽坏，皆不可执，兵士皆持白棒。所谓天下虽安，忘战必危"。

难怪叛军如入无人之境，难怪大唐万里疆域有如纸糊泥捏，难怪安分守己的百姓惨遭涂炭，难怪高高在上的天子变成丧家之犬，难怪……

遥远的古训从历史深处一步步走来，带着数不完的战乱、淌不尽的血泪，一次次警醒龙的传人，不能"好战"，更不能"忘战"——

天下虽安，忘战必危！

2016 年 8 月 10 日急就

无赖主政——奇葩上位记

——大唐外史系列之九

说起大唐，无论正说、反说、歪说，还是戏说，都绕不开两个奇葩。

哪两个？

无赖杨国忠。

盗贼安禄山。

无赖可以充当宰相，掌管大唐一应政务。盗贼可以兼任三道节度使，统帅帝国最强大的军队。然后以一己之力……哦，两己之力，生生把中国历史上最为强盛的大唐帝国整垮。

真是奇葩莫问出处，够稀奇古怪就好。

先说杨国忠。此人原名杨钊，盛唐最后一个宰相。说他是无赖，绝对没有半点抹黑。且看《新唐书·杨国忠传》是怎么记述他的：

"杨国忠，太真妃之从祖兄……嗜饮博，数丐贷于人，无行检，不为姻族齿。……从父玄琰死蜀州，国忠护视其家，因与妹通，所谓虢国夫人者。衰其资，至成都樗蒲，一日费辄尽，乃亡去。"

杨贵妃同曾祖的堂兄（是亲戚，有点远）。贪杯好赌，多次乞求借钱，估计有借无还，所以说他品行不良，亲戚不齿……接着叙述了一件不齿之事：趁着堂叔父过世，到他家帮忙之机，不但把死者的二女儿勾搭上了，还把她的私房钱搜罗一空，跑去成都赌博，一天输光，从此不见踪影。

这种始乱之、终弃之、临走还要捞上一把的流氓无赖，非但亲戚朋友不齿，想必连黑社会混混都瞧不起。黑社会都要讲点义气呢，对吧。这样的无赖照理是没什么好结果的。然而，奇葩自有奇葩狗屎运。

鬼混了些年头，到了天宝初年，杨国忠勾搭的杨家二女的妹妹杨玉环冷不丁成了皇上新宠。一人得道，鸡犬升天，杨家兄弟姐妹都被接到长安享福了。虽说杨国忠与他们的亲戚关系出了三代，没能跟着一道升天，到底还是被他扯上了一条裙带——别误会，扯的不是杨贵妃的裙子，他在杨家鬼混之时，杨玉环已经被河南叔父领养了，并无交集——扯的是他的老情人杨家二女儿。

当时的剑南节度使打算派人进京打点。这类"跑部进京"、搭通"天地线"的行径历朝历代都屡见不鲜，不足为奇，这位封疆大吏出彩的地方是颇有前瞻眼光。听说自己治下的杨家有女新得宠，尚无人巴结，打算出奇制胜，钻营钻营这条新贵门路。于是找到杨国忠，给他钱财去长安打点。呵呵，真是天上掉下金元宝，正正砸在脚背上！穷途潦倒半生的杨国忠顿时神气起来，带着价值十万贯的精美蜀货启程上路。无赖就是无赖，脸皮也够厚，到了长安便直奔被他坑害惨了的杨家二女新居。

狗屎运就是狗屎运，那二女居然正好死了老公，倒像是特地为他腾出了床铺。这个女人可不一般，杨玉环有三个亲姐姐，她是二姐，后来被封为虢国夫人，再后来把妹夫唐玄宗也搞上了。当朝宰相是她的面首，当今皇上是她的情夫，那才叫气焰熏天！不过这是后事，当时远未"爆红"，只是一个孤零零带着儿子度日的小寡妇。突然旧情人带着金元宝从天而降，自然喜出望外，不计前嫌，连人带财照单全收！旧时有句不太常用的俗语叫做"烧冷灶"，杨国忠这回算是押对了冷门，烧对了冷灶。

据笔者我这个滥竽充数的唐史"砖头家"看来，杨国忠扯这个女人的裙带比扯杨玉环的管用得多。杨贵妃言行举止要顾及名位身份，她二姐却是肆无忌惮，连皇上都敢调情的女人，还有什么不敢说，有什么不敢做？于是，在她的强力推荐下，杨国忠很快就捞了个小官，主要职责便是陪杨氏三姐妹进宫哄皇上开心。

当然，除了扯裙带，无赖还有无赖的本事。当时唐玄宗很热衷和杨氏众姐妹樗蒲，也就是掷骰子。据说现今骰子上的"四"涂成红色，便是来自唐玄宗与杨贵妃一次掷骰赌胜。野史记载，有一回唐玄宗赌局不利，只有掷出两个四才能转败为胜。皇上也有争强好胜之心啊，他连声吆喝，果然抛出两个四！"上大悦，命将军高力士赐四绯。"唐朝官服，绯色以上为高级干部。呵呵，"四"是高官哦，可不是什么"死"的谐音。貌似应该趁着没人留意，赶紧烧一烧冷灶，抢个"444"之类的车牌，说不定日后会值大价钱。

还有一则逸闻，说是虢国夫人撒痴耍娇，抱怨输不起，唐玄宗立即下旨赏杨氏三姐妹每月十万脂粉钱，然后嬉笑问道：可以输点给朕了吧……

以上均为野史，无从考证。然而无风不起浪，唐玄宗喜欢樗蒲为戏想必不假——众美环绕，花枝招展；呼卢喝雉，娇声浪语，春色无边，其乐融融，绝对超越"城会玩"，可以称作"帝会玩"。不过，赌局终了，计算赢输却是个头疼的事儿，人多嘴杂，怎么也算不清。杨国忠这时便显出了英雄……哦，赌徒本色，《资治通鉴》记载："杨钊侍宴禁中，专掌樗蒲文簿，钩校精密。上赏其强明，曰：'好度支郎。'"

混迹赌场半辈子，算个赢输还不是小菜一碟？没想到这种赌徒基本伎俩也能博取皇上欢心，这狗屎运也太狗屎了吧。

之后的事就不赘述了。简而言之，无赖赌徒杨国忠从此青云直上，几年工夫，不但当了"度支郎"（财政部正司级干部），还要直上，直到一人之下万人之上，直到与另一个奇葩，盗贼安禄山迎头对撞，他的狗屎运才算戛然终止……

欲知后事，请看大唐外史系列之十：《盗贼统军——上位的绝招》。

2016 年 9 月 2 日草成

盗贼统军——上位的绝活

——大唐外史系列之十

提起大唐，都知道是盛世。用学术话来说，当时的大唐帝国经济发达、文化繁荣、国力强盛、疆域辽阔，无可争锋！通俗点说，那就是地球上最牛的巨无霸。只可惜，牛了没几年就崩盘了，土崩瓦解的速度同样令人瞠目结舌。

其实，大唐将近三百年，所谓盛唐只有区区三十来年。

就像股市崩盘一样，各式各样的"砖头家"们总能找出由盛而衰的种种原因，然而，不论怎样错综复杂，离奇玄妙，都绕不开两个奇葩：无赖杨国忠和盗贼安禄山。

上一篇写了杨国忠，这一篇自然接着写安禄山。说杨国忠是无赖毫无半点抹黑，指证安禄山是盗贼也没有一丝诬陷。唐末有一部别史杂记《安禄山事迹》，是今人研究安史之乱的重要资料。此文在简述安禄山来历之后，记述的第一桩事迹便是偷盗：

"张守珪为范阳节度使，禄山盗羊奸发，追捕至，欲棒杀之。禄山大呼曰：'大夫不欲灭奚、契丹两蕃耶？而杀壮士！'

守珪奇其言貌，乃释之，留军前驱使，遂与史思明同为捉生将。"

新旧唐书、《资治通鉴》均有类似记载，应该可信。

平心而论，这安禄山也是个人物。他本姓康，母亲是突厥女巫，信奉的是祆教，也就是拜火教。怎样，不同凡响吧？自幼失孤，母亲带他改嫁给一个姓安的，之后改姓安，后世称之为"营州杂胡"。十几岁便与一班小伙伴闯荡山林，估计偷盗牛羊的本事就是这时候练成的。据说他"解六蕃语"（一说九蕃语），会讲六个甚至九个部族语言，够厉害吧？可见他浪荡的地界真不少。靠这本事，他做起了互市牙郎的营生，也就是给各个部族的贸易当经纪兼翻译混饭吃。估计肚子大，填不饱，时不时再来点顺手牵羊。上得山多终遇虎，不慎失手被逮。倘若就此"棒杀"，或许几十年后就不会出现"安史之乱"，就没有马嵬坡兵变，杨贵妃投缳，也就没有《长恨歌》……然而世事的确难料，盗羊贼非但大难不死，还因祸得福，就此从军，步入上升通道。将帅惜才用才，反倒就此为大唐更为自己养虎为患。

上述史料中的所谓"捉生将"，就是小队人马四出游击搜捕敌人。安禄山本来就是山野游民，干这个可谓如鱼得水，颇有斩获。然而他上位不靠政绩，主要靠巴结表忠，而且是"愚忠"。比如，一有机会就帮主将洗脚，装出一副感激涕零的孙子模样；主将嫌他太胖，他就此不敢吃饱，节食减肥；最后，还逮住机会认了干爹，成为主将的养子……

如此这般鞍前马后、殷勤巴结，加上时不时立些战功，七八年间，安禄山从盗羊贼起步，节节高升，成了张守珪帐下的大将。

问题随之而来。恩公不过是一镇节度使，提拔属下的空间有限。拿现在的职场语言来说就是，安禄山的上升空间遇到了天花板。一般人遇到这种情形只有两个法子，或者共同进退，或者另择高枝。安禄山就是安禄山，另有绝招：天花板碍事，索性拆掉！

开元末年，节度使张守珪谎报战功，遭人告发。告密者就有为他洗脚的杂胡。结果，张守珪被贬，安禄山上位，没过多久便升任平卢节度使，正式成为一方诸侯。此时，距离他盗羊被逮仅仅十年工夫！

作为封疆大吏，顶头上司就是皇帝老儿。这天花板高哦，真是天高任鸟飞。安禄山表忠邀宠的本事得到了充分发挥的空间，愈发娴熟精妙。除了喋喋不休地说些"事主不忠，（虫）食臣心"，腹中"止有赤心耳"，"愿以此身为陛下死"之类的陈词滥调，更会别出心裁，屡出奇招。

比如，假装不识太子为何官。天宝六载（公元 747 年），安禄山入朝觐见，不拜太子。左右催促他，他却装傻说道："臣胡人，不习朝仪，不知太子者何官？"唐玄宗以为他真不懂，亲自解释："此储君也，朕千秋万岁后，代朕君汝者也。"安禄山居然回应道："臣愚，向者惟知有陛下一人，不知乃更有储君。"

"俺心里只有皇上一个人"，瞧瞧这马屁拍的。结果，"上以为信然，益爱之"。

还是这次觐见。本来唐玄宗已是对他宠幸有加，叫他与杨贵妃的兄长、姐姐"约为兄弟"（《安禄山事迹》）。安禄山却不乐意，"请为贵妃儿"——请求认杨贵妃为干妈，并且从此"先拜贵妃。上问何故，对曰：'胡人先母而后父。'上悦"（见《资治通鉴》卷二一五）。

此时安禄山 45 岁，杨玉环 29 岁，按说当爹都可以了。然而年龄不是问题，既然皇上是君父，皇上的老婆——小老婆——当然是君母。理由充分！

这才叫作剑走偏锋，这才叫作出奇制胜！当然，这也是安禄山的惯用伎俩，当年他就是以认干爹当干儿子起家的。可惜李隆基蒙在鼓里，杨玉环还以此为乐。唐朝有"三日洗儿"的习俗，婴儿出生三日有一番庆祝。正月初一是安禄山生日，初三，安禄山被招进宫，杨贵妃命宫女以锦绣为大襁褓，把安禄山包裹起来，再用轿子抬起来游走，嬉戏喧闹之声惊动了唐玄宗，派人去问，回报说："贵妃与禄山作三日洗儿，洗了又绷禄山，是以欢笑。"唐玄宗听了赶去看热闹，大悦，"赏赐贵妃洗儿金银钱物，极乐而罢"。

此事见于《安禄山事迹》，《资治通鉴》亦有类似记载。手握重兵，镇守北疆的统帅被后宫嫔妃当作玩物戏耍取乐，皇帝老儿竟然还乐颠颠地大加赏赐，如此荒唐闹剧，千古之下依然令人瞠目。

虽说闹剧荒唐，却是"尽欢而罢"。宫人解了闷，皇帝看了稀奇，杂胡收获最大，得到更多宠幸……

如此种种，安禄山以其最擅长的"痴直""愚忠"表演，最拿手的认干爹干妈，换取了不间断的上位，又是不到十年，便身兼范阳、平卢、河东三镇节度使，手握重兵占全国百分之四十。

虽说帝国疆域广阔，天子高高在上，上升空间无与伦比，终归还是有限的。天宝九载（公元 750 年），安禄山被封为东平郡王，这是大唐开国以来第一个被封为异姓王的将帅。这既说明安禄山得到了前所未有的荣宠，也表明他的上位再次触及天花板。已经封王了，再往上还能封什么？总不能封你做太子继承皇位吧，虽说认了干妈。

怎么办？还是拿手的绝活，天花板碍事，拆掉！

天宝十四载（公元755年）冬，经过几年准备，安禄山起兵造反。一年之后便在洛阳登基，自称"雄武皇帝"，国号"大燕"，开始了自建"天花板"的宏图大业……正所谓有其父必有其子，榜样的力量是无穷的，他的绝活被儿子学了去。也是一年之后，儿子安庆绪伙同阉奴李猪儿将亲爹乱刀砍死在床上，成功上位，过了一把皇帝瘾。

顺便说说，无赖杨国忠和盗贼安禄山这两个奇葩合力整垮盛唐之后，殊途同归，都死于非命。杨国忠是在马嵬坡兵变中被乱刀剁为肉泥，尸骨无存；安禄山好歹还被儿子用毡子包裹在床下挖个坑埋了。如此看来，盗贼下场比无赖强了一点点……

附记：

无论哪个角度看，安禄山都是个全才奇葩，这篇小文根本无法详述。有兴趣可以找来野史《安禄山事迹》看看。

2016年9月8日初成

一场子虚乌有的风花雪月

——大唐外史系列十一

大唐开放，开放程度难以想象。

史料记载，京师长安，世界上第一个人口过百万的城市，内中胡人竟然有十几二十万！想象一下如今北京城人口两千多万，倘若杂居三五百万外国人，那可真是够壮观够热闹了。并且都享受"国民待遇"，可以开店做生意，买地买房子，可以参加科举考试，考取了进士还可以做官。其中日本留学生阿倍仲麻吕混得最好，官至从三品，死后追赠从二品。要知道，当朝宰相也不过三品而已。

当年没有女权运动，妇女地位却穿越千年。唐代相关律法规定，子女未征得家长同意，已经建立了婚姻关系的，法律予以认可……呵呵，没看错，恋爱自由早已有之，不是五四时期的新玩意。相关律法同样规定了"协议离婚"，敦煌莫高窟就出土过"放妻协议"，相当于今天的"离婚协议"，原文节录如下：

......

凡为夫妻之因，前世三生结缘，始配今生夫妇……

......

若结缘不合，想是前世怨家。反目生怨，故来相对。妻则一言数口，夫则反目生嫌。似猫鼠相憎，如狼羊一处。

既以二心不同，难归一意，快会及诸亲，以求一别，物色书之，各还本道。

愿妻娘子相离之后，重梳蝉鬓，美扫娥眉，巧逞窈窕之姿，选聘高官之主，弄影庭前，美效琴瑟合韵之态。

解怨释结，更莫相憎；一别两宽，各生欢喜。

......

过不下去好合好散，"一别两宽，各生欢喜"。相当和谐，相当人性化，比今天那些一言不合就互撕之流不知高大上多少倍。

风气如此开放，妇女离婚再婚根本不算事。寻常百姓不见记载，以见诸史料的唐代公主为例，再嫁者甚多。有好事者统计，初唐至盛唐，公主再嫁者 23 人，甚至三嫁的都有 4 人。也是够忙乎了。我的大唐外史系列中提及的安乐公主、太平公主都是一嫁再嫁，还要养面首。那些什么"从一而终""饿死事小，失节事大"之类的混账东西都是后来才有的。

正是这种开放包容的社会氛围，孕育出一场美妙的风花雪月。

话说大唐开元年间，一日天寒微雪，王昌龄、高适、王之涣到旗亭小聚。所谓旗亭，就是小酒馆，外观类似亭阁，酒旗高悬，因此得名。别看这三人已是出名诗人，却都没混出名堂，口袋空空，只能赊酒小饮。正喝着，忽有十几个梨园伶人登楼会聚宴饮。注意啰，所谓梨园，是唐玄宗李隆基的创举。他是个货真价实的音乐家。刚当上皇帝，便迫不及待挑选了数百名乐工，亲自在梨园教他们排练。《资治通鉴》记载，这些乐工"谓之'皇帝梨园弟子'"。今人考证，这是我国历史上第一所国立皇家音乐舞蹈学院，呵呵，来头不小哦。三个小酒都喝不起的穷书生当然只能避让，挪到酒楼一角烤火看热闹。片刻之后，又来了四位妙龄歌伎，艳丽飘逸，美艳之极。若在今日，绝对女神级别。众女落座后开始奏乐唱歌，唱的都是名曲。不像今天的诗歌只有诗没有歌，当年时兴诗作入歌，不能传唱的诗词只能算是文字垃圾。

听着这些美女唱的全是名诗名句，诗人们来劲了，其中，王昌龄最年轻气盛，提议道：我等各擅诗名，总是没法自定甲乙，今日正好悄悄旁观这些女伶自娱自乐，"若诗入歌词之多者，则为优矣"。

过了一会，一个歌伎击节而唱：

"寒雨连江夜入吴，平明送客楚山孤。洛阳亲友如相问，一片冰心在玉壶。"

王昌龄用指甲在板壁上画了一道："绝句一首。"

接着另一个歌伎唱道：

"开箧泪沾臆，见君前日书。夜台何寂寞，犹是子云居。"

这是高适《哭单父梁九少府》前四句，截出来入歌。高适也学着在板壁上画了一道。

又过了一会，再一个唱道：

"奉帚平明金殿开，强将团扇共徘徊。玉颜不及寒鸦色，犹带昭阳日影来。"

还是王昌龄的，他兴冲冲又画了一道："绝句两首。"

王之涣年纪最大，成名最早，却一首都没有，脸上有点挂不住了，对乐滋滋的两个同伴说道："这些都是潦倒女伶，也就唱唱下里巴人罢了，哪里敢唱阳春白雪？"

王昌龄不服了，梨园可是皇上亲自创立的皇家乐团，这叫下里巴人？

王之涣没理会，指着众歌伎中一位双鬟女问道："你们瞧瞧，此女是否最为出色？"

另外两人都点了头。王之涣继续说道："待此子所唱，如非我诗，吾即终身不敢与子争衡矣。脱是吾诗，子等当须列拜床下，奉吾为师。"

这个赌注下得大了，三人不再吭声，笑眯眯地等候。终于轮到双鬟女，一开腔，果然是：

"黄河远上白云间，一片孤城万仞山。羌笛何须怨杨柳，春风不度玉门关。"

王之涣大笑，揶揄道："田舍奴，我岂是乱说！"

三人纵情大笑，笑声惊动众女伶，不解地起身问道："我等在此聚会，不知诸郎君为何如此大笑？"

诗人察觉失礼，连忙说明缘由。

众女听了转嗔为喜，行礼道："俗眼不识神仙，乞降清重，俯就筵席。"

三个穷文人也不假模假样，"从之，欢醉竟日"。

这就是有名的旗亭画壁故事。诗人的自信争衡、旷达率性，皇家歌姬的知书达礼、敬重人才，栩栩如生，勾勒出一幅诗与歌、酒与乐珠联璧合的盛唐市井风情画，上演了一曲传颂千古的风花雪月。

遗憾的是，"砖头家"们无比严谨地考证了三个诗人的行踪，无可争辩地证实，他们成名之后，没有在长安齐聚论诗的机会，旗亭遇美，画壁赌胜，纯属子虚乌有。

呜呼，"砖头家"们再次令人讨嫌。作为同样是摇笔杆……哦，如今是敲键盘……的穷文人，笔者我宁愿相信这是真的，文人与歌女略无嫌猜，推诚相待的美妙传说，理应出现在盛世，也只能出现在盛世……

附记：

旗亭画壁故事最完整的版本见于唐传奇《集异记·王之涣》。虽然是虚构的，长篇历史纪实小说《大唐遗梦》依然将其采用，并作为重要线索，细腻曲折地描写了王之涣与绝色歌女、高适与当垆胡姬两对才子佳人的悲欢离合、生离死别，堪称凄美惊艳。

2016 年 10 月 3 日初稿

一个不知所终的钓鱼诗人

——大唐外史系列十二

钓鱼本是玩儿，古时的文化人偏偏喜欢拿来说事。

始作俑者当属姜太公。这老儿七十岁还不安分，跑到渭水边摆出一个特立独行的钓鱼范儿。古人是这样记载的："姜尚……直钩钓渭水之鱼，不用香饵之食，离水面三尺，尚自言曰：'负命者上钩来！'"（《武王伐纣平话》卷中）

直钩，不用鱼饵，离水三尺，嘴里还念念有词：愿者上钩。嘿嘿，这也太矫情做作了。然而你还别说，真有上钩的，周文王居然就把这个假模假样的糟老头请回去奉为上宾，居然就有了周朝八百载基业，而且还留下一句成语：姜太公钓鱼，愿者上钩。

这事儿十有八九只是个传说，当不得真。最明白无误的证据就是，自姜太公之后，再也没听说哪个智商正常的拿着钓竿到水边傻等天降大任，更没见过哪位高高在上的会去渔樵之中寻访治国能人。因为这是不可能的。

文人胡诌的能耐不由你不服，就钓鱼这点破事也能花样百出。试举几例：

憨厚一点的，学着姜太公模样，借着钓鱼表露上位的欲求。比如挺有名的唐代诗人孟浩然那首《望洞庭湖赠张丞相》：

"八月湖水平，涵虚混太清。气蒸云梦泽，波撼岳阳城。欲济无舟楫，端居耻圣明。坐观垂钓者，徒有羡鱼情。"

诗写得不错，尤其颔联，千古名句。然而尾联就不咋样了，厚着脸皮求宰相引荐，却始终没捞到一官半职。

另一个唐代诗人常建更坦白：

"湖上老人坐矶头，湖里桃花水却流。竹竿袅袅波无际，不知何者吞吾钩。"（《戏题湖上》）

直说看看谁上钩，这也太赤裸裸了。

这类诗词不少，以至后人——唐代的后人，不是今人——爱新觉罗·弘历，对，就是乾隆皇帝，专门作诗大加嘲讽：

"飘然蓑笠坐船唇，不挈渔僮独理纶。傲志羞登隐逸传，钓鱼多有钓名人。"

还是皇上圣明，什么钓鱼啊，钓名沽誉罢了！

心眼活泛些的，知道借钓鱼上位没戏，转而欣赏垂钓的无拘无束，自由自在：

"钓罢归来不系船，江村月落正堪眠。纵然一夜风吹去，只在芦花浅水边。"（司空曙《江村即事》）

真不是一般的逍遥自在。这类钓鱼诗词最多，而且情景交融，颇有品位。比如郑板桥的《道情十首》之第一首：

"老渔翁，一钓竿，靠山崖，傍水湾；扁舟来往无牵绊。沙鸥点点轻波远，荻港萧萧白昼寒，高歌一曲斜阳晚。一霎时波摇金影，蓦抬头月上东山。"

活脱脱一幅无牵无挂，悠然自得的渔乐图，令人羡煞。

另一个清代文人王士祯的《题秋江独钓图》：

"一蓑一笠一扁舟，一丈丝纶一寸钩。一曲高歌一樽酒，一人独钓一江秋。"

同是渔乐，却在潇洒惬意中透出几分豪情傲气，暴露了高官名流的身份。有趣的是，同样是清代名流的纪晓岚有一首类似的，题为《钓鱼》：

"一篙一橹一渔舟，一个梢头一钓钩。一拍一呼还一笑，一人独占一江秋。"

从年代来看，明显是姓纪的抄袭姓王的，而且抄出纰漏，孤舟独钓怎么可能拍掌呼笑，犯傻啊？想出彩却成了出糗，明摆着不会钓鱼。

同样是写钓鱼，最震撼、最有气势的当属柳宗元的《江雪》。他因为主张革新被贬，流放南蛮整整十年，始终坚定信念，坚守情操，足履蛮荒之地而处之泰然，身处孤寒之境仍我行我素，遗世独立，卓尔不群，最终从心灵深处吟出一曲千古绝唱：

"千山鸟飞绝，万径人踪灭。孤舟蓑笠翁，独钓寒江雪。"

什么叫风骨？什么叫气节？读读这首诗！

当然，不管这些钓鱼诗多么精彩，都是拿来说事，说说而已。真正把钓鱼当回事，真的沉迷钓鱼，吟诗是行家，垂纶是里手的，古来今往唯有一人。

先读一首脍炙人口、耳熟能详、小学课本就有的《渔歌子》：

"西塞山前白鹭飞，桃花流水鳜鱼肥。青箬笠，绿蓑衣，斜风细雨不须归。"

山水桃花，烟雨迷蒙，青绿蓑笠，肥美鳜鱼……格调清新，情景交融，这才是地道的渔人垂钓图。作者张志和，拿现在的话来讲，就是个异类。他本名张龟龄，字子同，道号玄真子，自称烟波钓徒。弄了这么些名号，可不是为着好玩，个中故事多多。

据史料记载，张龟龄是婺州金华（现浙江金华）才子，十六岁科举及第，颇得当时皇上唐肃宗赏识，命为待诏翰林，授了个八品官，还特地赐名"志和"。当年李白四十出头才被唐玄宗召去做翰林，而且没授官，更没有为他改名，已经得意扬扬差点忘了姓什么。两相比较，张志和高出不止一筹，绝对可以算作少年春风。然而好景不长，没多久就因事获罪……因什么事，获什么罪，历代"砖头家"们都没有考证出来，我这个半吊子当然也无从得知。总之被贬到南浦县（现重庆万县）做个小县尉。当年可不比现在，那儿是蛮荒之地，一个京城新秀猛一下被扔到穷乡僻壤管治安，与小偷盗贼打交道，这落差也忒大了点。史书没有记述他心情有多么憋屈、失落，只是简略记载待到朝廷宽赦他的时候，他却以奔丧为名，回老家不干了。从此无意官场，扁舟垂纶，浮三江，泛五湖，自称烟波钓徒。

起初，他还偶尔做点正经事，比如研究周易，写了一部书叫《太易》；研究道家，又写了一部书叫《玄真子》。可能是很满意自己的研究成果，索性把书名作为自己的道号。此外，他也时不时玩点风雅。当时颜真卿任湖州刺史——没错，就是那个开创颜体的大书法家颜真卿，吴越一带的文士诗人时常在颜真卿幕中聚会。张志和善画山水，而且要在酒酣乘兴、击鼓吹笛的环境中踏着音乐节拍挥毫泼墨……实在是太有才了！

不过，他的兴致显然还是泛舟垂钓。颜真卿见他的小船太破烂了，提出为他换条新的。张志和毫不客气，当即回答：倘若惠赠渔舟，我就把家漂在水上（原话是"愿为浮家泛宅"），来往江湖，此生足矣。这个烟波钓徒还真的说到做到，得了新船，渐渐不见踪影，最后不知所终。以至颜真卿无奈地写道："忽焉去我……岂烟波，终此身。"翻译成现在的大白话大致就是："忽然离开我不见了，难道是一辈子烟波垂钓去啦？"

后人因此传说张志和得道成仙了。擅长辑录奇闻轶事的《太平广记》中引用了一则《续仙记》，言之凿凿地记录了升仙情景：志和铺席水上，独坐自酌，挥手告别，上升而去……

今人当然科学多了。权威专家研究认定，这则记录张志和用道家水解方法升仙的轶事，其实就是张志和像屈原那样自沉于水……

我历来对"砖头家"们不太感冒，这一回更是坚决反对。《太平广记》是北宋以前的古代小说总集，说神论鬼，搜奇集异，怎可视作信史？以此为一个人做结论，绝对"历史冤案"。

《新唐书》就比较严谨，把他归入"隐逸"，没有说他成仙，更没说他自沉，却也无法交代他的结局。因此，至今他的生卒年不详。

笔者我坚决以为，能够唱出如此清亮美妙的渔歌，不可能效仿屈原。张志和生性高洁，既不见容于官场，又厌倦世俗红尘，一定是寄情山水，归隐浩渺烟波去了：

"青草湖中月正圆，巴陵渔父棹歌连。钓车子，橛头船，乐在风波不用仙。"（《渔歌五首》之五）

瞧瞧，明说了，乐在风波不用仙。

2016 年 10 月 24 日初成

秦时明月汉时关

——大唐外史系列十三

格律诗风行千年，若论气势，当属盛唐边塞诗，又以下列两首为最：

秦时明月汉时关，万里长征人未还。
但使龙城飞将在，不教胡马度阴山。
　　　　　　　　——王昌龄《出塞》
黄河远上白云间，一片孤城万仞山。
羌笛何须怨杨柳，春风不度玉门关。
　　　　　　　　——王之涣《凉州词》

以我看来，后人——当时的后人以及后来的后人直至今天的后人——无以逾越。

唐代边塞基本在北方，又以西北为甚。据好事者统计，一部《全唐诗》，边塞诗约2000首，其中1500首与大西北有关。这很正常，正如大师陈寅恪所言："李唐承袭宇文泰'关中本位政策'，全国重心本在西北一隅。"因此从太宗立国至盛唐玄宗之世，均以"保关陇之安全为国策"（《唐代政治史述论稿》）。

笔者自幼生活在南方，而且是最南方，对大西北不甚了了。为长篇历史纪实小说《大唐遗梦》做写作准备之时，虽然读了不少古籍，看了不少古图，默诵了不少边塞诗，甚至上网查阅了不少西北游攻略……依然是纸上得来终觉浅，于是便有了自驾西北漫游的"壮举"。

风沙湮没帝国，长河淘尽英雄。千载之下，早已沧海桑田，就连煌煌帝都长安也只剩寥寥地下遗迹，与当下的西安没有半分钱关系。穿越是不可能的，幸好山川依旧、风情依稀，进入西北，感觉就是不一样。我从甘南经积石山进入海南（青海湖之南），跨过清澈的黄河上游，进入唐时称为陇右或河陇的河西走廊，过武威关、嘉峪关，至瓜州折往敦煌……从地图上看，这是一条由东而西向北隆起的不规则弧线，大致相当于当年唐朝开元天宝年间与吐蕃长期对峙、交战的分界线。有趣的是，这条线同时也是农耕向游牧的过渡带。时至今日，这种过渡景观依然相当明显，一路走去，农田与草场交错，庄稼与牛羊杂处。当年的分界线与过渡带重叠并非偶然，实际就是农耕民族与游牧民族生存碰撞的结果。

史料记载，积石地区有唐朝百姓耕种的大片麦地。每年秋天麦熟时节，吐蕃总是蜂拥而来抢收麦子，积石守军势单力薄，无法抵御，只能缩在城堡里眼巴巴地看着吐蕃人众大模大样把麦子收获殆尽，满载而归。日子长了，边民无奈地将这片农田称为"吐蕃麦庄"。终于有一回，时任陇右节度副使的哥舒翰领兵设伏，前后夹击，令前来抢粮的吐蕃人众"无一人得返者，自是不敢复来"（《资治通鉴》卷二一五）。

史书干巴巴寥寥几句，到了实地才能有鲜活感受。站在九月鹰飞的麦田上，遥想当年，金秋时节，草长马肥，游牧的吐蕃部族开始搜集粮草准备回家过冬了，最便捷的法子便是猎取。农耕的一方自然要防备，于是，冲突不可避免，而且只在秋季。春夏放牧的放牧，种田的种田，各忙各的；冬天，就是猫冬避寒了……

这条弧线的另一头——敦煌地区又是另一番情形。

戈壁大漠，明月依然清亮，关塞早已湮没。尤其阳关，只剩半截颓圮的烽燧供人追思"劝君更尽一杯酒，西出阳关无故人"的凄婉。

唐时的阳关，自然不是这副模样。

从书本上早就知道，阳关、玉门关是汉唐通往西域的门户，是"丝绸之路"的最后关隘。来到实地细细领略揣摩，才知道两关的设立暗藏玄机。当年的敦煌城外有一大泽，水草丰美。东南方为阳关，东北方为玉门关，分别扼守水泽草场，恰如敦煌面向吐蕃方向伸出的左膀右臂。此外便是鸟不拉屎的无边沙碛。因此，这儿便成了商旅驼队的必经通道。阳关南出往中亚，玉门关北进遥指地中海……驼铃叮当，日夜不息，驼队来往，货如轮转。当年的敦煌、瓜州既是边关，又是商贸集散地，相当富庶。都知道敦煌石窟吧，够恢宏，够辉煌了吧，有没有想过为什么能够出现在这片贫瘠的边地？是的，正是丝绸之路带来的财富，才有可能年复一年耗费巨大的财力物力人力凿窟画壁、写经礼佛，创造出东方神迹。

因此，此地的对峙，就不仅仅为了麦子，更多的是因为财物，大批财物。商贸络绎不绝，冲突连绵不断。

唐开元十五年（公元 727 年），吐蕃再次攻破敦煌、瓜州，大肆劫掠。这一回还下了个狠手，把瓜州的城墙都拆了，为方便下次再来。张守珪——没错，就是日后赦安禄山不死以至养虎为患的名将张守珪——此时小荷才露尖尖角，临危受命出任瓜州刺史。新官上任三把火，正当他率领军士与劫后民众重修瓜州城，修筑城墙的板障刚刚立起之时，吐蕃部族又来了。城中军民大惊失色，不知如何是好。张守珪断然决策：敌众我寡，又在新败之后，无法用刀箭对峙，只能用奇计御敌。"乃于城上置酒作乐。虏疑其有备，不敢攻而退。"

唱了一出空城计，这也够铤而走险了。

注意了，三国里诸葛亮的"空城计"家喻户晓，然而据《三国志·诸葛亮传》注者考据，实属虚构，并无此事。而张守珪的"空城计"，新旧唐书与《资治通鉴》都有大致相同的有关记载，兵书《三十六计》中的"空城计"也拿来作为范例，应该比较真实。稳住阵脚之后，智勇双全的张守珪开始反击，前出敦煌、阳关玉门关，扼守水草要冲，将吐蕃逼入不毛之地，最终取得一场大胜，令这一带太平了几年。

然而也就是几年。

纵观历史，无论大汉还是大唐，以至大明大清，西北方向总是烽烟不断，南边的吐蕃、吐谷浑……，北边的匈奴、突厥……农耕民族与游牧民族的冲突始终时起时伏。颇有意味的是，作为农耕的汉族，即便族群庞大，总的态势却是防御，修筑长城，据守边关，悠悠千载，始终是"秦时明月汉时关""春风不度玉门关""西出阳关无故人"，极少劳师远征，即便出去了，也很快班师回朝。细究内中原委，恐怕与生存方式大有关系。农耕民族有房子有土地，男耕女织，安土重迁，只有庄稼遭抢、屋舍被毁，才想起猎枪，想起"保家卫国"。游牧民族全家都在马背上，逐水草而居，追逐猎取是常态，抢点粮食牲口真的不算什么。

由此看来，农耕的汉族非常缺乏侵略性，无论强盛还是衰弱，最热衷的还是自己的一亩三分地。即便远行万里，也不过是丝绸之路；甚至漂洋过海，也只是郑和下西洋。从来没有到别人地盘上弄个殖民地玩玩，更没有带着舰炮导弹到别个家门口"自由航行"……

都说以史为鉴，作为半吊子史学……人，笔者我总有一个感觉，那些叫嚷"中国威胁论"的，肯定没读过历史，至少没读过中国历史。

2016 年 11 月 21 日初稿

谁想杀死杨贵妃？

——大唐外史系列十四

　　天宝年间，大唐承平日久。百姓安居，不识兵器；权贵奢荡，荒废政事。无赖杨国忠把持朝纲，胡作非为；盗贼安禄山执掌重兵，日渐坐大。终于酿出大祸，天宝十四载十一月初九（公元755年12月16日），身兼范阳、平卢、河东三节度使的安禄山起兵造反，叛军长驱而入，轻取东都洛阳，攻破天险潼关，兵锋直指西京长安。唐玄宗仓皇西奔，禁军哗变，权臣杨国忠被杀死，贵妃杨玉环被迫自尽，史称马嵬驿兵变。

　　由于四大美女之首杨玉环的横死，小小马嵬驿成了历朝历代史家文人蜂拥围观的名胜。文人墨客的各色矫情日后慢慢表述，单说古今史学家们的论述就够热闹了，悠悠千载，甚至无法对兵变起因形成共识。

　　过程其实不复杂。

　　天宝十五载（公元756年）六月十三日平明时分，唐玄宗李隆基带着杨贵妃以及杨氏家族，加上住在宫内的太子李亨等少数皇族，在禁军护卫下悄悄出长安西行，打算入蜀避难。至于宫外的皇亲国戚、臣子庶民……全都扔下不管了。此计划由宰相杨国忠一手包办，别看此人平日飞扬跋扈，耀武扬威，应变能力实在不咋样。逃亡队伍刚刚出京半日到达咸阳望贤宫，居然就没饭吃！行宫的人全跑没影了，杨国忠就没想到他能溜，别人就不会溜？无奈只好自己去集市上弄了几块蒸饼给皇上充饥。民众拿来一些粗饭麦豆，皇子皇孙们一拥而上，用手抓起来就往嘴里塞。"皇孙辈争以手掬食之，须臾而尽，犹未能饱。"（《资治通鉴》卷二一八）这狼狈相真够瞧的。当晚到了金城县更惨，全城都跑空了，禁军将士举着火把蹿入里巷民居找吃的住的，皇家随从逃跑了不少，剩下的与皇帝妃子挤住驿站，"驿中无灯，人相枕藉而寝，贵贱无以复辨"（同上）。

如此乱象，不出事才怪。

第二天中午抵达马嵬驿，午饭依然没着落。两天两夜没能正经吃上一顿饭，一向养尊处优的禁军将士又饿又累，早已怒火中烧，怨声载道。也是该当生变，一群闻讯赶上来的吐蕃使者拦住杨国忠马头，向他要食物。不知哪个军士猛然喊道：杨国忠与胡虏谋反！一呼百应，众人围了上去。杨国忠见势不妙，策马欲逃，混乱中飞来一箭将其射落，军士们拥上去刀枪齐下，瞬间将其剁成肉泥……接下来貌似有组织有分工，一部分人四处追杀杨氏家族，一部分人将杨国忠血肉模糊的脑袋插在枪尖上，围住驿站狂呼乱叫，要将杨贵妃正法。唐玄宗难以割舍，几经交涉，甚至亲自出面，"慰劳军士，令收队，军士不应"。眼看众怒难犯，危在旦夕，"乃命力士引贵妃于佛堂，缢杀之"。（同上）

这便是白居易《长恨歌》中的"六军不发无奈何，宛转蛾眉马前死……君王掩面救不得，回看血泪相和流"。

就这么一件事，整整困扰了史学家一千余年。

是谁发动的？谁是兵变的主谋？是谁一定要将杨贵妃置于死地？至今依然众说纷纭，纠缠不清。本人东看看西瞧瞧，大致梳理出三种说法——

比较正统的，认为这是一场群众性自发的救亡运动，是诸多社会矛盾交织的总爆发……

比较有逻辑的，条分缕析当时内廷与外朝的权力倾轧，推论是大内总管高力士与朝廷宰相杨国忠争斗的结果。

比较阴谋论的，不容置疑地断定是太子李亨干的，然而拿不出什么铁证……

说实话，真的很佩服史学家，有能耐从浩如烟海的尘封史料中钩沉出各式各样的脉络，换了我，绝对晕菜！

换一个思路吧，如今都讲利益最大化，试试从这个角度，看看当年谁能在兵变中利益最大化。

也不复杂。

先说说"自发"。这也太抬举民众了，由古至今，涉及生死攸关的群体大事，从来就没有什么"自发"，只有"发动"。因此，兵变中的群众角色可以忽略，最大利益轮不到他们。

头面人物没几个。为首的自然是皇帝李隆基，他是受损者，当然排除。然后便是太子李亨、内廷总管高力士，还可以加上禁军统领，龙武大将军陈玄礼。就这么三个人，几分钟就能分析完。

先说高力士。大内总管，具备控制禁军的权威，发动兵变易如反掌。然而，干掉杨国忠以及杨贵妃，能捞到什么好处呢？多死几个也轮不到阉宦当宰相。何况杨国忠的出逃计划高力士是赞成的，兵变之后依然力主入蜀就是明证。因此，在这种非常时期，他与杨国忠的矛盾再大也会暂时搁置，还是同舟共济逃亡要紧。

再看陈玄礼。统领禁军数十年，最有实力发动兵变。而且痛恨奸臣误国，在兵变中号召军士诛杀杨国忠"以谢天下"（新旧唐书《杨国忠传》）。看来，发动者非他莫属。虽然没捞到一点好处，可以解释为"为国锄奸""为民除害"诸如此类，英雄人物嘛，抬举一下，拔高一点也无妨。然而，奇怪的是，事变之后，李隆基对他没有记恨，没有厌恶甚至不见半点芥蒂，宠信依旧，就像这事与他没有半毛钱关系一样。由此看来，陈玄礼最多就是那把出鞘的刀，后面还有握刀的手。

这样就剩下太子李亨了。其实，只要看看太子事后的举动，就知道此君嫌疑最大！

当日的逃亡队伍有数千之众，太子李亨在后队，没有进入马嵬驿（呵呵，不在作案现场哦）。兵变乱了半日，第二天（六月十五日）继续出发。李隆基骑在马上等了许久，后队不见跟进，派人察看，说是百姓父老"遮道请留"，越聚越多，竟然有数千人。太子"涕泣，跋马欲西……父老共拥太子马，不得行"（《资治通鉴》卷二一八）。

咄咄怪事。头一天百姓都跑光了，一个兵变，竟然又冒出来了，而且万众一心挽留太子，"愿帅子弟从殿下东破贼，取长安……"这样的场景就算在戏文里出现也会被吐槽：编造！

尽管历代史学家未有对此质疑，当时的李隆基却是心知肚明大势已去，无奈地长叹一声"天也"，听凭太子分道扬镳。憋屈数十年的太子终于熬出头了，他带领自己的团队向西狂奔，直入朔方灵武。七月十三日便迫不及待自行宣布"即皇帝位"，成为大唐的第七代皇帝，是为唐肃宗。此时，唐玄宗还在蜀道上逃难，还在发布皇帝诏令，甚至还在任命太子为"天下兵马元帅"……足足一个月，两父子各当各的皇帝，各打各的鼓，各吹各的号，也是奇观。直到八月十二日，李隆基在成都见到灵武使者，才得知李亨一点招呼都不打便称帝了。这才被迫荣升"太上皇"。

马嵬驿兵变令太子李亨成功上位，李亨绝对获益最大，甚至是唯一的获益者。他不是幕后黑手，还能有谁？

其实，史料中也不无蛛丝马迹。《旧唐书·杨贵妃传》就有记述："至马嵬，禁军大将陈玄礼密启太子，诛国忠父子。"《资治通鉴》卷二一八也有类似记载："陈玄礼以祸由杨国忠，欲诛之，因东宫宦者李辅国以告太子，太子未决。"

"未决"并非没有决策，而是没有决定何时动手。这是第一线的陈玄礼的事儿。

史学家们当然比我更加熟悉史料，不过他们认为这些记载只能说明太子参与，不能证明太子主谋。呵呵，实在太书生气了。别忘了，史书是胜利者书写的，经过修饰美化依然露出如此马脚，已经很说明问题了。地位最高，获利最大，不是主犯，也是共犯，这个锅，别人背不了。

总而言之，马嵬驿兵变实质就是宫廷政变。这场抢班夺权的流血事件中最为阴毒的，不是明火执仗屠杀杨氏家族，而是死死揪住杨贵妃不放，最终逼迫唐玄宗亲自下令缢杀。这一招彻底砸碎了老皇帝的尊严，"如何四纪为天子，不及卢家有莫愁"。天子连自己的小老婆都保不住，如何庇佑天下百姓？所以，换个皇帝顺理成章……

附记：

安史之乱的马嵬驿兵变，过程并不复杂，内幕却迷雾重重，以至千年之下，一直未有定论……遍查文献，基本上是公说公有理，婆说婆有理。本文（以及本人的长篇历史纪实小说《大唐遗梦》）从最大受益角度剖析，认定这仍然是一起宫廷政变，不过是发生在荒郊野外罢了。太阳底下没有新鲜事儿。老子可以杀宫上位，儿子如何不可以有样学样？呵呵！

2016 年 12 月 7 日

杨玉环为什么没有死？

——大唐外史系列十五

此文本是上一篇的后半部分。写着写着感觉太长，写得累，看得更累。索性单独成篇，行文可以从容些，添油加醋也随意些……

按说，马嵬驿三尺白绫，杨玉环香消玉殒，理应曲终人散了。然而，围观的文人墨客不干——千古绝唱，岂能轻轻放过！

于是，一个朝代又一个朝代，围绕马嵬的野史笔记、诗词歌赋、杂剧小说，络绎不绝，层出不穷。文人的生花妙笔把事变渲染为挽歌，将传说演化为传奇，终于化腐朽为神奇，演绎出杨玉环并未在马嵬驿缢杀，而是金蝉脱壳逃出生天，最后远赴海外，终老异乡……有日本的杨贵妃墓为证。

本人早就发现，文人最善于将简单变成复杂。当日的杨玉环被缢，经过其实很简单——

禁军哗变，矛头直指杨氏家族。杨国忠及长子杨暄当场被剁为肉泥，随即四处搜杀杨氏人等，甚至几十里外跟随前军的虢国夫人和杨国忠老婆等也被追杀，最为狂暴的一群则将杨国忠的脑袋挑在枪尖上，狂呼乱喊包围了驿站……

接下来发生的事情，《资治通鉴》是这样记载的：

"上闻喧哗，问外何事，左右以国忠反对。上杖屦出驿门，慰劳军士，令收队，军士不应。上使高力士问之，玄礼对曰：'国忠谋反，贵妃不宜供奉，愿陛下割恩正法。'上曰：'朕当自处之。'入门，倚杖倾首而立。久之，京兆司录韦谔前言曰：'今众怒难犯，安危在晷刻，愿陛下速决！'因叩头流血。上曰：'贵妃常居深宫，安知国忠反谋！'高力士曰：'贵妃诚无罪，然将士已杀国忠，而贵妃在陛下左右，岂敢自安！愿陛下审思之，将士安，则陛下安矣。'上乃命力士引贵妃于佛堂，缢杀之。舆尸置驿庭，召玄礼等入视之。"

清清楚楚。乱兵包围驿站，逼迫贵妃正法。李隆基割舍不下，随从一个接一个劝他以自身安危为重。最终皇帝下令……

遍查新旧唐书等以及《杨太真外传》《安禄山事迹》等野史，相关记载大同小异，而且都用了"缢"字。至于是"自缢"——自己上吊，还是"缢杀"——他人勒死，对不起，各人自行脑补了。

死后还要陈尸庭院，供将士们查验。这个场景，《杨太真外传》记述最为详细："……六军尚未解围。以绣衾覆床，置驿庭中，敕玄礼等入驿视之。玄礼抬其首，知其死，曰：'是矣。'而围解。瘗于西郭之外一里许道北坎下。"

如此这般，岂有不死之理？

那么，为什么又说没有死呢？

始作俑者是文人，而且是大文人。最先关注马嵬的是杜甫，也就过了几个月吧，他便在《哀江头》中悲吟："明眸皓齿今何在，血污游魂归不得。"这老兄借此抒发家国情怀当然没啥，不该用词不当。既有"血污"，就不像缢死。这下好了，文人们一拥而上，纷纷拿"血"做文章。这个说"太真血染马蹄尽"（李益《过马嵬二首》），那个说"血埋妃子艳"（张祜《华清宫和杜舍人》），甚至直说："马嵬驿前驾不发，宰相射杀冤者谁。长眉鬓发作凝血，空有君王潜涕洟。"（郑嵎《津阳门诗》）那情景完全就是乱兵一路杀入驿站，照着杨贵妃脑门就是一刀，皇帝只有眼泪鼻涕一起流的份……

更有标新立异的，说不是缢杀，也不是砍杀，而是"贵人饮金屑"（刘禹锡《马嵬行》），美人吞金自尽，凄艳哀婉，绝对吸引眼球。就连现代大师陈寅恪都给予关注，并说"亦未可知"。

当然，最吸引眼球的还是闪亮登场的"不死传说"。

肇事者依然是文人、大文人。事变五十年后，中唐诗人白居易吟诵了一曲洋洋洒洒的《长恨歌》。他写的是诗，写的是"心目中的这一个"，写的是想象出来的爱情故事。或许是太投入的缘故，"假作真时真亦假"，后人偏偏把诗歌当作史料，不是信史正史，也是野史逸史，硬要从中琢磨出微言大义——

瞧瞧，《长恨歌》说了，"马嵬坡下泥土中，不见玉颜空处死"，死不见尸，难道没死？"上穷碧落下黄泉，两处茫茫皆不见"，到处都找不到，咋回事？"忽闻海上有仙山……"原来跑到海外去了！从此，马嵬兵变中杨玉环没有死的传闻开始流传，甚至流传到了国外，日本有人认为所谓"海外仙山"就是他们那儿，杨玉环是东渡到了日本。如此这般流传了十几个世纪，到了 20 世纪，甚至还小小热闹了一阵。先是学者俞平伯于 30 年代写了《〈长恨歌〉及〈长恨歌传〉的传疑》一文，推断杨贵妃可能没有死。虽然他早就声明，"佐证缺少，难成定论，姑妄言之，姑妄听之……"别人却不予理会，60

年代，一位日本少女在电视上信誓旦旦自称为中国杨贵妃的后裔，还展示"古代文件"为证（不知是否类似"我妈是我妈"之类的奇葩证明）。随后，中国台湾有学者为此专门赴日调查，据说，看到一些杨贵妃死于日本的材料……真伪无从鉴定；见到两个据说是杨贵妃的塑像……看上去类似佛像；最有意思的是竟然有两个杨贵妃坟墓，相去甚远……难道逃到日本又死了两回？虽然全都不足为凭，日本还是挺当真，甚至有人专门撰文，题目就叫《杨贵妃复活秘史》，主要依据仍然是《长恨歌》……

恐怕白居易做梦都没想到，他不过是浪漫了一下，竟然写出了杨玉环没有死于马嵬驿的权威文献，九泉有灵，不知哭晕还是笑死。

还是让诗歌回归诗歌，传说止于传说吧。当日兵变，无人敢于对美女伸出援手；事后再怎么大胆假设，也只能是白日春梦了。

至于日本的种种遗迹或文件，晓勉我倒是有个假设——

当日杨贵妃缢死之后，侍候她的宫女宦官无人管没人要，只能在兵荒马乱中自寻活路。或许他们会合了杨氏家族的孑遗，遇到了同样是从长安跑出来的日本遣唐使，最后辗转东渡。或许是宫人们拉大旗作虎皮，又或许是遣唐使以讹传讹，杨贵妃随从最终变成杨贵妃队伍，"杨玉环"就这样到了"海外仙山"……

也是假设，不如前面的大胆就是了。

倒是有一点可以肯定，即便有天大的胆，也不能假设是杨贵妃的后裔。因为：

杨玉环没有生育能力！她初嫁寿王李瑁五年多，同在寿王府邸的姬妾都生儿育女，唯独她没有半点消息。再随唐玄宗十五年，李隆基生育能力超强，子女有数十之多，却没一个是她的。因此，真有什么后裔，只能是杨国忠的后代，别拿不孕女杨玉环说事。

附记：

本人中文专业。因为写《大唐遗梦》，经年累月爬梳唐朝史料，一个不小心，居然成了半个唐史专家（当然，肯定是如今盛产的"砖头家"了）。这不，居然也能提出假设，而且言之凿凿！

郑重声明：这个假设绝对是本人首创，拥有绝对著作权！

2016 年 12 月 15 日

那是一个"妒妇"当道的时代

——大唐外史系列十六

现今的微信有如潘多拉盒子，每天打开，你永远想不到会飞出什么稀奇古怪。

这不，我有个朋友，相当高端。当然，因为是男人，也不免偶尔有些不着边际的幻想。有一天突然给我发来一张图片，图片上的文字说，盛唐时期，老婆到了 29 岁，就会劝老公娶小，否则会被人瞧不起……朋友专此求证。

我因为写了一部长篇纪实历史小说《大唐遗梦》，从此被人误会为唐史专家。尽管只是误会，看了这张图片依然不禁莞尔，又是当下流行的恶搞。看来，这幅绘画的作者内心深处或者潜意识里也有那么一点不切实际的想法。这很正常，哪里的天空不下雨，哪家的男人不花心？偶尔做点春梦转嫁到古人身上，自然无伤大雅，只可惜弄错了时代。

中国封建社会历朝历代，无论有无明文规定，实行的都是一夫多妻或者准确点说一夫一妻外加姬妾制，男人娶小老婆合情合理而且合法。然而，遍查二十四史，也无绘画中所言，29

岁就该娶小之事。唐朝非但没有例外，恰恰相反，初唐至盛唐甚至不宜"娶小"。

因为那是一个"妒妇"当道的时代。

大唐自打一开国，女人就特别强悍，否则也不会出现千古女帝武则天。我的大唐外史系列中出现的女人譬如太平公主、韦氏皇后、安乐公主、上官婉儿、虢国夫人……个个都是"超女"——超强女人范儿。

上行而下效，那些没有机会在朝廷上呼风唤雨的，则退而求其次，在家中称王称霸，突出表现便是"蛾眉善妒"。有一个流传甚广的故事，说的是初唐名相房玄龄出了名地怕老婆，就连皇帝恩赐美女都"屡辞不受"。唐太宗李世民看不过眼，叫皇后召见房玄龄的夫人卢氏，说了一番娶妻纳妾"今有常制"的大道理。卢氏"执心不回"。李世民冒火了，对她说："若宁不妒而生，宁妒而死。"不做妒妇就能活下去，继续嫉妒就去死！皇上说这话，摊到寻常人头上早就唯唯诺诺了，卢氏不愧"妒妇"千古风范，斩钉截铁地回答："妾宁妒而死。"李世民真的叫人端来一杯酒："若然，可饮此鸩。"卢氏面无难色，一饮而尽！这下子皇帝彻底没辙，连声惊呼：这样的女人我都害怕，何况玄龄！

据说酒杯盛的不是毒酒而是酸醋，"吃醋"的典故就此横空出世。此事见诸《隋唐嘉话》等多部野史以及《新唐书·列女传》，估计基本真实。

类似的故事还发生在同朝大臣兵部尚书任瑰身上。也是老婆至妒，唐太宗赐毒酒，也是一饮而尽，据说也是醋……此事见诸《朝野佥载》。

相同的伎俩讨了相同的没趣，九五之尊也是黔驴技穷了。

还是《朝野佥载》，说的还是贞观年间。一个县令的老婆极妒，县令在前厅与客人喝酒，召了几个女伎歌舞助兴。他老婆披头散发、光脚赤膊提刀冲了进去，吓得客人女伎四处逃散，县令钻到坐榻下面不敢出来……想想此情此景，也是够恐怖了。

中唐及以后的野史笔记里唐代"妒妇"故事比比皆是，许多还可以与新旧唐书等正史相互印证。比如笔记中记载各地有妒女泉、妒女庙、妒女祠、妒妇津，说是美女要过"妒妇津"，必须穿着破烂，否则会招惹妒忌，掀起风波打翻渡船……而《旧唐书》中也有妒女祠记载："俗云盛服过者必致风雷之灾"……

唐代妇人妒忌之风盛行，已经成为当今"砖头家"们共识，日本学者大泽正昭甚至总结，"妒妇"现象，自古以来即被指出是两晋到隋唐五代历史的特征。

天哪，都成为特征了，可见"妒妇"何等当道！由此对应的，怕老婆也蔚然成风。《本事诗》就记载了一个趣闻，说的是唐中宗的一次宫廷宴会，优伶即兴唱了一首《回波词》："回波尔时栲栳，怕妇也是大好。外边只有裴谈，内里无过李老。"

这里解释一下，《回波词》是当时流行的乐府歌谣，每句六字，四句一曲，首句头四个字固定为"回波尔时"。比如你要唱"呵呵"，第一句便是："回波尔时呵呵。"歌中唱到的裴谈是当时的御史大夫，掌管朝廷监察大权，妻子悍妒，他不但怕老婆，还发明了一套"妻有可畏者三"之妙论。李老指的是中宗李显，更是畏妻如虎，他老婆就是企图效仿武则天的韦后。伶人当面高歌"怕妇也是大好"，君臣二人居然神色自如，韦后倒是"意色自得，以束帛赐之"。

"妒妇"和"惧内"相辅相成，相得益彰，又衍生出一种奇特现象——"别宅妇"。男人怕老婆，不敢纳妾，却又按捺不住花心，那些有权有势的便另外找个宅子把情妇养起来，时称"别宅妇"。初唐之时便开始了，到了盛唐又是蔚然成风，以至惹出家庭不和、官员贪腐、别宅妇在外头狐假虎威之类社会问题，唐玄宗为此两次下诏禁止，而且措施严厉，不但要将"别宅妇"没入后宫为奴，官员还要罚俸甚至发配荒蛮之地。不过，好像效果都不大……

养情妇的现象似乎历朝历代都有，民国时期貌似叫外室，现今叫"包二奶"。不同的是，大唐王朝是因为"妒妇"霸气，花心男人被迫另辟蹊径；民国与现今是法律威慑，花心男人只能暗度陈仓。由此看来，妇人的悍妒甚至堪比法律效力，厉害吧，问你怕不怕？这回知道了吧，唐朝绝非"娶小"的好时代。

至于为什么唐朝"妒妇"现象如此张扬，"砖头家"们给出了各式各样的解读，譬如"胡风"盛行，国力强盛、开放自信，女性地位提高、个性解放，门第婚姻和政治婚姻流行，"妒妇"不易被休弃，儒家封建礼制尚未强化，诸如此类。本人一介山翁，记不得那么多宏篇大论，只是隐约感觉与今日有点儿相似，当今中国也是西风东渐，国家日益强盛开放，妇女能顶半边天，"三从四德"烟消云散，张扬个性成为时尚……难怪满街满巷"气管炎"甚至"肺气肿"，"母老虎"敢于对峙真老虎……如此看来，男人生在当今时代趁早别花心了，乖乖从一而终吧。顶多，悄悄做点春梦拉倒。呵呵！

2017 年 3 月 20 日草成

只见人更换，墙皆见在——草根的警句

——大唐外史系列十七

三十年河东，三十年河西。

这句感叹世事盛衰兴替，人事变化无常的古训，大约早已家喻户晓。然而不见得有多少人知道，它与同样是人所皆知的大唐名将郭子仪颇有点渊源。

要说这郭子仪，在中国古代简直就是神一般存在。遥想当年，煌煌盛唐闹了个安史之乱，两京沦陷，天子出逃，生灵涂炭，豺狼当道，眼看就要皇帝轮流做，明年到我家，河东变河西了。幸好冒出个郭子仪，领军东征西伐，扶大厦于将倾，挽狂澜于既倒……赫赫功业就不去细数了，估计没多少人耐烦细看，有兴趣的可以自行百度。这里只说一个小小细节——由于郭子仪立功太多太大，以至令皇帝忧心忡忡："无官以赏之，奈何？"（《资治通鉴》）

此时的皇帝已经是抢班夺权取代唐玄宗的李亨，史称唐肃宗。的确有点无奈，总不能把皇位也赏赐出去吧。他的宠臣李泌号称足智多谋，也拿不出什么好主意，只是回应了几句赏不了官赏爵，赏了爵再赏房子赏地……虽说只是陈词滥调，皇帝依然照办。于是乎，安史之乱初步平定后，朝廷新贵中数郭子仪官爵最高，房产最多，风头一时无二，甚至盖过了皇上，以至衍生出一曲"打金枝"的传说。说是他的六儿子娶公主为妻，"琴瑟不调"，臭骂公主道：你别仗着老爹是天子，我老爹不想当天子罢了……公主哭啼啼跑回宫里告状，谁知她老子却说："此非汝所知。彼诚如是，使彼欲为天子，天下岂汝家所有邪！"待到郭子仪进宫请罪，这皇帝又说："鄙谚有之：'不痴不聋，不为家翁。'儿女子闺房之言，何足听也！"

呵呵，皇帝老儿都不敢得罪他，够威风了吧！此事见诸正史《资治通鉴》以及诸多野史，估计基本属实。然而史料并没有打老婆也就是"打金枝"的记载，倒是郭子仪把儿子打了一顿，算是向公主赔罪。后人为着耸人听闻，把骂架升级为打架，编成戏文《打金枝》，果然吸引眼球，长演不衰，流传至今，比当下自媒体的标题党成功多了。

打也好，骂也好，给人的印象就是郭家恃功傲君，气焰熏天，鼻子翘到天上……其实不然。恰恰相反，郭子仪这个当时的首贵，为人处世非常低调，完全是皇帝叫干啥就干啥，皇帝不叫干就在家老实待着，一点不炸刺。究其原因，恐怕与以下逸闻不无关系。

"武后已后，王侯妃主京城第宅日加崇丽。天宝中，御史大夫王铁有罪赐死，县官簿录铁太平坊宅，数日不能遍。……安禄山初承宠遇，敕营甲第，瑰材之美，为京城第一。太真妃诸姊妹第宅，竞为宏壮，曾不十年，皆相次覆灭。肃宗时，京都第宅，屡经残毁。代宗即位，宰辅及朝士当权，争修第舍，颇为烦弊，议者以为土木之妖。无何，皆易其主矣。中书令郭子仪勋伐盖代，所居宅内诸院往来乘车马，僮客于大门出入，各不相识。……郭令曾将出，见修宅者，谓曰：'好筑此墙，勿令不牢。'筑者释锸而对曰：'数十年来，京城达官家墙皆是某筑。只见人改换，墙皆见在。'郭令闻之怆然。遂入奏其事，因固请老。"（《唐语林》卷五《补遗》，《封氏闻见记》卷五亦有类似记录。）

嘻嘻，达官显贵家里的墙都是我修筑的，数十年走马灯似的你方唱罢我登场，不是"相次覆灭"，便是"皆易其主"，屋主换了一茬又一茬，只有我筑的墙，都还在！

呵呵，这位草根的随口应对，比那句名诗"旧时王谢堂前燕，飞入寻常百姓家"还要直白，还要深刻，还要警世！难怪身经百战的郭子仪听了不是滋味，赶紧打报告坚决要求退休养老。

尽管如此，依然没能逃过"只见人改换"的宿命。虽说儿辈依然显赫，七子八婿都是高官，一起来给郭子仪祝寿之时，手里的笏板竟然放满一桌子，以至后人据此又编了一出戏文就叫《满床笏》。笏板就是朝臣上朝所持的板子，高官的是象牙板；所谓床，那时指的是桌案之类，睡觉用的叫卧榻。家族权贵众多，聚会时满床笏板，据说真有其事，不过另有其人，只因郭子仪名气大，民间传说便归到他名下。旧时的有钱人家最喜欢看这出戏，例如《红楼梦》里的贾母，见了戏名就喜笑颜开。看透红尘的曹雪芹专门做了一曲《好了歌注》对此讥讽："陋室空堂，当年笏满床。衰草枯杨，曾为歌舞场。……"

郭子仪的后人就是如此。曾经笏满床，终于衰草枯杨。据说，他的孙子因为家产败尽，只能沿街乞讨，偶遇勤劳致富的奶妈之子，随其回家捞了顿饱饭。主人不忘旧情，让郭孙在家管账，无奈他一窍不通，主人不禁叹息："真是三十年河东享不尽荣华富贵，四十年河西寄人篱下。"

"三十河东四十河西"是个变体，指的都是黄河经常改道。按说黄河自西向东横亘中华大地，应该是河北河南才对。然而河套地区的黄河流向却是先向北，再折转向南，画出一个大大的"几"字，这一带的黄河就是河东河西了。

随着科技进步，治水能力增强，黄河改道的事儿基本绝迹，河东已经很难河西了。然而，"墙皆在，人更换"的活剧，却不以人们的主观意志为转移，依然不时上演着，一时半会看不到"历史终结"……

附记：

历史是人民写的，而历史书却是当权者编撰的。因此，历朝历代的史书，无论二十四史，还是《资治通鉴》之类，都极少记录黎民百姓言行。有那么一星半点，也是作为帝王将相的点缀。本文记述的这句草根名言，亦如此。

2018 年 4 月 12 日初稿

城外土馒头，馅草在城里——草根的名诗

——大唐外史系列十八

唐诗，中国诗词巅峰，誉为阳春白雪，恐怕无人反对。然而，凡事都有例外。比如下面这首：

城外土馒头，馅草在城里。
一人吃一个，莫嫌没滋味。

"馅草"，菜馅、肉馅，此处指大活人。

城外馒头般的土坟堆，肉馅就在城里头。一人吃一个吧，别嫌弃哦……

大白话一个，足够下里巴人了。呵呵，别小瞧，名诗哦！

作者王梵志，生平不详，家世不详。据胡适、郑振铎、张锡厚（王梵志诗研究权威）等考证，约莫生活在 6 世纪末至 7 世纪中下叶，享年 80 有余，主要活动在初唐。本人写作长篇历史纪实小说《大唐遗梦》之时，为把他那些精彩的大白话写进去，自作主张让他活到了 8 世纪初，也就是初唐盛唐之

交，想必专家和他本人不会有意见吧？呵呵。（本文依据的考证，都是从前的大专家，不是当下的"砖头家"。）

归纳专家们的考证和他的传世诗作，这个王梵志绝对是个奇人。至少有三奇——

一是身世离奇。此人地道草根，诸如新旧唐书之类的庙堂正史自然不会记载。倒是有一本唐人笔记《桂苑丛谈》为他立了个小传，很短，全文录下：

"王梵志，卫州黎阳（今河南浚县）人也。黎阳城东十五里，有王德祖者，当隋之时，家有林檎树，生瘿，大如斗。经三年，其瘿朽烂。德祖见之，乃撤其皮。遂见一孩儿，抱胎而出，因收养之，至七岁，能语。问曰：'谁人育我？'及问姓名，德祖具以实告：'因林木而生，曰梵天。后改曰志。我家长育，可姓王也。'作诗讽人，甚有义旨，盖菩萨示化也。"

瘿，此处指非正常生长的树瘤。奇吧，居然是树疙瘩里头扒拉出来的，堪比石头里蹦出来的孙猴子。更奇妙的是居然还认为他是菩萨化身，这一点也和孙悟空最后封为斗战胜佛类似。据我的阅读体会，大凡传说中这类奇异，都是凄凉的折射。想想平安夜诞生在马槽的耶稣得到圣光笼罩，你就明白了。

现如今男神女神满大街乱晃，封个"神"易过借火。当年可不行，那个时候"神化"还是比较严谨的，更不要说尊为菩萨化身。由此可见，王梵志在当时还是颇有名气的。事实也是如此，他的诗作当时风靡于世，远及西北边陲，甚至漂洋过海传到日本，以至他自己都得意扬扬自题道："家有梵志诗，生死免入狱"，"白纸书屏风，客来即与读"。庙堂之上的大诗人也受其影响。比如王维就专门写了两首诗，注明"梵志体"。再比如顾况——就是红叶题诗与宫女谈情说爱的那位

——也仿作过多首梵志体五言诗。宋代的范成大索性来个集句,把王梵志的两首诗铸为一联——"纵有千年铁门槛,终须一个土馒头",成就千古名句,以至才高八斗的曹雪芹都为之折服,假借书中孤芳自赏、眼睛长到头顶上的妙玉点评道:"古人自汉晋五代唐宋以来皆无好诗,只有(这)两句好……"

评价如此之高,也太吓人了。然而奇怪的是,偏偏明清两朝无人提及王梵志,康熙年间编纂《全唐诗》,甚至一首都不收录,仿佛其人其诗根本不存在。这就有些蹊跷了,既然诗作雅俗共赏,本人又被传说为"菩萨示化",即便不顶礼膜拜,也不至于数百年视若无睹吧?让我们读读王梵志的另一首诗,或可管窥一二:

> 世无百年人,强作千年调。
> 打铁作门限,鬼见拍手笑。

"门限",即门槛。范成大就是从这里取出"铁门槛",加上本文开头那首"土馒头",集成名句的。这两首诗,大有"黑色幽默"之风,帝王将相们、才子佳人们面对如此直截了当的讽刺挖苦,绝对有如"分开八片顶阳骨,倾下半桶冰雪水",当场万事皆休,彻底萎靡。明白了这一层,大约就可以理解为什么统治阶级数百年不约而同集体摒弃这位草根诗人了。

晓勉我认为的第三奇,是神奇。就在清朝大厦将倾之际,公元1900年,敦煌莫高窟忽然发现一个封闭了将近一千年的秘密石室,内中收藏的数千卷文物中竟然有王梵志的诗集,而且五卷之多,共300多首。呵呵,够神吧,够奇吧,这才真是

"藏之名山,传之后世",这才叫作"青山遮不住,毕竟东流去"。封杀也好,无视也罢,都是"鬼见拍手笑"的徒劳。

补充交代一下专家们对王梵志生平的考证。据说,王梵志生于殷富之家。幼年家有奴婢,生活充裕闲适,读过儒家经典和诗书。隋末战乱,家道中衰,仅剩薄田10亩。为生活计,他农忙种田,农闲外出经商。唐初终于破产,被迫做雇工、帮工。曾经做过小官,任期未满即被革职。娶妻,不贤;有五男二女,不孝。晚年生活无着,成了"身无一物"的"硬穷汉",衣不蔽体,食不果腹,沿街乞讨。穷愁潦倒迫使他半路出家,50多岁皈依佛门,却没当和尚,而是继续四处募化求斋,过着漂泊不定的流浪生活。这一时期是他诗歌创作的高峰,直至80岁左右还写了不少回忆自己坎坷一生的诗作。"梵志"一词是梵文意译,信仰佛教而不出家做比丘的,叫作梵志,就是今天所谓的"居士"。

最后,忍不住附录三首王梵志诗:

> 梵志翻着袜,人皆道是错。
> 乍可刺你眼,不可隐我脚。

古人的袜子是粗布做的,外表光洁,里面粗糙。梵志反穿袜子,别人说他穿错了,回答道:"呵呵,宁可叫你看不顺眼,不可让我的脚不舒服。"

——这诗可以送给那些死要面子活受罪的人。

> 他人骑大马,我独跨驴子。
> 回顾担柴汉,心下较些子。

骑驴虽然不如骑大马，回头见到挑柴步行的，心里舒服些。

——看上去像是阿 Q 精神的祖宗。

我昔未生时，冥冥无所知。

天公强生我，生我复何为？

无衣使我寒，无食使我饥。

还你天公我，还我未生时。

某些论者说此诗蕴含"生命意义"的禅意天问，实在太学究了。这就是一句大白话，是饥寒交迫的社会最底层向苍天喊出的怒吼："无衣无食，让我来这世上做什么！"

——天若有情，能不为之动容？

附记：

诗歌史上一个很有意思的现象：王梵志，典型的草根大诗人。在其生活的初唐时期，诗作风靡于世。要知道，唐朝那是诗歌的海洋，诗歌的巅峰。诗人不计其数，佳作层出不穷。在这样的环境下，草根能够"风靡"，很有些意思。更有意思的是，明清以降，斯人斯作居然消失得干干净净……

2018 年 4 月 18 日初稿

皇帝的长生梦与道教的成仙术

——大唐外史系列十九

当了皇帝想成仙，恐怕是历朝历代皇帝老儿的共同愿望。据史料记载，早在春秋战国时期就有不少称王称霸的各方诸侯热衷神仙方术，搜寻"不死之药"。而且似乎能耐越强，权力越大，想成仙的欲望就越强烈。最典型的自然是横扫六合、君临天下、首创"皇帝"称号的秦始皇嬴政，异想天开地派遣徐福率数千童男童女远赴海外寻求仙人仙药，最终黄鹤一去不复返。同样威名显赫的汉武帝更为热心，几乎花了半辈子时间追求长生不老，以至《史记·武帝本纪》中将近一半篇幅都在讲汉武帝如何宠信方士，如何劳师动众追求仙药，如何屡屡上当受骗，如何越挫越勇，至死方休……"上有所好，下必甚焉"，据说，当时"上疏言神怪奇方者以万数"，研究长生成仙之术一时成为社会时尚，没有几手装神弄鬼的本事甚至都不好意思出来混。据专家考证，这股成仙思潮与后来道教的诞生有着最为密切的关系。本人对"砖头家"们历来半信半疑，这回……信了。

诸多宗教中，道教可算是我国地地道道土生土长的。说来挺有意思，堂堂教派的祖师爷既不是开山者，也不是奠基人，而是生拉硬拽弄来的，甚至本人完全不知情。想当年，老子优哉游哉骑青牛出函谷关，留下一部五千言《道德经》，做梦也想不到只因说了几句"道可道，非常道"，竟然死后成为千年教主。九泉之下，不知笑醒还是哭晕。当然，道教拉大旗做虎皮无可非议，一味装神弄鬼，无论怎么装怎么弄，也只能是世俗迷信的小把戏，成不了气候。把老庄道家学说拉来作为理论基础，那可就非同小可，立马高端大气上档次，完全可以与佛教分庭抗礼了。

道教大约成型于东汉末年。起初还是老老实实，埋头钻研长生成仙之道。最有成就的是东晋的葛洪，写了本《抱朴子》，从八个方面认真系统全面深刻地论述了长生成仙的可能性和现实性，结论是：神仙必有，长生可致。神仙绝对存在，只不过你没看到；长生没有问题，只要遵循我的法术……

自此之后，皇帝老儿有福了，追求长生不老再也不用瞎子摸象，找道教帮个忙就行了！呵呵，由于道教的核心教义是长生成仙，精准地击中了皇帝老儿的终极追求，想不兴盛都难哦。

不过呢，道教最初的荣光还是托福于硬拽来的教主，准确地说，托福于教主老子的姓氏。老子姓李名耳，很普通的姓名。没想到误打误撞，千年之下，李唐王朝因为也姓李，竟然宣称是李耳的后代，把老子奉为始祖，导致道教身价暴涨，成为国教。本人读书少，不知道古今中外上下五千年，还有没有第二个人，先是被一个大教派膜拜为鼻祖，继而又被一个大王朝奉为嫡亲祖宗，恐怕独一无二了吧？至少，孔老二就没听说哪个皇帝管他叫爹，充其量也只是"万世师表"，老师而已。

据记载，大唐王朝草创之初，社会上流传诸多神话，比如，某天某人路过某地，见一老叟，曰："为吾语唐天子，吾汝祖也，今年平贼后，子孙享国千岁。"（《唐会要》卷五十）诸如此类，不一而足，大体都是说李唐是老子李耳的后代，当得天下。这种天命神授的鬼话历朝历代都有，多半是当权者（夺权者），或者奉承者（拥戴者），或者二者合谋，编造出来的。虽说都是流言蜚语，然而正如古训所言：三人成虎。谎言重复一千遍似乎就成了真理，最终当事人自己都信以为真（或者是骑虎难下，弄假成真）。李唐皇家先是正儿八经追认老子李耳为"太上玄元皇帝"，落实祖宗名分；继而具体规定道士女冠由宗正寺管理。宗正寺是管理皇室宗族事务的机构，也就是说，承认道士女冠是本家亲戚。这在历朝历代也是绝无仅有的。

当然，祖宗不能白认，孙子不能白当。道教此时正值黄白之术盛行，坚信烧炼金丹可以长生成仙！于是乎，江山坐稳之后，当了皇帝想成仙的大唐天子，纷纷拜倒在丹鼎之下。一时间，和药炼丹、追求长生风靡天下。炼丹指南之多，炼丹设备之精，炼丹药物之繁，炼丹方法之妙，空前绝后，以至唐代被称为道教炼制金丹的"黄金时代"。悲哀的是，同时也是"中毒时代"。有人据史料记载统计，上下三千年，服丹中毒而死者，以唐朝最多。皇帝就有六个，唐太宗、宪宗、穆宗、敬宗、武宗、宣宗"皆服丹药中毒而死"。求长生，结果速死，这也太倒霉了。

不过呢，有一个皇帝老儿没那么倒霉，甚至可以说几乎成功。那就是因为霸占儿媳妇而名垂青史的唐玄宗李隆基。这个皇帝绝对是个人物，年纪轻轻就敢血洗内宫，把父亲推上皇位；继而弑杀亲姑妈太平公主与一班重臣，自己君临天下，一手开创大唐的开元天宝盛世。就说今人最津津乐道的与杨玉环那点风流韵事，明明是垂涎儿媳美色，横刀夺爱的禽兽之举，却硬生生地演绎成千古爱情绝唱。怎么样，本事大吧？如此有能耐的皇帝当然想成仙，而且特别想，因此也特别尊崇道教。除了一再追认老子李耳是元祖，诏令天下兴建老君道观，召见厚待道士等有权就能办到的事儿，自己还潜心研习《道德经》，亲自加注，颁布天下，作为科举必读。他的两个妹妹都当女冠（女道士），法号金仙、玉真；杨玉环也是先被度为太真宫女道士，再纳为妃子，所以杨贵妃又称为杨太真。自己的寝宫干脆就叫长生殿。估计唐玄宗是这么琢磨的，天天捧着《道德经》在长生殿里和女道士睡觉，想不成仙都难哦。他也炼丹和药，不过比较狡猾或者说比较明智，少用矿石类，多采用动植物类。这一点也显出他的过人之处，那些黄白之术烧炼金丹所用的金砂水银硫黄之类，简直就是毒药，吃下去还不死得快？

如此这般使劲折腾，你还别说，真有成效。

开元二十九年（公元741年），唐玄宗宣称梦见老子对他说："吾有像在京城西南百余里，汝遣人求之，吾当与汝兴庆宫相见。"派人去找，真的找着了。这下不得了，除了赶紧供奉，还命画师临摹，分置天下道观，全国人民共同瞻仰。

过了几年，天宝四载（公元745年）正月，唐玄宗又说："朕前几天在宫中设坛祈福，写了个诏书放在案上，居然徐徐飞升，同时听闻空中传来话语：'圣寿延长。'还有呢，朕于嵩山炼成丹药，也放在坛上，及夜，内侍准备收起来，又听闻空中语云：'药未须收，此自守护。'直到天亮才收……"

哎哟哟，不得了，太上老君真的显灵了，皇上真的长生有望了！于是乎，"太子、诸王、宰相，皆上表贺"。

以上两则奇闻均见《资治通鉴》，不是笔者杜撰的。以今天的科学眼光来分析，这多半是过于沉迷而出现的幻觉。唐玄宗当然宁可信其有，至于太子、诸王上表祝贺是否真心诚意，那就天知道了。皇上万寿无疆，太子、皇子岂非永无出头之日？

当然，最终还是水中月镜里花，竹篮打水一场空，李隆基非但没能长生成仙，还遭遇了安史之乱，连皇位和宠妃都保不住……

唐朝之后的历朝历代皇帝老儿依然狂热地追求长生不老，依然时不时留下服食"仙丹"中毒身亡的记载。道教却再也没能重现盛唐时期的辉煌。长生不老，长生不死，长生成仙，都需要当世兑现，然而，千年之下，一个也没能兑现，这叫人情何以堪！佛教则不然，讲的是因果报应，不是不报，时候未到。什么时候到，不知道……这就灵活多了。呵呵，此消彼长在所难免。

2018 年 9 月 28 日

《大唐遗梦》 余墨

《大唐遗梦》卷首语

这里，讲述的是很久以前的故事。

这里，试图再现一千多年前崛起在中华大地上的大唐帝国，如何神奇地创造出开元天宝盛世，全盛时独步世界。然而，其辉煌又在顷刻间崩塌，衰落的速度亦令人瞠目结舌。

千百年来，历史的记录者和使用者无不对历史任意涂抹，随意打扮。因此，任何真实重现历史的企图都是不太可能的。

这里，只是力图真实……

当然，还力图有趣。故事必须有趣，这一点可以做到，因为这段历史本来就很有趣。

附记：

本篇《卷首语》以及以下三篇"主要人物表""内容简介""后记"，均为长篇历史纪实小说《大唐遗梦》（花城出版社 2013 年出版）的附件，亦曾作为博文单独贴出。在此，作为"余墨"收录。

《大唐遗梦》主要人物表

中宗李显

大唐第四代皇帝。从开国皇帝高祖李渊算起，到中宗李显本已第五代。然而，女帝武则天改国号为大周，史称"武周革命"，后世通常将女帝剔出李唐王朝序列，中宗由此排列第四。他两度为帝，性情懦弱，一辈子怕女人，先是怕母亲武则天，后是怕妻子韦皇后，最终死于女人之手，被妻女合谋毒死。

睿宗李旦

大唐第五代皇帝，李隆基之父。他与亲兄中宗李显一样，也是两度为帝。唐朝一连出了两个两度为帝的皇帝，历史上绝无仅有。李旦同样懦弱，韬晦本事却是一流，遇事退让，最后把皇位都让了出去，总算得以善终。

玄宗李隆基

大唐第六代皇帝，李旦第三子。出场时为临淄王，二十六岁。精明强干，有其曾祖李世民遗风，冒险发动大唐王朝的第四次玄武门之变，血洗内宫，从而由郡王到登基称帝。郡王为亲王之子，连皇子都不是，这一点，比李世民还厉害。登基之后，选贤任能、拨乱反正，十余年孜孜图治，终于重振大唐雄风，开创出举世无匹的开元盛世。之后渐渐骄奢放逸。封建帝王，大凡在位日久，太平无事，总是日趋昏聩，沉溺声色，李隆基自然不会例外，终于酿出安史之乱，盛世轰然倒塌，他亦晚景凄惨。

肃宗李亨

李隆基之子。侥幸成为太子之后，韬光养晦二十载，为着自保，出妻弃妾，把头发都憋屈白了，总算趁乱抢登大位，成为第七位大唐皇帝。虽然极想成为中兴英主，终因才干平庸加上心胸狭隘，无所作为。

皇后韦氏

中宗正妻，武则天的儿媳。一心效仿武则天行"革命"之事，为此甚至毒死亲夫。有野心却没能耐，落了个枭首示众的悲惨结局。

皇后王氏

李隆基正妻，出场时为太子妃，襄助李隆基剪除异己，有功无过。只因色衰爱弛，又不能生育，终于失宠被废。

皇后张氏

出场时为太子李亨的良娣，二十余岁。姿色平平却工于心计，趁着李亨蒙难之际，殷勤服侍，甚至做出舍身护主的姿态，从而得到宠信，登上了皇后宝座。

惠妃武氏

小名惠儿，出场时为上官婉儿侍女，年方十三，娇美如花，李隆基杀宫时趁乱收纳，册为妃子，得宠凡二十年。为给爱子争太子宝座，谗死太子及两个皇子。不料，害人终害己，此后她总觉得三个冤魂作祟，以至白日见鬼，惊怖成疾，不治而死。

贵妃杨玉环

大唐第一美女，通音律，善歌舞，生于巴蜀，自幼随从宦洛阳的叔父过活，出场时十七岁。因美貌选作寿王妃，可谓喜鹊登上高枝。又因美貌被家翁李隆基看中，从此彻底改变命运。李隆基虽对她宠爱无比，甚至发誓同生共死，大难临头之际，依然将其赐死。

上官婉儿

大唐朝廷有名的才女，出场时已是半老徐娘，中宗的昭容。夹在韦氏与李隆基两大集团中间，两边示好，仍无法自保。

太子李豫

肃宗长子。一个有才干的皇子，鞍前马后襄助父亲，挂帅出征，收复长安、洛阳。

宁王李成器

睿宗嫡长子，李隆基大哥，为避祸推让太子之位，终其一生不问朝政，唯以声色自娱，死后追谥"让皇帝"，可谓善终。

寿王李瑁

惠妃爱子，原名李清。排行十八，宫中称为十八郎。因母而贵，李隆基为其更名为瑁。瑁者，帝王手执之玉器，由此可见宠爱。国色天香的杨玉环起初便是嫁与他。

汝阳王李琎

宁王长子，小名花奴，皇室第一美男，精通音律，颇受李隆基宠爱，游幸不离左右。不料，却因此与杨玉环酿出一段孽缘。

嗣泽王李义珣

高宗之孙，传到他已是皇室旁支。因朝廷倾轧，流窜南荒多年，出场时三十余岁，已经沦为乡野佣工。侥幸恢复王位之后，沉溺酒色。

太平公主

武则天爱女，中宗、睿宗一母同胞的亲妹。父亲是皇帝，母亲是皇帝，两个哥哥也是皇帝，号称大唐第一公主，权倾天下，几乎当了朝廷大半个家，最终败于侄子李隆基之手。

安乐公主

李显与韦氏的爱女。骄横有余，权谋低劣，异想天开要当什么"皇太女"，最终死于乱兵刀下。

玉真公主

李隆基亲妹，排行第十，人称十公主。小字持盈，自幼出家为女道士，又称持盈法师，出场时十六岁。仗着皇兄宠爱，又无夫婿碍眼，生活随心所欲。最得意的是收纳了当朝第一才子王维为男宠，最失意的是王维离她而去。

虢国夫人

杨玉环三姐。嫁入裴家，又称裴氏。出场时约三十岁，新寡，姿色出众，骄横放荡，既与堂兄私通，又与皇上有染，呼风唤雨，显赫一时。最终与杨国忠一道惨遭灭门之灾。

高力士

内宫宦官，出场时二十八岁，忠仆典范。追随李隆基起事杀宫之后，数十年如一日，谨慎缜密，以李隆基的意志为意志，成为玄宗第一心腹。

牛仙童

内宫宦官，出场时十五六岁。与高力士相反，典型的小人得志。因出卖王皇后而成为炙手可热之新贵，旋即又在朝臣倾轧中遭到灭顶之灾。

边令诚

宦官。在内宫中长大、变老的阉宦，颇得玄宗宠信，却在长安被叛军占领之后投降，成为大燕国内宫总管。

李辅国

宦官，又一个小人得势的典范。出场时已经四十余岁，追随李亨多年，终于熬成大内总管。一朝权在手便把令来行，矫诏逼宫，开中唐以后宦官擅权之先河。

鸾 儿

宜春院歌伎。崔湜之女，美艳绝伦，出场时年方二八，被父亲献与李隆基，颇为受宠。不幸父亲追随太平公主谋逆，籍没为宫奴歌伎。偶遇王之涣，一见倾心。玄宗在朝宴上见其艳冠群芳，再行召幸。鸾儿不从，被打入冷宫，冒死红叶题诗，与王之涣终成眷属，双双遁入江湖。

张云容

宫女，杨玉环的习舞弟子。被玄宗赐予安禄山，恢复本姓，称为段儿。生育一子，颇是得宠。安禄山称帝之后，成为大燕国皇后，旋即在安禄山被弑时，母子同死。

谢阿蛮

舞姬。长相与杨玉环有几分相似，舞技出众，颇受李隆基宠爱。战乱时被安禄山掳去当作杨玉环的替身。侥幸脱身之后，再也不愿沦为玩物。

宗楚客

中宗朝的首辅，中书令。积极为韦氏效仿武则天出谋划策，却暗藏黄雀在后的祸心。本想南面为君，谁知身首异地。

崔 湜

字澄澜，大唐朝中有名的美男子，太平公主男宠。出场时为同中书门下三品（副宰相），四十二岁。为位极人臣，不惜屈身侍奉年届半百的太平公主，同时把女儿与美妾送与李隆基。如此不顾廉耻，终于登上首辅之位，却发觉只是黄粱一梦。

姚　崇

字元之，大唐名相。出场时为玄宗朝中书令，六十四岁。事君忠诚，而善于权变。辅佐李隆基整顿朝纲，拨乱反正，奠定天下大治基础，成就一代名相声誉。

张　说

字道济，出场时是中书侍郎兼太子侍读，四十三岁。李隆基最为倚重的文臣，被李隆基誉为"当朝师表，一代词宗"。辅佐李隆基开创开元盛世，功不可没。

张九龄

又一个大唐名相。出场时为中书门下左补阙，四十二岁。耿直有才，颇受张说器重，叙为同宗，奖掖有加，最终做了中书令。然而清高急躁，只知直谏，不会讨皇上欢心，又不幸与李林甫同朝，自然难有作为。

李林甫

小名哥奴，有名的口蜜腹剑始作俑者，奸臣的帽子戴了千年，却非无能之辈。出场时三十余岁，已是御史中丞，长相清秀，乖巧圆滑，才干与权谋随官位而增长。坐上首辅宝座之后，大显身手，妒贤嫉能，排斥异己，独揽朝政凡十九年。

杨国忠

本名杨钊，杨氏姐妹的从祖兄。出场时四十余岁，巴蜀无赖赌徒，人称杨大郎。早年与杨玉环三姐私通，机缘巧合，得以入宫侍候玄宗与杨氏姐妹博戏取乐，颇得皇上欢心，赐名国忠，步步高升，一直做到大唐首辅，令人不可思议。俗话说，爬得高摔得惨，最后遭乱兵碎尸万段，也算够惨了。

陈希烈

专用神仙符瑞、求仙炼丹取媚邀宠的佞臣。出场时约莫五十岁，崇玄馆大学士，满腹道学，寡廉鲜耻。先是被李林甫看中，做了尸位素餐的副相，继而投降安禄山，做了大燕国粉饰门庭的首辅。

王　琚

谋士说客之流，与李隆基同年。信奉大丈夫当世，要做惊天动地之事，享穷奢极欲之福。伺机投奔李隆基，君臣际会，成就了一番事业。之后隐身江湖，人称王四舅，亦邪亦正，富可敌国。

王毛仲

出场时为临淄王李隆基的家奴，二十余岁。鞍前马后奔走效忠，为玄宗掌管北门禁军近二十年，直至官居一品。然而气焰太盛，得罪了高力士，被贬赐死，正合盛极必衰之古训。

陈玄礼

北门禁军将领，出场时二十余岁。随李隆基发动玄武门之变有功，得到重用。为人敦厚本分，太平时节从不多事，风云变幻之时方显忠臣本色。

李　泌

字长源，布衣奇人。出场时二十四岁，为太子宾友。机巧权变，襄助李亨自立门户，抢登大位，收复两京之后，飘然远去，重归山林。

吉　温

玄宗朝第一酷吏，出场时三十岁左右。以密告太子起家，投靠李林甫，之后见杨氏崛起，转投杨国忠，仍觉得不受重用，又与安禄山私下勾结。频频改换门庭，均是为虎作伥，短短十余年害人无数。

宇文融

贵族子弟，出场时仅为县令，三十余岁。有才干并善于投机，很快便成为玄宗朝新贵。得志张狂，与张说相互攻讦，结果两败俱伤。

张守珪

玄宗朝名将。西拒吐蕃，东击契丹，智勇双全，战功赫赫。只因重用安禄山，养虎反被虎伤。

王忠嗣

玄宗朝名将。最盛时身兼四道节度使，镇守大唐西北万里疆域，无人可及。只因不愿以将士性命成就自己功名，得罪了皇上；又因与太子李亨是故交，无意间成了李林甫的眼中钉。从而无端受谗，郁郁而终。

哥舒翰

又一个大唐名将。突厥后裔，疏财仗义，好酒贪色。出场时年近五旬，勇悍无敌，继王忠嗣节镇西北后，与镇守东北的安禄山不和。最终在潼关之役中兵败名裂,晚节不保。

郭子仪

功德最为圆满的大唐社稷重臣,已经成为名将的代名词。安史之乱时,他为朔方节度使,先是领军出河北击败史思明,之后奉召率军护驾,统领西北诸军收复两京,再造大唐,从而官居一品,位列三公。然而,这只是他显赫一生的开始,此后他历经三朝而不倒,福禄寿样样俱全,实在是中国历史上的异数。当然,这些后话不在本书范畴。

张 巡

安史之乱中有名的忠臣良将。出场时四十四岁,品行高洁,不屑于逢迎钻营,为宦十余年,仍是一小小县令。沧海横流,方显英雄本色,与许远苦守孤城睢阳,以数千之众抵御十余万胡兵,直至人相食而誓死不降。千秋之下,仍不免令人怆然。麾下的南霁云、雷万春,均是起自草莽的忠义之士。

王 维

字摩诘,盛唐著名诗人。望族子弟,出场时正值弱冠,少年得志,高中状元,却因与玉真公主的私情而郁郁寡欢。终于不堪纠缠,主动请缨出塞劳军,唱出"大漠孤烟直,长河落日圆"的千古绝句。

王之涣

字季陵,排行第四,出场时二十余岁。诗书满腹,风度翩翩,心高气傲却时运不济。蹉跎半生,无缘建功立业,幸而得到鸾儿这位风华绝代的红颜知己,聊以慰藉。

高　适

字达夫，排行三十五，出场时年仅十五，流浪少年。跟着义兄张敬务农从军，结识王之涣、王维学文作诗，浪迹江湖，历练成文武兼备的男子汉，颇受女人青睐，功业却一无所成，长年以渔樵为生。然而并不气馁，终于在风云变幻之际一飞冲天，成为唐代诗人中最为显达的一个。

王昌龄

字少伯，出场时二十余岁，进士及第，授了个九品芝麻官。喜酒好色，与王之涣、高适在旗亭画壁赌胜，无意间促成了好友的悲喜姻缘。

李　白

字太白，排行十二，虽出自巴蜀僻壤，却是心雄万夫。出场时二十五岁，仗剑远游，自诩展翅大鹏，视取功名如拾芥。不料漫游中原三十余载，四处干谒，曾应召入翰林院，旋即放还，年届六旬仍是一介布衣，依然桀骜不驯、目空权贵。盛唐诗人大多有些狂傲，李白最为典型。

杜　甫

字子美，排行第二，家族世代奉儒守官，学而优则仕。出场时三十二岁，已是"读书破万卷，下笔如有神"，满以为可以"致君尧舜上，再使风俗淳"，不料应试不第，求仕无门，穷途潦倒，以至为五斗米折腰。尽管矢志不移，心境却日益沉郁悲凉，终于穷而后工，成为千古诗圣。

王梵志

身世不明的行吟诗人。吟唱的诗句虽然俚俗，却深受百姓喜爱，于当时流传甚广。

张　敬

农户子弟，传承了中国农民勤劳正直、忠勇侠义的美德，出场时二十岁。被征从军，从士卒干起，金戈铁马，出生入死，一步步熬成幽州六品武将，本可光宗耀祖，却不料成了与其有杀父之仇的安禄山下属，唯有诈死脱身。之后协助张巡守睢阳，大显神射威风。

张　敏

张敬亲妹，排行第三，人称三妹。出场时正值豆蔻，年方十四。身健貌美，恋慕高适不果，险遭淫僧毒手。后嫁与廖友方，男耕女织。不幸遭遇安史之乱，与丈夫带领全家避难南逃，九死一生。

廖友方

赤贫农家子弟，出场时十六岁，与父亲同为张敬家佣工，旋即被官府递送至塞北荒原。长年在社会最底层挣扎，磨炼出不屈的韧性。

张小敬

张敬之子。秉承家风，学得一身武艺。机缘巧合，于马嵬驿兵变中箭射杨国忠。之后又潜入胡营救出恋人米小蝶，双双不知所终。

契 比

出身破落之家，原名韦契，出场时约莫二十岁。先是韦氏宫中侍卫，韦氏被诛后，更名契比，再次谋得小官。胸无大志，只求食有酒肉，行有大马，虽为县衙官吏，却良心未泯。战乱后携布袋云游济世，自称弥勒佛化身。

米 姬

来自西域的胡汉混血，自幼入宫，天生蜜糖般肤色，又称蜜姬，出场时刚满十岁。与鸾儿亲如姐妹，从宫中放出嫁作卖饼者，被宁王看中强纳为歌姬。得王维相助放出王府，于旗亭当垆与高适相恋，生下孪生女之后又携女回归塞外草原。对高适始终无法忘怀，终于重返旗亭守候。一生经历奇特，其孪生女儿米小蛾、米小蝶亦是乱世奇女子，一个舍身飨士，一个手刃贼酋。

司马承祯

道长，师承传说修炼成仙的陶仙翁，公认的道教嫡传。擅长修炼辟谷、服饵导引之术，出场时七十有余，已被世人视作活神仙。

吴 筠

司马承祯的弟子，道号元丹丘，出场时十五六岁。成年后亦为知名道士，与玉真公主、李白等相交甚密。

慧 范

胡僧，太平公主的男宠，擅长双修欢喜佛。与太平公主一道被诛后，其弟子依然胡作非为，拐卖儿童，迷奸妇女，最后被白熊撕成碎片。

张　果

恒山道士，与司马道长同宗不同派，擅长炼丹与房中术，曾向玄宗密授神仙术，自己却服丹中毒而死。

安禄山

混血胡人，出场时为浪荡少年，十六岁，专以盗羊烧烤为乐。后投入幽州军营，以其骁勇狡诈，加上一点运气，竟然逢凶化吉、步步高升，从盗羊贼一跃而成手握重兵的将帅，令人不可思议。发动叛乱后自称大燕国皇帝，孰料皇位才坐了一年便葬身床底。

史思明

九姓胡人，比安禄山大一天，二人情同手足，一同盗羊，一同从军，一同发动令大唐由盛转衰的安史之乱。

安庆绪

安禄山之子，出场时二十岁左右。勇悍粗蛮，襄助父亲叛乱，见安禄山宠爱幼子，有意立为储君，又毫不犹豫地弑父杀弟。

高　尚

本名不危，有才无德，"宁当举事而死，终不能咬草根以求活"是其名言。出场时约莫三十岁，在高力士门下奔走，与高力士夫人相好。投入安禄山麾下鼓动造反，一蹴而成大燕国宰相。见安禄山不堪辅助，游说安庆绪弑父。之后见大势将去，又佯作弃暗投明，做了李唐高官。

李猪儿

安禄山阉奴，最受宠信，日夜不离左右，侍候穿衣束带。最后持刀将安禄山硕大的肚腹砍得稀烂的，也是他。

尹子奇

胡人，安禄山部将。最喜天下大乱，可以趁机劫财劫色。率兵围攻睢阳，意图直下江淮富庶之地。不料久攻不下，反被射瞎双目，不得好死。

令狐潮

降官。出场时为雍丘县令，本想投降胡人，保全身家性命，谋取荣华富贵。不料事与愿违，当走狗的日子并不好过，不但全家死绝，自己亦悬首城头。

注：唐朝人尤其唐朝皇室，喜欢改名，有的甚至更改数次，不知何故。为阅读方便，本书一般以人物出场时的名字为准，不随史实更名。

《大唐遗梦》内容简介

　　本书分为上、下两卷，从公元 710 年李隆基密谋发动玄武门之变起，至公元 762 年李隆基死于神龙殿止，以帝王将相、才子佳人、将士农商、僧道胡人等众多人物命运为线索，试图再现大唐帝国开元天宝年间，由乱而盛，旋即由盛而衰的全过程。

　　上卷《煌煌开元》，以李隆基发动玄武门之变，登基称帝，励精图治为主线，描写李隆基英武果决，犯险发动政变，接连诛灭韦氏、太平公主两大集团，继而重整朝纲、选贤任能、拨乱反正、抑情损欲、孜孜求治十余年，终于重振大唐雄风，开创了开元盛世。其间穿插描写姚崇、张说、张九龄等勤政恤民、犯颜直谏的名相风范，宇文融、李林甫既有才干又善投机的佞臣嘴脸，以及内宫后妃的争宠倾轧、皇室权贵的歌舞声色、边关将士的沙场征战。

　　辅线则以王之涣与歌伎鸾儿的生死苦恋，高适与胡女蜜姬、村姑三妹的感情纠葛为主展开，采择旗亭画壁、红叶题诗、醉吟《将进酒》、惊叹"落日圆"等野史轶闻，多侧面叙说文士歌姬、商贾农户、僧道胡人等各阶层的生活际遇、悲欢离合，多角度展现那个时代气势恢宏、五光十色的盛世风情。

下卷《靡靡天宝》，以天宝年间皇室权贵的骄奢淫逸、争权夺利为开头，记叙安禄山、杨国忠两个流氓无赖的崛起，杨氏家族的显赫。描写李隆基沉溺歌舞女色，追求修道长生，以至荒政误国，引发安史之乱，仓皇奔蜀，太子李亨趁势策动马嵬驿兵变，抢登大位。穿插描写李白、杜甫、高适等一班文人在剧烈的社会动荡中各自的际遇，张巡死守睢阳的悲壮情景。展示荣华富贵如何顷刻灰飞烟灭，黎民百姓颠沛流离、挣扎于水深火热之中，描叙大唐由盛世迅速坠入乱世深渊的过程。故事情节一波三折，人物命运变幻无常。

本书以历史唯物主义为原则，运用写实笔法，不使用调侃、戏说等时下流行元素，力图忠实历史、再现历史。出场的主要人物及其主要活动，以至诸多细节，均以史籍为本，在此基础上糅合重塑。记述的宫廷街坊、山川河流，亦以历史地图、史籍记载为凭。唯有农户张敬一家为虚构。中国有史以来，记载农民实在太少了。

《大唐遗梦》后记

写下最后一行字，长长吁了一口气，不敢相信这部长篇还有完成的时候，还有写下"全书完"的一天。

书成，似乎要循例感恩，我却不知感谢谁。全书70万字，是我独力完成。搜集资料，分类检索，取舍扬弃，构思提纲，一个字一个字在键盘上敲打出来，全是我一人。我也曾想得到帮助，然而人人忙碌，谁帮谁啊？还得靠自己。想来想去，想到该感谢谁了：首先，要感谢那些直接间接、有意无意促使我隐居他乡的人，这令我远离红尘喧嚣，两耳不闻窗外事，一心只写自己书。其次要感谢那些发明制作电子书的人，这使我能将相当于一个小型图书馆的数千万字资料存入方寸之间。最后，感谢我自己，实在想不到我能在没有外援的情况下独力坚守长达六年！多少酷暑，多少寒夜，多少回孤灯枯坐，多少次绞尽脑汁，够英勇，够顽强，够坚毅，够酷，酷毙了！

20世纪80年代，我以唐朝安史之乱中张巡、许远死守睢阳为素材，写了部中篇《睢阳之战》，之后应约扩写为小长篇《血战睢阳》。90年代，我又以安史之乱中的马嵬驿兵变为背景，写了部中篇《长恨之谜》。21世纪初，得着一个机会，这两部作品合集出版，总名为《大唐遗恨》。在这部书的后记中我写道："这两部小说取材于同一段历史，并非偶然。纵观中国历史，我偏爱唐史。因为唐朝是中国封建社会由盛而衰的转折点，而安史之乱又是这个转折的标志。安史之乱后，中国封建社会就再也没有出现过盛唐景象了。……我本来暗自怀有写个多卷本全景展现安史之乱前因后果的梦想，现在梦没了，只希望本书的出版能够抛砖引玉，引出哪位高明大家挥动如椽大笔，为今人再现盛唐的辉煌和衰落。我相信会有的，我期待着。"这是我当时的真实想法。

时间又过去几年。据我目光所及，一直没见着描写盛唐的长篇巨构。恰好自己有了闲暇时间，不禁手痒痒的又有些蠢蠢欲动了。稍事犹豫，我这个喜好历史的业余作者便顾不得食言而肥，还是重作冯妇，不自量力地再次返回一千多年前的大唐盛世。

当下，演绎历史成了时尚，荧屏上、书架上历史作品汗牛充栋。然而，或为迎合读者吸引眼球，或是随意涂抹为己所用，戏说、歪批、拔高、贬低、张冠李戴、移花接木、无中生有、妄加臆测，令人目不暇接、结舌瞠目之际，不知不觉距历史真实渐行渐远。我为人尚真，玩不来这些时髦花样，只知道既然写的是历史小说，就必须尊重历史，遵循史实。

《大唐遗梦》，原则上依循新旧唐书、《资治通鉴》等正史，《唐六典》《通典》《唐会要》等典籍以及史学大家的爬梳剔抉、考异辨讹，参考唐宋笔记、传奇等稗官野史。全书故事起自唐中宗景龙四年（公元710年），结于唐肃宗上元元年（公元760年），涵盖整个开天盛世，前后凡五十年。不但基本情节、主要人物均有出处，而且力争情节发生的时间、地点与进程，人物的外貌、个性及其命运都与史实相吻合，诸多细节、对话甚至直接取材于史籍或野史逸闻，生活场景与风习礼仪更是严格依照唐人记载描摹。毫不夸张地说，本书的最大特点是历史纪实，但愿能够得到读者认可，亦望方家教正。

提及开元天宝，世人最先想到的恐怕就是唐玄宗与杨贵妃。一曲《长恨歌》将李杨爱情传唱千古，至今脍炙人口，然而，那不过是艺术虚构，并非历史真实。据我考证，李隆基贪恋美色不假，杨玉环却只是屈意顺从，根据有三：其一，杨玉环为王妃已近五年，夫婿寿王瑁俊美尔雅，年龄相当，婚姻生活美满。她擅长歌舞音乐，对朝政毫无兴致，不会无端端爱慕大她三十四岁的天子家翁，赐浴温泉宫完全是李隆基强占子媳。其二，杨玉环入宫后，并非为妃，而是度为女道士。一个二十余岁的年轻女子突然被迫抛下丈夫，以女冠之身幽居深宫侍奉年近六旬的老人，长达五年名分不清不楚，生活不明不白，能好受吗？能有爱情吗？其三，杨玉环赐号贵妃之后，两次被遣出宫。天宝五载（公元746年），因妒悍不逊（《资治通鉴》语），被撵了出去，旋即又召回来。李隆基风流成性，杨玉环嫉妒犯颜不足为奇。奇的是，四年之后，杨玉环又因忤旨（亦《资治通鉴》语）被遣出宫，此番如何忤旨，一应史籍却语焉不详。唯有透过一些散落尘封的蛛丝马迹推断，其原因是李杨二人都在背地里偷欢。李隆基与妖冶风流的大姨子虢国夫人偷情，杨玉环则与小名花奴的皇室第一美男子汝阳王李琎私通，导致两人冲突。凡此种种，何来情爱绵绵？

千载之下，李杨之事早已被写烂了，本书对此并不刻意着墨。我关注的倒是李隆基为何如此半明半暗，英明时开创举世无匹的大唐盛世，昏暗时酿出惨绝人寰的安史之乱。纵观历史，如此功过分明、毁誉参半的帝王实属罕见。还有两个玄宗朝的文臣武将也令我颇感兴趣。一个是杨国忠，巴蜀赌徒出身，数年间一跃而为大唐帝国首辅，独揽朝纲，令人不可思议。如果说他还有些裙带关系，那安禄山的崛起就更匪夷所思。一个杂种胡儿，大字不识的盗羊贼，竟能成为兼领三道的节度使，手握全国过半精兵。盛极一时的大唐帝国居然由两个流氓无赖来掌控，不衰落才怪。

据出版者言，当下图书市场大不如前，尤其小说销售惨淡。这是没有法子的事儿，小说当不得饭吃，更变不出钱来，在日益浮躁的滚滚红尘中自然日见式微。然而，还是有人写，想必也会有人读。

是为记。

2012 年 7 月，是日暴雨倾盆

《大唐遗梦》上卷连载写后小识总汇

说明：

本人的长篇历史纪实小说《大唐遗梦》上、下卷完成于2012年，花城出版社2013年出版。数年后，出版合同期满，全书版权重新归作者所有。磨磨蹭蹭又过了几年，不知怎的突然心血来潮，打算把小说搬到线上去，于是注册公众号，把小说的章节再次分成小节，一阵自找的忙碌，终于从2021年开始上线连载，从当年10月开始，直至2022年6月，足足花了9个月，完成上卷连载，刚好150篇，约莫合计40万字。

连载之初，劲头很足，每一章都写了个"写后小识"，主要是交代写作该章时的心路历程，以及所参考的相关史料。这些"小识"篇幅不长，多数只有几百字。然而，上卷25章连载下来，25篇小识汇总也有近两万字，回头看看还挺有意思。我做了半辈子编辑，读了半辈子书，不说"读书破万卷"，少说也有数千本，记忆中，似乎没有哪个作者能把自己的写作历程记录得如此详尽，如此……啰唆！呵呵，我这也算是独具一格。于是，在编辑本人近十年的博文集之时，索性把这 25 篇小识一并汇总进去，算是敝帚自珍吧。线上连载时还附录了该章节参考的相关史料。这些当年费尽气力从史海中爬梳钩沉出来的中古文字，其实十分乏味，线上连载时便无人关注，若是收入书中只能是浪费纸墨。因此，全部删去。

说明完毕，以下是长篇历史纪实小说《大唐遗梦》上卷 25 章各章题目及写后小识——

长篇历史纪实小说《大唐遗梦》（上、下卷）

廖小勉著

花城出版社 2013 年 8 月第 1 版

第一章　乱纲纪天子频梦魇
弑亲夫韦后初临朝

　　勤勤恳恳、磨磨蹭蹭，总算连载完上卷第一章。阅读量寥寥，关注者更寥寥。正像出版人所言：如今读书人少，读长篇小说的更少哦！不过呢，我做此事很大程度是为着"自娱"，当然，能够顺带"娱人"自然更好。毕竟也还有人关注呢，谢谢了。顺带预告一下，以后连载会稍有间隔。每天一篇，累人！

　　当年搜集研究唐史资料，第一次接触皇后韦氏伙同女儿安乐公主，下毒谋杀亲夫亲爹之记载，差点惊掉下巴，真下得了手哦！震惊之余，很自然地决定以此事件为小说开头。还有什么能比这更吸引眼球呢？

　　然而，写起来却十分吃力。当年为了创作长篇历史小说《大唐遗梦》，直接的准备时间大约四年。所谓"直接"，就是每天吃饱饭就研读爬梳各类相关史料，研究各色人物形象，构思各个故事情节。疲了累了就去爬爬山，钓钓鱼。足足四年，读一个大学本科的时间，强迫自己回到1000多年前的大唐时代。有些时候，那是相当沉浸——甚至睡觉都梦见构思中的人物晃来晃去。后来，有一次与历史专业的朋友谈论唐史。两个多小时之后，他说：你已经是半个唐史专家了！呵呵，多谢他的过奖，给我打了气、鼓了劲。

　　尽管如此，开笔写第一章之时，依然是瞻前顾后，如履薄冰。下笔相当拘谨呆板，文字枯燥艰涩，有时老半天都写不出几行字，或者写了又删去。幸好是用电脑写作，删除容易，否则不知要浪费多少笔墨。第一章时间跨度只有一昼夜，我写了足足一个月。

当时，我使劲地自己给自己打气：不错了，能写出这样相当不错了……呵呵，明知不咋样，还要王婆卖瓜，只是为鼓励自己坚持写下去！

这之后，坚持写到五章，慢慢找到了感觉。我又回头把这第一章重写了一次……

凡事贵在坚持！

第二章　占卜问卦皆为大吉
犯险发难谁抢先机

啰唆两句：

不知不觉，连载了两章。坚持看下去的朋友似乎逐渐减少，挺可惜的。我这部小说，别的长处不敢说，就好看而言，绝对敢打包票。我周围的朋友凡看过的都说好看，有的甚至看到深夜都放不下……

言归正传：

本章所写的李隆基杀宫，史称唐朝第四次玄武门之变。所谓玄武门，就是皇宫的北门。皇宫都是坐北向南，因此玄武门也就是皇帝家院的后门。

话说那大唐江山开基就没立好规矩，一把龙椅你争我夺，开国八十多年，暗地里设套下毒弑亲夫废太子诸如此类"宫斗"不算，明火执仗的宫廷政变就闹了四次，而且都发生在玄武门。

这里头，第一次最出名，李世民诛杀兄弟，逼老爸传位，成为史学家们赞不绝口的一代英主唐太宗，从而名垂青史。然而，相比之下，最冒险、最刺激、最血腥的当属第四次——李隆基血洗内宫！

李世民政变，可以说是瓜熟蒂落、水到渠成。虽说皇帝是他爹，皇太子是他哥，权倾天下的却是他。军队在他手里，重臣在他麾下，杀兄逼父，抢班夺权算不了什么。

80多年后的李隆基则不然，宫里刚刚驾崩的中宗皇帝是他伯父，论起来他已经是旁支，龙椅上再多死几个，大位也传不到他。更可怜兮兮的是，除了郡王头衔，没有半点权势；除了府中家丁，没有一兵一卒。就这样也敢发动政变，这也太冒险、太胆大妄为了吧？

所以杀宫也更心狠手毒，更血流成河。下达的命令是："马鞭以上皆斩之。"笑话，好像杀人之前还要用马鞭量一量身高似的。其实这命令就是四个字：赶尽杀绝！

绝对不分青红皂白一路砍杀过去，杀太后，杀公主，杀宰相，杀才女，杀宦官、宫女……见人杀人，见鬼砍鬼，内宫几乎杀了个干干净净。

这还只是小试牛刀。天亮之后开始杀城，全城搜杀韦氏集团的亲信党羽以至亲属族人。整整一天一夜，到底杀了多少人，遍查史书，没有记载。当然啰，历史书是胜利者撰写的，不会留下不光彩的记录。只有一个小小的细节，透露出些许消息——

京城南边一个叫杜曲的地方是韦氏族人聚居地，遭乱兵围剿，"襁褓儿无免者"……史籍记载，此后这儿荒无人烟，成了狩猎的去处。恐怖啊，人烟密集之地成了野兽出没之处，可见当日杀戮之惨烈。说是杀人如麻，血流成河，一点不过分。

盛唐的帷幕就这样在血泊中徐徐拉开……

第三章　佣工隐身装神弄鬼
太子游乐晦迹韬光

　　第一、二章以宫斗开始，以杀宫、杀城，李隆基成功上位为高潮。从第三章起，皇室内部争斗开始外溢，陆续牵出社会各色人物——本章便出场了武士张敬、韦契、说客王琚、宦官高力士、文臣张说、妃子惠儿等等。这些人物在后面将会演绎出一个又一个故事……这种写法是最传统的中国章回小说写实手法，也是本人阅读小说最喜欢的情节结构：娓娓道来，逐渐展开，起伏回旋，环环相连……说句老实话，西方那种群峰并起，悬念迭出的写法，我还真的驾驭不来，而且似乎也与历史小说题材不相匹配。

　　从一开始，我就定下准则：我写的历史小说，首先要尊重历史，尽量还原历史本来面目，其次才是小说的艺术创作。几年写作过程中，我一直坚持这个宗旨，因此，在完成全稿之后，敢于在"历史小说"中添上两个字——"纪实"。

　　请有心的读者将本章描写李隆基打马球的情节与相关史料对照一下，可以管窥本书为何敢称"历史纪实小说"。

　　下一章继续展开，胡僧道士相继登场，宫斗愈演愈烈，李隆基太子之位摇摇欲坠……

第四章　擅权胡僧强毁民居
应诏道长妙论终南

　　夜灯小案，对屏独坐。一杯茶一支烟，整理旧作，亦为人生一乐……

不知不觉来到第四章。这是个转折章节，闲笔甚多，最突出的自然是道士与僧人相继登场。本人自小喜欢阅读古代小说。先是"三言两拍"，而后《聊斋》，唐宋传奇，再而后魏晋南北朝的志怪小说……不知怎的，印象中这些作品中涉及和尚的，大多品行不端。因而到了自己写和尚，也从史料中寻了个恶僧做蓝本。本章中的胡僧慧范，史料中实有其人，名惠范，并非杜撰。

汉唐之际，上至皇室权贵，下至各色人等，包括道士本人，都相信道家有长生之术。因此，修炼是一本正经的，膜拜也是真心真意的。最典型的是东晋的葛洪，写了本《抱朴子》，从八个方面认真系统全面深刻地论述了长生成仙的可能性和现实性，结论是：神仙必有，长生可致。神仙绝对存在，只不过你没看到；长生没有问题，只要遵循我的法术……到了唐朝，社会上更是时不时传说活神仙出现。本章描写的司马承祯就被视作已经得道；同时代的药师孙思邈也传说入峨眉山成仙了；稍后的道士张果，亦被后世附会为八仙之一的张果老……真是神仙满天飞，长生到处有。于是乎，和药炼丹、追求长生风靡天下。炼丹指南之多，炼丹设备之精，炼丹药物之繁，炼丹方法之妙，空前绝后，以至唐代被称为道教炼制金丹的"黄金时代"。悲哀的是，同时也是"中毒时代"。有人据史料记载统计，上下三千年，服丹中毒而死者，以唐朝最多。皇帝就有六个，唐太宗、宪宗、穆宗、敬宗、武宗、宣宗"皆服丹药中毒而死"。求长生，结果速死，这也太倒霉了。

当然，这是后人的认识。当时的人对修炼长生那可是笃信不疑的。因此，我的描述也是一本正经，力图还原历史真实……

顺带预告，下一章，也就是第五章，很长，是全书五十章中最长的。然而也很精彩，宫斗再次白热化……不要错过哦！

第五章　弄巧成拙储君即位
黄粱一梦公主投缳

前五章是本书第一单元。第五章是这个单元的大结局。主线自然是青年时期的李隆基犯险发难，两轮杀宫，终于清除政敌，坐上、坐稳了皇位。

写作前几章时一直瞻前顾后，寻章摘句，磕磕巴巴，很不顺畅，好些段落反复修改才算勉强完成。写到第五章时不知怎的豁然开窍，文字几乎是奔涌而来，一溜一溜的，键盘敲打不及。结果弄出个大鼓包，这一章几乎是两章的字数。回头看看，好像是一气呵成，无法删减。看来看去，也就随它去了……

写作也像做事，万事开头难。咬着牙开了个好头，接下来需要的就是坚持了。

太平公主其实也是个厉害角色，扳倒韦氏之后几乎掌控了大半个朝廷，若非碰上李隆基，说不定也会像她母亲武则天那样，成为唐朝第二个女帝。那就热闹了，女人一个接一个登基称帝，唐朝史以至中国古代史不知会怎么改写。这可是创作玄幻小说的好题材啊，只可惜我对玄幻小说一窍不通，只知道历史拒绝假设。

太平公主最终被李隆基下旨自尽，她的首席面首崔湜自然没有好下场。崔湜的才艺双全的女儿鸾儿却还有许多曲折经历……这个人物基本虚构，是晓勉我用诸多野史逸闻捏合的，颇具传奇色彩，值得关注。

要说厉害，本书中当然首推唐玄宗李隆基。他在唐代史上的作为其实不亚于曾祖父唐太宗李世民，盛唐就是在他手里实现的。只可惜晚节不保，最终被白居易的《长恨歌》塑造成为帝王中的"爱情专家"……

唐朝的开放在中国古代那是绝无仅有的。本章描写的盛大灯会，以及开放宫禁，宫女可以自由出入逛街观灯，均为正史记载，并非野史逸闻，更不是笔者我杜撰。

第六章　勇高适仗义陷贼穴
黠王琚纵酒论朝纲

第六章是个过渡章节。李隆基宫斗上位完胜，开始锐意革故鼎新，开创大唐的开元盛世。各色人等逐次登场，各个故事逐渐展开，为后续留下各自的伏笔，其中有些更是所谓的"草蛇灰线"，在以后的叙事中不时闪现。比如谋士王琚，被贬后隐身江湖，却又偶尔露峥嵘；又比如侠士张敬，直到沧海横流方显英雄本色……著名诗人高适是本书重要角色，他的经历相当曲折，贯穿本书上、下卷，颇具传奇色彩。顺带说说，上一章的鸾儿与米儿两个女性，在本书中也是相当重要的人物，她们各自的故事也是颇为传奇。

相反，倒是朝廷权贵多半有如走马灯，你方唱罢我登场。没法子，既然是纪实小说，首先要尊重历史。权贵们正史均有记载，什么时候上任，什么时候去官或去世，都记载确凿，不能随意虚构。尤其是上卷，唐玄宗励精图治，朝廷大臣换得比较勤。我的小说人物也只能跟着轮班。这一章出场的宰相姚崇就是最好的例子。此人非常干练，开元的兴盛与他勤政善政、兴利除弊有很大关系，称得上是一代名相。只是任职时间不长，只有三年多一点，我这部小说又是历史长卷的架势，因此没法对他浓墨重彩，只能择要勾勒几笔。这一章写了他的精明强干，下一章他依然是主角。

到了下卷，皇帝贪图安逸，朝政一潭死水，作者也就不用总是忙着交代人物来去，可以细细描绘了，不过，到了那个时期，则是权臣奸臣居多了。比如李林甫，当政十九年；比如杨国忠，到处露脸却没办什么好事……

本章中所述僧尼之流人贩子，亦非作者虚构，相关史料比比皆是。至于一些和尚尼姑的丑陋嘴脸，凡读过明话本"三言二拍"的，应该多少有些了解。

第七章　长枕大被皇帝诉苦
宵衣旰食宰相专决

本书从第六章过渡开始进入第二单元，李隆基革故鼎新，孜孜求治。李隆基相当精明强干，不但能在乱局中抢占先机，将已经与他没什么关联的皇位据为己有，而且也有颇为杰出的治国能耐。本章中叙述的皇帝与兄弟们长枕大被同睡之事，史料记载凿凿，真亏他想得出做得到。笔者编不出这样的情节，就算编出来，估计也会被斥为"神剧"。

本人孤陋寡闻，不知历朝历代还有无帝王如此以友悌为名掌控兄弟。仅此一斑，可见李隆基之能耐。此人兴趣广泛，尤其精音律，爱歌舞。刚刚登基忙于拨乱反正之时，竟然还抽空整顿宫廷歌舞，设立专门机构"梨园"，并亲自教授……其影响之大，令"梨园"一词成为历朝历代演艺界的俗称，李隆基更被尊为艺人祖师爷，实在匪夷所思。

白居易的《长恨歌》："汉皇重色思倾国，御宇多年求不得……"没有冤枉唐玄宗，李隆基对妙音曼舞美色的追求确实出类拔萃。不过，御宇之初还算知道自抑，知道国事优先，勤政善政，否则也就不会有后来的开元天宝盛世了。

顺带说说，对历史上那些"盛世"，不要想象得太美好。什么汉武盛世、开天盛世、康乾盛世，诸如此类，据笔者考证，也就是外敌基本无能入寇，百姓大多能够吃饱肚子，仅此而已！

这一章和下一章描述的大蝗灾，基本是历史重现。包括生猪被蝗虫吃掉亦有出处，未敢杜撰。相关史料可参见《太平广记》，记载相当详尽。封建社会小农经济，经不起天灾，更熬不过人祸。要图温饱，实在不易啊！

第八章　焚香膜拜无济于事
齐心勠力或可胜天

本章展开描写唐代农家生活。描写古代农家生活，又好写又不好写。只因史籍无论正史野史，绝大多数均热衷于记述帝王将相、才子佳人，有多少记载普通黎民百姓？尤其正史，最多记述某年大灾，百姓流离失所，饿殍遍野。寥寥数言，压根不会有详细描述。正因为记载寥寥，就像画界那句俗语：画鬼容易画人难。皆因天天见到人，没人见过鬼。画人再逼真也不真，画鬼再虚假也不假。描写古代农家生活同理，随你怎么乱写也没人数落，皆因没人知晓古代农民如何日常起居劳作。笔者不想凭空乱写，企望尽量接近真实，唯一的法子就是在古代笔记传奇中搜寻只言片语、蛛丝马迹，加上生活积累，有如搭建空中楼阁那样，慢慢虚构成篇。比如，张敬祖上择地看风水的情节，是我看了好些记述风水的笔记，再加上我老家类似传说敷衍而成。至于蝗灾惨状与灭蝗过程，主要根据《太平广记》相关记载，那里头零零散散记载了不少。

说起来，《太平广记》真是一部好书。成书于宋初，是古代文言纪实小说的第一部总集，取材汉代到宋初，唐代内容很多。全书 500 卷，目录就另有 10 卷，分为九十二大类，林林总总，洋洋洒洒，光是看目录都晕。鲁迅先生曾点评此书："精怪，鬼神，和尚，道士，一类一类的分得很清楚，聚得很多，可以使我们看到厌而又厌，对于现在谈狐鬼的《太平广记》的子孙，再没有拜读的勇气。"先生的点评绝对精辟，估计今人——即使专家学者，若非专门研究，比如用《太平广记》混个硕士博士什么的——不会有人全书拜读了。我为搜集素材，硬着头皮啃下去，光是目录就看得发晕，看完了啥都没记住，只好从头又看一遍。一卷又一卷，真的读到"厌而又厌"，甚至有几天必须鼓起勇气才敢点开此书……顺带说说，我看的是电子版，幸亏电子版，看到有趣或者有用的，顺手复制粘贴，再点评，读书笔记就做了几万字。真不容易！

不过，收获还真不小。小说中许多唐代市井生活细节均从此书中借来——此书编成于宋初，离唐代不远，估计比较接近真实。

再啰唆几句。本章中详细描写的张敬一家，并非闲笔，而是小说中反映唐代农村的一条主线，其中张敬、张三妹、廖友方以及仍是幼童的小侄子，都是贯穿全书上、下卷的重要人物，经历颇为曲折传奇，敬请阅读时留意。

第九章　河船隐士亦邪亦正
天兵军使尚武尚文

第六章到第九章，是小说的第二单元。这个单元比较平缓，不像上一个单元，充斥着密谋、宫斗、下毒、杀戮，血腥味十足。从整部长篇来看，这个单元其实也是一个过渡。林林总总的各色人等陆续登场就位，开始各自起伏跌宕的曲折人生。既是开始，自然比较平缓，倘若一出场就高光，后面就没戏了。比如第一单元的韦后、太平公主之类，在本小说中就只是匆匆过客。与她们同时出场的另外两位女性鸾儿、米儿，虽说其人生轨迹已经相当曲折，却远未到高光时刻，日后的经历更加跌宕、更加传奇。俗话说，文似看山不喜平。这个单元比较平缓，下一个单元可就是高潮迭起了。

比较遗憾的是，行文至此，本书主要人物中还有李白未能登场，他此时还在遥远的蜀地读书，我构思时思来想去，实在无法关联，只好留下遗憾了。

本单元从第六章开头，少年高适在洛阳码头流浪，到第九章王琚在运河楼船上悠然自在，大部分情节围绕大运河展开。今日所说的大运河，当时称通济渠，隋朝所修，却成了唐朝的经济大动脉。当时的政治中心在西北，所谓西京长安、东都洛阳。经济繁华却在东南。东南财物输送西北，大半依靠大运河舟楫。仅仅米粮一项，史载："转运使岁运米二百万石输关中，皆自通济渠入河而至也。"可见当时运河船运之繁忙。相关史料记载亦为数不少。谋士王琚被贬后隐身商贾，做些见不得光的勾当，自然是小说虚构，却也不无史料支撑，绝非天马行空胡思乱想。作为富贾隐士的王琚，此后还会时不时偶尔露峥嵘，给小说增添一些传奇色彩。每一次出场同样都有一些史料支撑，而非胡编乱造。须知，唐朝本就是传奇甚多的时代。流传下来的"唐宋传奇"，故事背景主要就是唐代……

至于"恶钱"，也就是现在所说的假币，当时算是一件大事，屡禁不绝，越禁越多。柏杨版《资治通鉴》中有详细论述，我只是将其形象化而已。

本章所写之张说领军平叛，亦大体依据史实，其表现可圈可点。然而，人是复杂的、多面的。张说其人，文采很好，时称"一代文宗"。出将入相，也做了不少好事。然而其人品似乎不咋样，史籍中多有非议。因而也没有被后世公认为"名相"。其官声甚至不及后来没有多大作为的张九龄。

这一章是大诗人高适第一次从军。小说中他先后有三次从军经历，第三次基本依从史料，前两次则基本是作者虚构。尤其这一次，高适最后遇到一个黑壮少年，这少年可是大有来历，他就是后来大名鼎鼎的安禄山……

第十章　伤心泪岂独息夫人
恤民情从此停府兵

无论做什么事情，只要持之以恒钻研下去，总会有些收获。比如我这个半吊子史学家，在浩如烟海的唐朝史料中扑腾了几年，除了感到有点无师自通，还真有点意外收获。这一章所写的王维被迫成为皇妹玉真公主的男宠之事，就是其中大大的收获。此事在正统史学界绝无提及，可以算作本人的一大发现。当然，我也没有确凿铁证，只是在史海中钩沉出一些蛛丝马迹。为论证，我还专门写了一段文字进行推理——

这王维出身名门，多才多艺，非但诗文皆佳，而且娴于丝竹音律，擅长书法绘画，不到二十便名动京师，成为当朝权贵座上宾。

自视甚高的王维希望应试夺个头名，请过从甚密的岐王帮忙。这岐王是当朝皇上李隆基的亲弟弟，按说给考官打个招呼也就行了，没想到却出了个主意，叫王维去走妹妹玉真公主的后门。

岐王叫王维穿上鲜华奇异的锦绣衣服，随他去了玉真公主宅邸，说是带酒乐来与公主同乐。酒宴摆开，歌舞伶人鱼贯而入，王维领衔前行，怀抱琵琶，独奏自谱新曲……

玉真公主此时三十出头，正值如狼似虎之年，如此风流才子，自然一眼就看上了，当即命人带入内堂更衣……

为什么要更衣？一说是让王维恢复士子装束，作为宾客入席欢饮。另一说是为玉真公主去内堂"吃肉"提供便利……当然，这仅仅是推测，我们只知道，玉真公主随后便召试官到府邸。第二年，王维一举抢元。

说王维是玉真公主的男宠，当然证据不足，但一些蛛丝马迹却着实蹊跷。

首先，王维文才人品皆佳，又是状元，却只授了个太乐丞，说白了就是皇家艺术团团长，专职侍奉皇家权贵。当时的皇家，李隆基是老大，玉真公主可是老二，懂了吧。王维不甘心被玩弄。于是，几个月后就因为一件小事被贬到外地去做个管仓库的九品芝麻官，一去四年多。

还有，一次在宁王（唐玄宗大哥）府中饮宴，家伎歌舞助兴，其中最出色最得宠的原本是附近卖饼者之妻，被宁王看中，花钱买来，已经一年多了。宁王问她还想不想卖饼的丈夫，此女默然不语。宁王把卖饼的召来，"其妻注视，双泪垂颊，若不胜情。……座客十余人，皆当时文士，无不凄异"。王维当即吟诵《息夫人》诗一首："莫以今时宠，而忘昔日恩。看花满眼泪，不共楚王言。"

春秋时期，楚王灭息国，将息夫人占有。息夫人终生不与楚王说一句话。王维用这个典故，抒发出弱小被强权欺凌的满腔怨愤。二十来岁的小青年，如何能够如此感同身受？除非自己也有类似的遭遇。

还有，王维前半生仕途相当坎坷，直到玉真公主失势之后才算正常升迁。

还有，王维后半生"笃志奉佛，蔬食素衣。丧妻不再娶，孤居三十年"。

还有……

总而言之，中了状元没几年，一个风流倜傥、才华横溢、积极进取的"小鲜肉"便不复存在，一下子变成了半官半隐、奉佛参禅、消沉蹉跎的"老腊肉"。个中原委，耐人寻味。

（这段文字后来我写成博文《唐朝的极品"小鲜肉"》，收录于本书的"大唐外史系列"。）

以上虽然是推测，自我感觉还是有根有据的。呵呵，反正我只是个半吊子，不怕别个笑话，何况写的是小说，充其量也就是虚构而已。

至于宁王夺占卖饼者妻，史料记载凿凿，并无丝毫冤枉。我只是取来安在书中人物米儿身上罢了。唐史中好些有趣的传闻轶事，我尽量撷取融入书中。比如"旗亭画壁""红叶题诗"等等，都会在本书上卷出现……

第十一章　霹雳木反遭霹雳打
劝农使奉旨劝农忙

我对宫斗戏从不感兴趣。一群后妃宫女太监吃饱了没事干，天天钩心斗角争风吃醋，就那么一点事居然可以一口气拍个几十集……反正拉得越长，广告越多，片酬越丰厚，至于历史真实……管他的！历史上的宫斗自然比比皆是，然而基本上都是电光石火，一两个回合，赢家通吃，输者消失。就像我这部小说里写的，武惠妃早就想对王皇后取而代之，逮着机会一击致命……

据我对历史的了解，皇帝对宫斗其实很是厌烦。军国大事已经够他忙了，回到后宫还要糟心，你说烦不烦？因此，喜欢说三道四的基本没有好下场。

唐玄宗李隆基这个人其实挺有人情味的，看看他在括户（搜括逃户）这件事上派出劝农使，就可管窥一二。封建王朝的税赋徭役都是以人丁为基础，因此十分重视对户口的控制。而农民由于种种原因不堪负担，时常被迫逃亡。因此，历朝历代都会时不时检括户口，把逃亡人口重新变成控制的编户。唐玄宗朝这一回括户，其病根其实是武则天朝留下的，武则天晚年，赋役繁重，农民大量逃亡，以至"天下户口，逃亡过半"。唐玄宗坐稳皇位之后，不得不在开元九年至十二年（公元721—724年）开展唐朝史上最大规模的括户。由于体恤民情，措施得当，特别是派出数十名劝农使（有点类似现今的专项督查组），分赴各地落实政策，结果这次括户效果很好，成为开创开元盛世的重要原因之一。

再看看他对待后宫嫔妃，虽说有宠妃，却还顾及雨露均沾，甚至侍寝都用抽签选择——至少是形式平等吧，呵呵。所用抽签法子相当风雅，看看下列两则轶事：

"随蝶所幸"——放飞粉蝶，落在哪个妃子身上就和哪个睡。

"投钱赌寝"——妃子们投掷金钱赌赢输，赢者和皇上睡……

呵呵，做皇帝也够忙乎了。

安禄山在这一章正式登场。他是盗羊老手，后来甚至因为盗羊被抓，因祸得福，从此飞黄腾达，实在不可思议。因此，安排他以偷盗羊只出场亮相，应该十分符合历史真实……

第十二章　大鹏展翅遇希有鸟
王孙落难扮苍头奴

　　这一章，本书的"大人物"李白，终于登场了。

　　写名人难，写李白这样的大名人更难。皆因为名人已经被写过来写过去写烂了。譬如李白，写他的东西早已汗牛充栋，以至咱们这些后人的后人的后人，实在不知还能写什么。然而，写盛唐，李白是绕不过去的。想来想去，尽管早已封神，已经是诗仙了，我还是老老实实"写实"吧，尽力写出接近历史真实的"这一个"。于是便有了本章描述的——青年李白一出川便仗剑行侠，巧遇"活神仙"司马道长的情节……

　　我对李白有我自己的看法。李白诗确实好，甚至可称之千古绝唱。然而因为会写诗或者会写几篇文章，就以为自己有经天纬地之才、济世安民之能，啥都会，啥都能，老子天下第一，谁都瞧不上。到了真要做点利国利民的实事，立即傻眼了。比如李白在安史之乱误上贼船之事，就是明证。历朝历代从古至今，中国文化史上不乏这类自以为了不起其实并没有什么了不起的文化人。如今那些在网络上，在文章里甚至在饭局上夸夸其谈的"砖头家"，可谓流风余韵。当然，已经非常等而下之了。李白至少有他狂傲的本钱，他的诗作有如黄河之水天上来，飞流直下三千尺，傲然千年无人企及。至于现今那些小文人，真不知道他们凭什么嘚瑟了。至于外国譬如被小文人们膜拜的欧美文化史是否有此现象，因为没有研究，所以没有发言权。

　　这一章也写了宫斗，这可是血淋淋一剑封喉。流放岭南的这个王孙居然还能挣扎着洗白复位，其间不知有多少曲折离奇。只可惜过于游离于我的小说主线，只好拿来衬托一下李白的仗义行侠就算了。这个王孙后面还会出场，甚至与农家女子张三妹有交集呢……

第十三章　行封禅群山呼万岁
　　　　　论功赏鸡犬皆升天

这一章是本书上卷又一个小高潮，其代表事件就是唐玄宗东封泰山。

皇帝封禅泰山，用今天的话语来说，那就是一个政治操作。对于写小说，其实是很乏味的，完全可以侧面反映，点到即止。我为什么要正面描写，花上整整一章多将近两万字详详细细记述全过程呢？

原因有三：

其一，写作本书，一开始的立意就是要全过程描写唐朝如何走向全盛，又如何急剧衰落跌入深谷。唐玄宗封禅泰山一事，是开启盛唐时期的标志性事件，很有必要正面反映。

其二，当年读《太平广记》等笔记，读到许多奇闻轶事，总想写进小说里去。譬如这一章中的糊涂县官杜丰，就是一例。无巧不成书，被贬的王维正好就在这个县所在州府任司仓参军（管仓库的），如此交集，实在难得。王维在书中已经很久没露面了，正好趁机拎出来露个脸，与玉真公主叙叙旧情……

另一则奇闻则是关于神鸡童。唐玄宗东封泰山，这么严肃的大事居然不忘带上斗鸡小儿。这不是我虚构的，野史记载明明白白。可见唐玄宗这个帝王骨子里有多么贪图玩乐。也就不难理解为什么大唐兴盛之后他就毫不耽搁尽情享乐去了……

诸如此类。写入这些逸闻，一是增加可读性，更重要的是借此揭示盛唐社会的另一面，皇室权贵开始逸乐，吏治无奇不有，底层百姓仍然苦苦挣扎……

那些历史上的所谓"盛世"并非正史记载的那么美好，只不过是边境基本无战事，社会基本太平，黎民百姓大多不至于饿肚子而已。

其三，为什么"岳父"又可称作"泰山"？出处就在这一次唐玄宗封禅。话说封禅返回后，唐玄宗大宴群臣，奇怪地发现宰相张说的女婿居然从九品官一跃成为五品。当时的宫廷俳优艺人黄幡绰调侃道："此泰山之力也。"此处的"泰山"明里是说封禅，实际上另有所指……唐玄宗何等聪明，立即明白是张说假公济私。这也为张说后来被政敌扳倒种下了祸根。可以说，把某人的老丈人称作"泰山"是唐朝艺人黄幡绰的专利。此事同样见诸唐朝笔记。

由于以上种种，以及其他考虑，最终还是正面记述此次封禅。同时又把一些重要人物例如文人王维、武士张敬、农民廖友方、流浪诗人王梵志穿插进去，最终成了现在这种大拼盘模样。

第十四章　防未然再建百孙院
置酒乐试演空城计

不知不觉连载来到第十四章。

俗话说，文似看山不喜平。山势连绵起伏，高低错落，才能造成山重水复疑无路之美景，不识庐山真面目之梦幻。文章也是这样，尤其是长篇小说，情节发展必须高低起伏，没有平缓显不出峰峦，总是高潮又会导致审美疲劳。

继上一章封禅泰山的小高潮之后，这又是一个过渡章节，为后面几章尤其是下一章做些铺垫。顺带预告一下，下一章相当精彩哦……

李隆基自己是以郡王身份政变上位的，所以防范了兄弟之后，更加防范自己的子孙。十王宅、十六王宅以至百孙院都是他的首创。亏他想得出，把子孙圈养起来，看你还能往哪蹦跶？只可惜，圈来圈去，还是没圈住，最终还是被太子抢班夺权。呵呵，关键还在于自己，善始却没有善终……

李林甫在这一章只是露个小脸。这时候还年轻，他那名垂青史的"口蜜腹剑"本事应该还没有修炼出来，只是"泥鳅"般的滑溜本性令他左右逢源。从古至今，无论是甄选还是票选，这种滑溜性格的人在官场上往往很吃得开，只可惜国事往往就败在这种人手里！

《三国志》中的"空城计"，已被后人证谬。至于家喻户晓的《三国演义》，更是明代才出现的文学创作，不在本书范畴。这一章详细描述的瓜州空城计，却的的确确是历史上发生过的真实战事。不但正史多处记载，兵书《三十六计》中的空城计一节，举出的范例就是这次战役，压根就没有提及《三国》。可以说，"空城计"的原创就是本书重要人物之一张守珪。

为尽力还原本次瓜州保卫战，我曾自驾前往敦煌，亦即当年的瓜州，细细考察了敦煌及一左一右两个关口：阳关和玉门关。这里的地形地貌千年之下依然大致保持，丝绸古道依稀可辨，只是传说中的水草丰饶的大泽彻底消失在漫漫黄沙之中了。"古谓之瓜州，其地多生美瓜，故曰瓜州。"真的，那儿出产的哈密瓜特别好吃，我在新疆转悠了二十多天，从南疆转到北疆，然后转到甘肃敦煌……一路吃的各种瓜不计其数，当属在敦煌买的带到玉门关当午饭吃的最好吃，至今念念不忘……

张守珪此役以寡敌众，空城计退敌，继而大获全胜，名声大振，之后长年镇守西北，无人能敌，绝对是唐朝一位智勇双全的名将。在其鼎盛时期，曾经身兼四节度使，镇守西北万里疆域。只可惜时运不济，最终被贬，郁郁而终。本书对此人有详细描写，敬请留意。

第十五章　明月关山征人吹笛
旗亭画壁胡姬动情

自我感觉，这一章是本书上卷最精彩的章节之一。

为什么会有如此感觉？

很简单，这一章集金戈铁马之豪情与才子佳人之柔情于一体，以美艳胡姬主动委身猛士高适为结尾，能不精彩吗？

本章上半截正面描写唐军与吐蕃激战。本书虽说覆盖安史之乱，但正面描写冷兵器战斗场面的寥寥无几。只因古代战争实在不好写，《三国演义》中那些战斗场面，动不动两军列阵，各派一将大战三百回合之类的场景，其实都是些手无缚鸡之力的文人编出来的。至于今人拍的那些古代战争场面，更像武侠小说……

为写作唐代沙州这场战役，我查阅了大量资料，包括好几本古代兵书，这才大致弄明白中古时期冷兵器时代是如何交战的。这一章里描写的步骑如何布阵，如何对战，弓弩如何使用，以至对付骑兵的利器陌刀，等等，都是有根有据，尽量逼近历史真实。

如果说上半截是尽量还原古代战争的真实场景，用的是写实主义手法，那么，下半截所写的"旗亭画壁"就是完全虚构，狠狠地玩了一把浪漫主义。

"旗亭画壁"这则逸闻传颂千年，颇得文人喜爱。只可惜，据近代专家们考证，王之涣、王昌龄、高适三位诗人的行踪不可能在这个时期交集。因此，所谓三人在旗亭中画壁赌胜，只是一个传说。

这则传说实在太美妙了：诗人的自信争衡、旷达率性，皇家歌姬的知书达礼、敬重人才，栩栩如生，勾勒出一幅诗与歌、酒与乐珠联璧合的盛唐市井风情画，上演了一曲传颂千古的风花雪月。

遗憾的是，"砖头家"们无比严谨地考证了三个诗人的行踪，无可争辩地证实，他们成名之后，没有在长安齐聚论诗的机会，旗亭遇美，画壁赌胜，纯属子虚乌有。

呜呼，"砖头家"们再次令人讨嫌。作为同样是摇笔杆——哦，如今是敲键盘——的穷文人，晓勉我宁愿相信这是真的，文人与歌女略无嫌猜，推诚相待的美妙传说，理应出现在盛世，也只能出现在盛世……

所以，明知子虚乌有，我依然十分认真，十分细致，甚至添油加醋，描写了这个美丽的传说……

第十六章　老臣佳节乞还老骨
　　　　　新娘洞房拒纳新郎

又是一个过渡章节。

这一章主要是交代。长篇小说尤其是超长小说比如本书，许多情节有如草蛇灰线，隐隐约约贯穿全书，前面出现的人和事好些需要露个小脸，交代一下，然后再继续发酵，等待爆发——

比如，第九章描写了王琚在运河楼船上私铸铜钱，直到这里才揭开他这勾当之奥秘。同时交代了此事有可能成为导火索……

又比如，第十三章玉真公主把王维重新收于裙下，之后呢？也必须露露脸了，否则下面再描写王维的抉择就会显得突兀。

再比如，第十二章李白出川后，再无踪影，在这里把他在扬州三年赢得诗名，花掉十万钱，一笔交代清楚，为下文正面描写李白做个铺垫……

有件事挺有意思，李白与王维同为诗人，年纪相同（同为701年生），同在长安，有相当的时间交集，然而两人却从未相聚，更无酬唱，颇为耐人寻味。本章试图对此给出我的解释……

顺带说说，本书写了好几个盛唐诗人。其中高适分量最重，其次是王维，两人均贯穿上、下两卷。王之涣只在上卷，杜甫重点在下卷。李白虽也直至下卷，却着墨不多，只是偶尔点缀一二。原因很简单，李白其人，除了诗歌写得好，名副其实的"诗仙"，一生没什么作为，遍查史籍，几乎没什么具体事迹，可谓"两手不做凡间事，一心只唱神仙诗"。况且，就那么点事儿，早已被后人，后人的后人翻来覆去写烂了，轮到我这个半吊子史学家，实在不知道还能写些什么……

本章除了承前，还启后。特别是下半节写到张家庄院，张敬随主将张守珪奔赴东北，引出盗羊贼安禄山。这位盗羊贼出身的杂胡之发迹，简直就是神话……

张三妹与廖友方成亲不同房，由此开启了农家女的一段传奇人生……

第十七章　诳杀无辜胡儿邀功
偷龙转凤嗣王促狭

本书的一个重要人物安禄山，在前面章节露了两次小脸之后（分别为第九章、第十一章），在这里正式登场。此人绝对是个异类。一个以盗羊果腹的浪荡少年，居然神奇崛起，最终几乎掀翻当时全球最为强大富庶的大唐帝国，实在不可思议。因此我安排他一出场就颇具传奇色彩。虽说传奇，本章以至本书中涉及安禄山的大部分内容，均有史料依据，绝非天马行空胡编乱造。即便是本章中出现的"白熊"，也有史料记载。我分析很有可能是因为当时正处于小冰河前期，冬天很冷，北极熊觅食南下，直至我国东北……

俗话说，"无毒不丈夫"。按照这句话的逻辑推论，那就是"越毒越丈夫"。安禄山可以做这方面的典范，真正称得上乱世枭雄。本章中写到的使诈诳杀无辜，史料记载是史思明干的，把安禄山也扯进来，一点不冤枉他。史思明与安禄山齐名，史称"安史之乱"，相比之下，史思明更为阴毒狡诈，因此活得比安禄山更长些。"安史之乱"前后八年，安禄山第三年就呜呼了，史思明倒是继续耀武扬威了好几年……

至于本章后半段中写到的，淫僧以木箱装载女子，被宁王以熊调包，致使淫僧被熊咬死，等等，也是我从野史上看来，顺手写入。就凭我这脑瓜，想不出如此奇闻轶事，能抄书当然是抄书方便嘛。

其实，大学的文学理论课早就教导我们，生活永远比文学创作更为神奇。套用到历史小说范畴，那就是，历史本身永远比历史小说精彩。只是我们许许多多所谓作家总以为自己高明，总在自以为是一本正经胡编乱造……

这一章仍然是个过渡章节，主要做情节铺垫。其实不只长篇，就是中短篇，铺垫也是必须的。只有做足铺垫，高潮时才能精彩纷呈。这和说相声抖包袱有点相似，只有把包袱预备好，才能抖响，抖出足够笑声……

既然说了过渡和铺垫，顺带预告一二。本书上卷共二十五章，也就是说十七章过后还有八章。这后面八章那可是高潮迭起，精彩纷呈。最好不要错过！

第十八章　天子贺寿惠泽四海　　　　家奴失宠殃及池鱼

知道不应该王婆卖瓜，实在没法不自夸。真的，越到后面越好看。

当年写作上卷，写到过半之后感觉就越来越顺畅。众多人物开始自己活动起来，按照自身的个性际遇，自行说话行事。有时甚至不用考虑某某人物该说什么做什么，他或她，自己就蹦了出来……不让他或她这样做那样说，还真不行。比如上一章末尾（第十七章），高适回到旗亭见到蜜姬——"蜜姬正在当垆，冷不丁见高适好似从地底下冒出来，惊喜交加，丢下酒具飞跑出来，当街搂住又嚷又笑……"记得写到这里，这段文字完全是自己冒出来的，根本不假思索。这类情形还真不少，那段时间真是行云流水，经常一天就能敲出几千字，而且不用大改。完全不像开头几章，字斟句酌，绞尽脑汁，一天写不到几百字。

关键是情节铺垫已经完成，人物已经形成了自己的性格，悲欢离合，喜怒哀乐，人物故事渐入佳境，自然写来顺手，读来有味……

　　具体到本章，唐玄宗之兄弟，战战兢兢，纵情声色；王毛仲之"北门奴官"，骄横跋扈，最终灰飞烟灭；别出心裁的千秋节，勾起李隆基年过半百"对酒当歌，人生几何"之淡淡惆怅；再次被召幸的鸾儿，坚决不与皇上同寝……

　　如此跌宕起伏，自然精彩好看……

　　再往后的章节更是高潮迭起，旷世才子王之涣与绝代佳人鸾儿的生死恋结果如何？高适与蜜姬、张三妹还要加上廖小弟之间的纠葛如何了结？王维与玉真公主不清不楚的关系如何了断？还有，安禄山如何神奇崛起？四大美人之首的杨玉环如何惊艳出场，又如何被家公李隆基强占？……这些情节故事甚至把作者我本人都吸引了。记得当初写作时真是十分投入，常常写到深夜都停不下来，甚至好几回梦见书中人物在眼前晃动……用一句时髦的新词语，这就叫"沉浸式体验"吧！

第十九章　俏村姑险为笼中鸟
贫书生痛失心上人

　　这一章几乎就是言情小说。村姑张三妹不羡富贵，抵死守护自由之身；歌姬鸾儿忠于爱情，冒死不与皇帝同寝……基本上就是"生命诚可贵，爱情价更高。若为自由故，二者皆可抛"的中国古代版。实际上，通观古今中外涉及言情的文艺作品，都跳不出这四句小诗的框框，而且多半只在前两句范围内打转，甚至经典如《罗密欧与朱丽叶》，也不过如此。能够涉及后两句，那是相当高大了，譬如《高龙巴》……我写这章时试图出点新，几经努力，仍然跳不出俗套。自我感觉唯一的亮点就是给"旗亭画壁"打了个句号。

这一章也是个过渡章节。从这一章开始，本书上卷进入最后一个段落。有些故事要了断了，譬如王之涣与鸾儿这对才子佳人，下卷不再出现。原因有二：一是两人已经年岁不小，再卿卿我我下去没啥意思了；二来好几个重磅人物相继出场，需要腾出笔墨……譬如绝代佳人杨玉环即将演绎她的凄美故事，乱世枭雄安禄山渐渐走到历史舞台中央，李林甫开始表现如何"口蜜腹剑"……

也就是说，上卷最后部分，需要为下卷留下足够的人物线索、故事伏笔……因此，最后六章情节更加跌宕起伏，人物关系更加纷繁复杂，以至当初写作时经常停下来前顾后盼，生怕张冠李戴，错谬遗漏。

第二十章　迎道士密受神仙术
　　　　　会好友醉吟将进酒

该卖瓜时就自夸，该检讨时且自检……人贵有自知之明嘛！

这一章写起来辛苦，读起来也没啥味道。其原因主要是想交代的东西多，一个章节兜兜转转，好几个转折，尤其是大朝会，君臣商议的是改革黄河漕运，既枯燥又有点深奥。当年写作时我翻阅了好些资料，琢磨了好几天，才算勉强弄明白，写出来自然不讨喜。

其实这一章很要紧，预示盛唐由盛转衰！唐玄宗一面在朝堂上决策漕运之大事，一面把玩玉笛，惦记着请教长生术……封建王朝的皇帝只要开始贪图享乐，追求长生，国运就要走下坡。再加上口蜜腹剑的李林甫眼看即将上位，更是雪上加霜。为了加强盛唐即将转折的气氛，我特地插入了杨玉环的信息。

当然，本书绝无"女人祸水"之意。然而，绝代佳人杨玉环的出现，加剧了李隆基耽迷享乐荒废国事的进程却是无法回避的历史事实。

李隆基崇信道家，那是真信。其目的自然是追求长生。道教在唐朝，至少是初唐、盛唐时期非常兴盛。其原因主要有二：

一是李家王朝为显示正统，追认老子李耳为嫡系祖宗。道教成为皇室亲戚，一时尊贵无比。

二是道教宣扬修炼成仙，至少是长生不老，正投皇帝老儿所好。哪个皇帝不是当了皇帝想成仙？自然热烈追捧！唐玄宗从中年开始，就一直研究道教，尝试炼丹服饵以至房中术等各种长生之法术，下卷有更加详细的描述。

只可惜，道家宣扬了几千年得道成仙，长生不老，却一个成功范例都没有，令一代又一代信众不断失望，从而逐渐式微，最终无可奈何花落去……本章结尾处，李白细细询问司马道长仙逝之事，就透出了世人的疑惑。

本章所写道人张果，就是后世所谓的"八仙"中的张果老。此人在世时已经有些神化了。《太平广记》中有一则关于他的详细记述，很有些装神弄鬼的本事呢。

第二十一章　勇将用计胡儿逞强
直臣秉政天子自嘲

这部小说中的一个重要人物安禄山，终于渐渐走到了舞台中央。一个大字不识的盗羊贼，最终几乎颠覆当时世界上最为强盛的大唐帝国，绝对是古今中外历史上不折不扣的奇人异事。这样一个大枭雄，实在不易写好。虽然我尽了力，尽力写出"这一个"，也花了不少笔墨，然而力所不逮，总感到还是难免脸谱化。没法子，安禄山的崛起实在太神奇了，好几次大难不死，譬如第十七章本应砍头却侥幸活命；又譬如这一章违反军令，贪功冒进，最终又是没事儿（详见下一章）……好像每一回都遇到贵人，真是活见鬼了。或许，历史就是这样，好些事儿是不能以常识来解释的。

大诗人李白也渐渐开始活动起来。这一章是他第一次感到不得志。他的长诗好些都是发牢骚的，比如本章详写的《将进酒》，又比如那首著名的《蜀道难》，等等。李白的诗写得确实好，那没的说，"诗仙"名副其实！然而因为会写诗，就觉得会做官，而且必须出将入相，指点江山，这就有点不搭界了。所以，李白发牢骚那是命中注定的。从古到今，这样的文化人还真不少，读了几本书，写了几篇文，就自命不凡，感叹怀才不遇，世道不公，诸如此类。

李白的活动主要在下卷，但分量不多，算不上重要人物，而且出场多半是在发牢骚。本书写了几个著名诗人，王之涣、王昌龄、高适、王维、李白、杜甫，其中着墨较多的是王维、王之涣、杜甫，尤其高适，贯穿全书上、下卷。原因有二：一是历史上的高适事迹较多，捡到篮子里做菜容易。二是我的偏爱，高适此人志向高远却又脚踏实地，这种文化人最令我钦佩。

顺便预告，下一章很是精彩，绝代佳人杨玉环惊艳出场，令家公李隆基暗自懊悔；上阳冷宫鸾儿红叶题诗，向死而生……

第二十二章　琵琶初抱举座惊艳
红叶题诗咫尺天涯

本书写了两个真正意义的绝代佳人，一个是鸾儿，另一个自然是杨玉环。鸾儿一开始就出场，几乎贯穿整个上卷，下卷基本没有踪迹，只是临近末尾有个隐隐的背影。杨玉环活动主要在下卷，上卷只写到她被家公李隆基占有。这一章中，我有意识地把两个美人放在一起描述。一个是鲜花着锦，烈火烹油，最终死于非命；一个沦落冷宫，不见天日，唯有向死而生……

有句古话叫作"画鬼容易画人难"。起源说的是画画，其实写作也是。写普通人容易，写名人难，尤其是名女人。比如四大美人之首的杨玉环，由古至今，不知被写过多少回。没法子，文人们就喜欢那个香艳凄美的调调，一有机会就要描上几笔。时至今日，早就给写烂了，早就失去了原有的本色。今人已经无从追踪杨玉环的本来面目，只能按照历朝历代文人们给出的模样儿认知了。

偏偏我努力的是历史纪实，遇上这个无从纪实的女人，真不知该怎么下笔。然而，写盛唐，别的人可以省略，李隆基与杨玉环却是无论如何躲不过去的。实在没法子，只好尽力——尽我之能力——尽量还原，写出我心目中的"这一个"。至于效果如何，天知道！

本章中浓墨重笔描写的"红叶题诗"，出自唐朝文人笔记。有意思的是，居然有两个版本，男主角都是诗人。其中，顾况的更为凄美，却没有结果，卢渥的相对平淡，但有个好结局。我最喜欢"捡到篮里都是菜"，都拿来给了王之涣。此外，关于缢杀不死，同样是捡到篮子里的菜，并非本人杜撰。

以上三则逸闻，都出自野史。

至于古代宫女生涯，可参考两则诗。一是杜牧的《宫人冢》，一是白居易的《上阳白发人》。古代宫女说起来都是泪，现今那些古装剧中的宫女角色，都是时下文人们按照自己喜欢的香艳调调杜撰的，看看就好，当不得真……

第二十三章　逞边功番将替汉臣
　　　　　　庆丰年旧侣入新房

这一章有个重要关节，盛唐重用番将替换汉臣戍边。这始于李林甫的小九九。只因唐朝过往惯例，重臣戍边有功，往往入朝为相。李林甫为维护自己的地位，怂恿唐玄宗重用番将。这些番将文化不高，无法胜任宰相。如此一来，李林甫的首辅之位可保长久。所以，史学界普遍认为，安史之乱的祸根肇端于李林甫为相时期，虽然发作是在李林甫死后……本书下卷对此有详细描述。

连载不知不觉进入尾声，上卷还有两章就结束了。当年构思本打算写上、中、下三卷：第一卷写李隆基如何发动玄武门之变，成功上位；第二卷写他如何治国理政，终于开创盛唐景象；第三卷自然是写由盛而衰，惨遭安史之乱……然而深入研究下去却发现第一卷相当单薄，如果要充实，甚至要从武则天末期写起，时间跨度太大了，令人望而生畏。与相关出版人士反复探讨，最终形成如今的模样：上卷写由乱而治，下卷写由盛而衰。

既然快要告一段落，书中人物也就会有相当转换，有如《红楼梦》所言，"乱纷纷你方唱罢我登场"。完成使命的陆续隐去，譬如上卷写的几个大唐名相、名将——姚崇、张九龄，张守珪等等，又譬如才子佳人王之涣和鸾儿，再譬如得宠二十年的武惠妃。就算不退出，也靠边站了，譬如张三妹回归农家，王维了结与玉真公主孽缘……新的人物开始占据舞台中央，演绎各自的命运，譬如绝代佳人杨玉环、乱世枭雄安禄山、口蜜腹剑的李林甫……这些新旧交替，大多都在上卷末尾这两三章中完成。因此，最后这两三章头绪较多，节奏转换较快，可读性自然也就比较强了。当然也带来不少缺憾，譬如下一章的惨烈宫斗，最终导致唐玄宗一日赐死三子，限于篇幅，更主要的是为服从整体结构，只是作为背景侧写几笔，没能把这个事件写成"步步惊心"……老实坦白，我为人比较忠厚，不擅长写这些阴谋诡计。

第二十四章　信谗言一日诛三子
出塞外万里走单车

这一章写了一个很是香艳的典故，一首相当苍凉的小诗。

有耐心看完本书上卷的应该知道，本书笔触基本不涉及性感香艳。即使写到胡僧采阴补阳（第六章），写到唐玄宗左拥右抱，一龙二凤（第十一章），高适与蜜姬天地大交欢（第十五章），也只是略写、侧写、虚写，一带而过。唯独这一章前半段细细描写杨玉环浴后半裸傅粉，娇艳迷人，令夫婿寿王瑁情不自禁搂抱缠绵，交欢之后，美人儿香粉融着汗渍，红腻多香……这就是有名的"贵妃红汗"。当然，此时杨玉环还只是王妃，还要好些年后才被李隆基册封为贵妃。

以我之秃笔，这种香艳文字很难写好，之所以费劲描写杨玉环之娇艳迷人，主要是为下一章赐浴华清池，被家公李隆基占有做铺垫。绝代佳人，谁见了都会垂涎，何况一贯好色的帝王？

武惠妃进谗言，唐玄宗赐死三子等宫斗情节，基本照搬史料。李隆基在位时间很长，前后有两任太子。本书下卷详细描述第二任太子李亨，即趁乱抢班夺权继位的肃宗。而第一任太子基本没出场，所以此次宫斗只是侧写一笔带过，目的只是交代武惠妃病死，宠妃位子空缺了……

本章后半段写了王维出塞。他这一次出使塞外，留下了流传千古的两句诗：大漠孤烟直，长河落日圆。我以为，若论描写塞外景色，这两句绝对是天花板，千古无人超越。那一年我自驾青海甘肃，一天黄昏时分驱车赶往敦煌，一路追逐落日，大漠落日之苍凉雄健，令我至今不能忘怀。或许，这就是当年王维看到的景色？至于全诗，不算太出色。《唐诗百话》对此有一篇很中肯的评点。

这段文字，我是有意写出点传奇色彩。除了交代王琚的下落，更重要的是为米儿与双胞胎女儿埋下伏笔。这对双胞胎姐妹在下卷中分量不轻，从开头一直贯穿到结尾，经历更是颇为传奇。因此，让她俩在上卷末尾露个小脸，以免突兀。

第二十五章　太平盛世推长立储
　　　　　天香国色违时承恩

《大唐遗梦》上卷连载完毕谢幕词……

《大唐遗梦》上卷最后一章最后一节终于载完，松了一口气。

这一章不足一万字，是上卷二十五章中唯一不足万字的。内容也不多，除了略写唐玄宗另立太子，重点就是详细描述杨玉环被召入骊山温泉宫（后改名华清宫），赐浴温汤，家公李隆基垂涎美色，最终按捺不住强迫占有……用这个千古流传的情节为本书上卷做个句号，同时为下卷的靡靡之风做个起头。本章所写，同样大多有史料为据。尤其是凉殿一节，基本照抄《唐语林》。古人巧思，令人佩服。

《大唐遗梦》上卷的连载，从 2021 年 10 月开始，迄今足足九个月，每章视长短分为五、六节，连载刚好 150 篇，约莫合计四十万字。作为年逾七旬的作者，能够坚持下来，我实在有点佩服自己！当然，能够一直阅读坚持至今的读者朋友，更是不易。非常感谢那些一直阅读点赞的读者朋友，虽说从开始坚持到现在的为数实在不多，然而正因为不多，更显珍贵！同时也感谢那些走过路过，顺便瞧瞧的读者，能够瞧上一眼，已经是有缘了，何况瞧几眼呢，呵呵！

这次连载，又一次证明一个不争的事实，长篇小说，尤其是超级长篇小说，越来越没有市场了。当然，还会有人写；也许，还会有人看……

下卷暂时没有上线计划。原因主要有二：

1. 一开始我就说了，把已经出版多年的小说放到网络上连载，更多的是为自娱——同时娱人。如今自娱目的已经达到，有兴趣跟踪阅读的朋友也越来越寥寥无几，可说娱乐之目的已经达到。再玩下去，似乎有点画蛇添足的味道了。

2. 本人兴趣转移。退休之人，闲来无事，总是找点闲事做做。最近又突然想到一桩闲事：退休这些年，本人写了近百篇博文。虽说网络有记忆，却也自有生老病死。譬如我前几年常发博文的一个网站，说没有就没有了，好在我的博文全部都有文档存底。由此我生出一个想法，把我退休后的所有文章整理编辑成书，用物化的法子令其保存久一些，至少能够留给儿子孙子看看。

总结两句话，自娱目的完成，兴趣转移，打算编辑出版博文集子。

所以，长篇历史纪实小说《大唐遗梦》上卷连载完毕，下卷暂无上线计划。

对不起，非常对不起一直捧场的朋友！

2022 年 6 月 26 日